當代名家

慈悲的滋味

黃　凡◎著

文學大題材的今昔

齊邦媛

在整個一九八〇年代，黃凡是個光輝的名字，載滿了文壇的祝福和期待。但是自從〈你只能活兩次，一九八九〉和〈冰淇淋，一九九一〉問世後，他卻聲光俱息，失去了蹤跡。直到二〇〇三年，他的長篇小說《躁鬱的國家》先在《聯合報》上連載，然後成書，似乎漸漸解開退隱之謎。如今聯經出版公司將他當年一些中篇小說結集出版，使今日讀者對這位優秀作家的文思路程有較完整的認識。他們擬將我在一九八四年「聯合報年度小說獎」中篇小說決審會後爲〈慈悲的滋味〉寫的總評印象刊於書前：

> 作者用五萬多字經營兩個平行的故事，而交代清楚、脈絡分明。全書的主線是一幢公寓的房東老太太的慈悲。她出於對社會報恩的救贖心理，把全樓遺贈給十八個房客。她對貧窮的同情卻引發了人性中的自私與貪婪。
>
> 與主線平行發展的是一個二十歲男子成長的故事。書中的「我」是一個大學

生，對西洋文學新思潮粗淺的認識塑造了他「憂鬱、傷感、有點虛偽的氣質」，因此他不能認同大學生活的主流型態，而孤僻地租了當年仍是市郊的一間公寓房子。剛搬去時，他用「優越的、遊戲的眼光」觀察同住的十七位房客和房東老太太，而終於他自己一步步陷入了同樓一位中年女子的情慾網中，直到老太太的死亡好似一記棒喝，喚醒了他的沈迷，得以再用清明的眼觀察人性。他經歷了墮落、救贖的成長痛苦，才能明白世間事，原來慈悲的滋味是這般苦澀！此書用老太太的遺囑作人性分水嶺。前半部房客間曾出現的善意、自尊，與後半部的猥瑣不義形成了強烈的對照。作者描寫佔有慾的腐蝕過程十分成功。當「我」暑假後回去，看到老公寓「簡直像個災區」，他心中「泛起一種站在垃圾堆中的感覺」。寫人物的心理，寫情景和氣氛的烘托都能恰如其分地妥切，令讀者嘆息人性怎麼是這樣的！可貴的是敘述這樣的故事時，作者並未多用尖刻批評的字句，全書的文字格調是嘲諷少而悲憫多，但又全無感傷主義的弱點。

二十年後重讀此文，感慨萬端。這是一段平淡似說明書的評文，由我來寫，原不恰當，只因我當日被推選爲主席責任落在我頭上。那天空前盛大的七人評審委員會由姚一葦、齊邦媛、楊念慈、高陽、黃慶萱、朱炎、鄭清文擔任。因爲初、複審推出的六篇決審作品都好，「都有特色，任何一本都可印成單行本」。所以多聘委員，增加決選的公平性。

那篇總評必須全然穩靜，公平才能使當日激烈爭辯的七個人勉強妥協。今日我重讀二十年前丘彥明寫的會議側記〈爭輝〉，幾乎可以清晰地回想起那時坐在會議桌旁七個人的認眞、誠懇，「以文學盛衰爲己任」的嚴肅態度。從一開始即已各有認定，已顯現將有「風雨欲來」的態勢，漸漸由激辯到「火爆」的爭執，情緒高漲到幾乎是「沸點」的程度，「爆炸」的邊緣。（也有如老僧入定，堅持不放的「冷靜」者。）兩個半小時後，茶都涼了，「硝煙漫天，裹傷再戰」決定投票方式，最後，黃凡的〈慈悲的滋味〉以最高票當選首獎。只差一票的平路的〈椿哥〉「一如小說中的椿哥，一個純粹的善良的小老百姓，默默的，退居在角落。」

〈慈悲的滋味〉寫的也是純粹的小老百姓。黃凡在誠品《好讀》專訪中說他喜歡寫大題材，所以他寫這些都市中群居的小老百姓人性中「善良」眞實面，〈娛樂界的損失〉寫歌星的升沈；〈憤怒的葉子〉寫人際的疏離與淡漠和無名的憤怒，而〈零〉則以科幻的架構寫人性中不能「改革」消滅的靈性。這些都是永遠可以創新文學技巧呈現的大問題。

《躁鬱的國家》以集躁沉鬱的關懷者在今日台灣的摸索碰撞細述政治的幻滅。題材更大了，相信作者立場必須保持超然的黃凡，將一直用不同的創新方式寫基本人性吧。

二〇〇四年九月一日於台北

新版自序

《慈悲的滋味》是我迄今爲止，最受年輕讀者歡迎的作品，當年還曾登上年度暢銷書排行榜第四名，賣了數萬本，也拍了電影。

這本書還有一項殊榮，就是獲得了聯合報一九八四年中篇小說甄選首獎，同年十月出版。但是法文版到一九九三年才上市，這已是將近十年後了。

又過了十年，二〇〇四年三月，我應「法國文化部」邀請作爲「巴黎書展」貴賓，才發現這本書已經再版，聽說法國讀者頗有好評。

這給了我一種感想，看來這本討論年輕人的成長與愛情的小說，被喜愛的程度並不受時間和地域的限制。

所以，聯經出版公司重新編輯，且增加篇幅，加入我二度獲得「中篇小說首獎」的作品〈零〉時，我便欣然答應了。

總之，看到自己昔日作品，能再著新裝，容光煥發地面對世人，那種溫馨、愉悅的感覺，實非筆墨能夠描述。

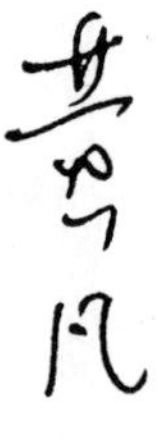

目次

慈悲的滋味

那時候，法商學院附近很難找到便宜的房間，而且每一次我中意的房子都被那些模樣像極了保險推銷員的學生捷足先登。因此，有兩年的時間，我都跟一個叫志東的法律系學生住，他有不少壞習慣，諸如睡覺時大聲打鼾（他也如此指控我）等等。第三年，我們大吵一架後，我不得不放棄傾聽學校上下課鈴聲的便利，搬到有半個鐘頭腳踏車車程的松山區，當時這個區域還沒出現十層以上的高樓，居民對環境問題可以說興趣缺缺，大鐵工廠的灰煙和可怕的撞擊聲肆無忌憚地漫過街頭。我找到的房子夾在一排灰黯、垂頭喪氣的三層樓房之間，從我的窗口可以俯視一塊被竹籬笆包圍的空地（十年後，這塊地改建成一座鋪著人造草皮的小公園。）長草從竹籬間隙伸了出來，到了夏天，蚊蚋也從這些缺口就近攻擊我的窗子，我必須手揮紙扇，邊趕蚊子邊讀會計學。在資產負債表借貸雙方不能平衡時，我會停下筆來想一想在南部的父母，以及每個月規定給兩位老人家寫的一封信，而這封信總沒有準時付郵過。

我租的這個房間，是整棟樓最小的一間，不過有扇窗子我已經很滿意了。夏天雖然難過，但是春秋兩季窗外竹籬下會冒出點點紫色、黃色、白色的小野花，有時候還看得到幾隻謙卑的蝴蝶，此外街景也不錯，流動小販、邊走邊玩的學童、附近鐵工廠下了班的工人以及西裝革履、頭髮油亮的信用合作社職員從窗下經過。至於冬天呢？我想任何人很快就能描繪出：一個面色蒼白、縮著脖子坐在書桌前的年輕人畫像，這個年輕人很聰明地用布條塞住窗縫，並且每隔十幾分鐘就離開座位，作一下熱身運動。

但儘管有這些缺點（我自然明白住的地方不是什麼飯店套房），儘管那座老舊的衣櫥給了我極大的困擾——有一只任何木匠都無法使它還原的抽屜。我還是要說，從整體性的觀點來看，這棟公寓絕對適合我——一個孤癖大學生——居住。我之所以自認孤癖，大半是由於我當時著迷的那些西洋文學作品，齊克果、卡謬、海明威等，提供我塑造自己個性的靈感，許多年後，我仍然無能擺脫掉那種憂鬱、傷感，有點虛偽的氣質，說老實話，我還挺喜歡這個調調呢。

不論什麼原因，總而言之，我當時自覺異於公寓裡的其他人，我往往以一種優越的、遊戲性的眼光觀察他們，商學系的枯燥課程使我在內心深處興起一種成爲一名社會學家，或是小說家的衝動，因此，我敢說在辛老太太的公寓裡，十八名房客之中，沒有一個比我更有資格對曾經發生在這棟公寓內的一些事情做一個與道德無關的總評——我認爲：包括我在內，我們十八個房客，全是混蛋！

在給家裡的一封信裡，我曾經用略帶幽默的筆調描述房東辛老太太，這封信現仍保存在一冊有金絲滾邊的相簿上，和我的大學成績單，一張維也納兒童合唱團的票根、一篇從未發表過的短篇小說放在一起，這篇小說描寫一個失戀的年輕人，文中充滿濫情的贅語。

爸媽：

身體可好？店裡的生意忙不忙？如果太忙，不妨多雇個人手，但要注意其品性，台北常常發生店員中飽私囊的事。我現在又換了一個住址，不用擔心，我只是無法再忍受志東那個傢伙的怪脾氣，除了上回我告訴你們他懶得沖馬桶外，毛病又多了一項；他突然瘋狂地練起毛筆字來，我想那傢伙可能腦子壞了什麼的，他把所有能塗上墨汁的地方都利用了，滿屋子又臭又黑的墨跡不說，居然還動起我辛苦收集的報紙副刊的主意，白先勇的小說被他畫得亂七八糟，梁實秋的文章也一塌糊塗，在這種情況之下，我只好讓他自生自滅了。

我新搬的房子，離學校並不遠，何況早晨騎腳踏車也是項很好的運動，松山區雖然有十幾家大鐵工廠，但只要經過工廠大門時，閉上幾秒鐘的氣，就不會有什麼事。我租的房間便宜得像青年會宿舍，每個月只要三百塊錢，雖然比我原來住的地方多五十塊錢，但不要忘了，那是兩人分攤的價錢。

房東太太姓辛，是個寡婦，年紀很大很大，但爲人慈祥，動作遲緩，常常陷入發呆的狀態中，我想這也是老人常見的生理現象。她第一次看到我，就問起我的家庭狀況。在這種情況下，我立刻記起爸媽「防人之心不可無」的教訓。後來事實證明這種顧慮純屬多餘。我便告訴她，我的家庭狀況糟透了，同時暗示她，我付不起太昂貴的房租。（如果辛老太太私下寄點小禮物給你們，可能由於我的描述過了火，請不要驚訝）一聽到這裡，辛老太太眼睛立刻射出憐憫的光芒，她開口說出那個象徵性的房租數目，同時提供我一個家教的機會，我現在還不曉得是什麼樣的家教，下一封信再詳細告訴你們。

敬祝

大安

兒立群敬上

這封信付郵之前，我已經在「新家」待了半個月，我的疏懶習性使我很容易適應新環境，像這些老房客的小動作——在浴室裡大聲吹口哨，用後腳跟把門踢上等等，自然地出現在我的日常行爲中。樓下院子裡，我那輛二手貨腳踏車也坦然地並列於兩輛摩托車及一輛手推車之間，至於那條狗——類似這種大雜院，沒有一條貌惡心虛的雜種狗是不合常理的。在向我怒視了一個星期後，終於也開始搖起尾巴來。所有這些再加上房東老太太的關心（她來我房間不下五次之多）都證明了一件事：我是個基本上極易相處的人，不比志東那個討厭的傢伙，他曾經卑鄙地指責我，說我只適合住在墳場附近，他那句話是這樣子的：「要安靜，墳墓邊最安靜了。」

我氣得說不出話來，便隨手抓過一本六法全書扔了過去，願法律制裁他！

很難想像這麼個滿腦子法條的人會吐出這種刻薄話。不過，這又給我一個教訓，在往後的歲月裡，我一碰到這種粗鄙的傢伙，便自然地將他們歸類——又一個讀法律的。話又說回來，在嘗過群居生活的苦頭之後，我很慶幸能獨自佔有一張小床和擁有只要高興便能將房門上鎖的權利。因此，這兩個星期，一沒事，我就抱著頭睡大覺，像個愛斯基摩人，或是猛瞧著天花板出神，腦子裡轉著表面深奧其實膚淺的念頭，那個時候，一種青春期的餘緒吧，我很有本事讓自己猝然陷入「迷思」的狀態，覺得好像到了另外一個星球。不過，我終究會從床上爬起來的，畢竟這個世界仍舊在運轉，考試、飢餓、運動、自瀆的渴望從來沒有放過我。我爬起來後，就做一些事情，整理書籍，在牆上貼幾張海報（月曆撕下來的歐洲古堡圖畫），到廚房燒一壺水，廚房裡有台冰箱，不曉得是那一家的，但我想，再過幾天，和他們混熟了後，也許可以謀得一小塊空位擺我的營養食品。最後我就以一種徵信調查員的心態四處閒逛，幾天來，我獲得的資料是這樣的：

一樓：四房、一廚、一衛、一廳。第一個房間，住了個退休的公務員；第二個房間，兩個鐵工廠工人；第三個房間，一對中年夫婦和一個小女孩；第四個房間，手推車主人，在巷子口擺麵攤。

二樓：第一個房間，姓蔡的夫婦和兩個男孩，客廳經常被他們盤據；第二個房間，我；第三個房間，兩個電子工廠女作業員；第四個房間，一個相貌討厭的電器行店員。

三樓：第一個大房間，房東辛老太太和女佣人阿燦；第二個房間，老太太的遠房親戚，一個遊手好閒的賭徒；第三個房間，在郵局工作的一位馬小姐。

我所以如此囉嗦地陳述這些，是因爲在這公寓裡的每一個人和每一件事情都和後來發生的那件大事有關；而那件大事又在往後的歲月影響了每一個人。不對，我並不眞正關心那些人，我從來沒有眞正關心過他們。因此，我只能以我的立場說，那件大事深深地影響了我，它使我對某些抽象的東西，人性、善惡、是非、道德（你怎麼說它都可以）有一種新的看法，一種我並不十分欣賞卻頗爲實用的看法。啊，願我能說得清楚些。

過了幾天，同一層樓的蔡姓夫婦請我去參觀他們新買的電唱機，我忘記什麼牌子了，但可以確定的一點是，那是台二手貨，轉盤的膠襯已經磨損，音量調節鈕鬆脫，喇叭箱有被蟑螂咬過的痕跡。這當兒，兩夫妻正在爭執應該買什麼樣的唱片，隨後他們就讀國中的兒子也加入討論。

「何不每樣都買一些？」我建議。

蔡先生突然偏過頭，用不可思議的眼光瞪著我，好像我建議他買台彩色電視機。

「葉先生，你不曉得，我們的音響預算只夠買三張唱片。」

我聳聳肩膀，這時候，大家群聚在客廳裡，那台新電唱機擺在一個角落，這又給了蔡家盤據客廳的充分理由。我的建議既然落了空，就不再理他們。我把腳擱到一張不很平衡的小茶几上，繼續讀我的報紙。客廳倒沒有想像中的髒亂，蔡太太是個勤快的女人，她維持這層樓的清潔，其他房客同意每人每月給她五十塊錢。

這天正好是週末，到下午兩點鐘，該回來的都回來了。我聽到後面房間傳來清脆的笑聲，是那兩位電子工廠作業員巧玲和靜芳。巧玲長得圓圓胖胖的，一副樂天派模樣；靜芳則人如其名，面貌娟秀，說話細聲細氣。她們先是稱我「大學生」，我覺得不妥，便說，「就叫我小葉吧。」此刻後面的聲音被一陣嘈雜的，像是關一扇生鏽鐵門的聲音掩蓋住了。我放下報紙，抬頭望向蔡家和他們的電唱機，姓蔡的是區公所兵役課職員，戴一副近視眼鏡，永遠理個小平頭，原先我以為他是退役軍官，後來發現根本不是，他是普考出來的，因此對高考及格者特別尊敬，他常勸我一定要去試試，「高考通過，你這輩子就享用不盡了，哈。」

「爸，調頻台不能用了。」他的大兒子說。

「你不要碰它，」蔡先生說，「讓我看看。」

「你看看，你看看，買了個爛東西回來。」蔡太太說。

「我怎麼知道，」蔡先生回答，「當初也是妳同意的。」

「不要忘了，我有暗示過你，我說那店員鬼頭鬼腦的，這下可好，果然上了個大當。」

「馬後炮，哼！」

在他們爭吵前，我就回到房間。可想而知，這台破電唱機將成為往後一個星期蔡家的主要話題。我沒脫鞋子便往床上一躺，當然床尾有一塊突出的木板擱我的腳。那個時候，我常常作這個動作，我想是春天的關係，春天使我有種虛假的昏眩感覺，我躺在床上漫無邊際地思考一些浪漫的事情，多半屬於年輕人對異性的幻想之類，說起來也沒什麼好丟人的。我將身子一滾，滾進床裡，不經意地聽著木板牆另一面兩位女生的說話聲。

「那個死胖子保山今天又跑來煩我。」巧玲說。

「他怎麼樣？」

「他說他有個好主意，他想用摩托車載我到花園新城兜兜風。」

「妳答應了沒？」

「我說摩托車載不下三個人，換輛轎車差不多。」

「三個人？還有誰呀？」

「笨丫頭，當然是妳。」

咭咭的笑聲，然後是沖開水的聲音，我知道她們正在沖牛奶，這兩個女生常常喝牛奶，大概跟美容有關吧。過了一會兒，兩人又開始說話，但這次話聲不很清楚，蔡家的電唱機又開始發起威來。

「吵死人……啊，吵死人……」

「我們也去買一台算了，後面的色鬼說託他買可以打八折。」

「噓——小聲點。」

「不要緊，他不在，倒是隔壁這位……」

她們提到我，我精神爲之一振，但壓低的談話聲加上電唱機的騷擾，我再也聽不到什麼。我洩氣地翻了身，不過，倒是獲得了一項有價值的情報，那個電器行店員被她們稱爲色鬼。我腦子裡立即出現色鬼那副鬼鬼祟祟的模樣，有一天我忘記關上房門，坐在書桌前看書，然後不曉得爲什麼，我突然一轉身，便看到色鬼那顆懸在半空中的頭，這顆頭顱的形狀狹長，兩隻眼睛卻分得很開，因此當他注視你時，你可能會覺得有好幾個人同時在看你。我張開口說了句，「有事嗎？」我想他大概會隨意編個借原子筆的藉口。但是我話聲一落，那顆頭顱立刻縮了回去，速度之快，像裝了彈簧。過了幾天，李宏興（我想不能再叫色鬼了，僅憑一句背後戲謔的稱呼，就將他定了罪，有失厚道）又來敲我的門，這次他一屁股坐在我床上，就像多年好友般，一開口便稱我「小葉」，我很驚訝，卻沒說什麼。

「小葉，抽支煙吧。」

我接過煙，他拿出打火機，趨前點火。

「謝謝。」這次我不問有事，否則，準將他嚇跑。

「我叫李宏興，住後面那個房間，別人叫我鷓鴣菜，因爲有家作鷓鴣菜的藥廠，就以我的名字命名。」

「聽說你在電器行工作？」

「是呀，我來這裡就是想問問，你有什麼需要我效勞的，像插座壞了什麼的，還有你需要那一樣電器，冰箱、電視，找我買可以打個九折。」

九折？這個叫鷓鴣菜的，眞是厚此薄彼。

我把鷓鴣菜的影像自腦際清除，不管怎麼說，我已經是他們當中的一份子，這些人非常的——眞實，一如我在南部的鄰居，他們表達好感的方式極爲直接，甚至可以說幾近粗糙，然而我不能就此排除這種「好感」的可能性。蔡先生偶爾會邀請我共餐，由於我的三餐自理性質，提出這樣的建議必須考慮「時機」因素，否則會被受邀者當成禮貌性的招呼。因此萬一碰到這種「時機」，譬如孩子的生日或小拜拜，我就必須提早離開，以免（我必須對自己坦白，這可能是知識份子的優越感作祟。）以免被他們當成一家人。我考慮了發生這種情形的後果：我的隱私權會被完全破壞，兩個男孩會跑來纏我，大人則會拿他們的家務事來煩我。

這天極可能是這麼個我擔心的日子，廚房裡堆滿了食物，孩子們跑進跑出，蔡太太則蹲在水龍頭旁，臉露曖昧的笑容。於是，想通了這一點，我便自床上一躍而起，披上薄薄的夾克，下樓推出腳踏車，出了門才發覺不曉得應該去哪裡。

自從搬到松山區後，我以前的人際關係等於斷了一半，許多活動如吃冰、撞球、逛書店等，都是在學校方圓幾百公尺內進行的。

我踩著腳踏車，以一種「春遊」的姿態馳向南港，經過灰煙瀰漫的街道，高高低低的煙囪、荒廢的稻田和發出刺鼻臭味的垃圾場。抵達胡適墓園時，已近黃昏，由於是週末，此處不免俗地擠滿了情侶和小販。（不該讓這些俗世的聲音來打擾你的，胡適先生。）

我在墓園裡閒逛，瞧著許多大人物對他的讚美詞，同時想想自己在商學院究竟能混出什麼名堂。

有一次，教「票據法」的教授，帶我們去參觀證券交易所。隔著玻璃窗，像螞蟻一樣忙碌的交易所職員和經紀商的進場代表，每個人不是在接電話就是互相傳遞紙條。這時候，教授回過頭來說：「這就是所謂的商業活力。」

商業活力、企業精神、貿易良知。我們面對的世界充滿了錢幣的叮噹聲。

話又說回來，並沒有人規定墓園內非得充滿哀悼的氣氛不可。能被快樂、無憂無慮的人群包圍，是所有中國偉人的心願。這麼一想，我便不再去計較烤香腸小販的叫嚷聲。我找了張石椅坐下，漫無目的地四周張望著。

這個下午，對我來說，並不是什麼特殊的日子，我所以跑到墓園來憑弔也並非出於什麼重大的感觸。於是，明瞭這一點後，我便跳上我的交通工具，馳回松山，到了巷子口，我突然作了個決定，去和那個住在我腳下的手推車主人打交道。

麵攤老闆並沒特別的舉動，他只簡單地問了一句，「你是不是新搬來的那個學生？」我點點頭。這個攤子佔據了巷口的一角，賣的麵多達十種，生意似乎很好，我的麵端來了，我斜眼偷看了鄰座，發現我的份量並不比別人多，心裡有點不舒服，這算什麼鄰居，不過味道還算不錯。

回到房間，坐了不到兩分鐘，蔡家的大兒子就來敲門。

「我爸爸請你去吃飯？」

「我吃過了。」

男孩離開，過了一會兒，又有人來敲門，是蔡先生，他很著急的樣子。

「所有人都到齊了，就缺你。」

「究竟怎麼回事？」

「走就是了。」說完動手拉我。

客廳那張方形餐桌底層拉開便成了張大圓桌，此刻果然坐滿了人，而且房東太太赫然在座。

「小葉，你去了那裡，大家找了你半天。」蔡太太說。

「我出去吃飯。」

「疏忽、疏忽。」蔡先生說。

「坐我旁邊。」辛老太太說。

我無法推辭，只好坐上去。喝了兩杯啤酒，有點醉意後，我才弄清楚這趟酒是爲了祝賀蔡先生高升，他在兵役科熬了整整十二年，終於升了科長，這眞是一趟漫長的升官旅程，想想看，在同一張辦公桌後待了整整十二年，眼睜睜地看著自己年華流逝、兩鬢斑白，難怪蔡家個個喜氣洋洋，早上的爭執想必也是慶典的一部份吧。電唱機播放著流行歌曲，唱片是新的。我想他們大概採納了我的建議，平劇、國語流行歌曲、披頭四唱片，每樣一張，一共三張。

「蔡科長，敬你。」我舉起杯子。

「那裡、那裡、謝謝、謝謝。」科長呵呵笑了起來。

「眞是喜事啊，」辛老太太說，然後話題轉向我，「年輕人酒不要喝太多。」

「老太太，今天破破例，就讓小葉多喝兩杯吧。」鷓鴣菜說。

「即令是喜事，也不能過量。」老太太堅持。

我覺得不舒服，但老太太親自夾了塊雞肉到我碗裡，那種不舒服的感覺立即消失。

「瞧！老太太多疼小葉啊。」馬小姐說。她是個約莫卅七、八歲的少婦，臉上塗著脂粉，眼下還畫了眼影。

我的臉一定紅了，住隔壁的兩位小姐咭咭地笑出聲來。

「兩位小姐也多吃一點。」鷓鴣菜學著老太太。

「不用了，你自己留著補一補吧，瞧你那麼瘦。」巧玲說。

大家都笑了，這頓酒的氣氛愈來愈融洽。我身旁的房東太太這時又說話了。

「小葉，家裡還好吧？」

「託您的福。」

「功課呢？」

「馬馬虎虎。」

老太太的關心簡直有點露骨。桌底下有人輕踢了我一下，一定是鷓鴣菜，我瞪了他一眼，發現他臉上表情複雜。我對自己說，我搬來這裡只是圖個清靜，並不想跟什麼人爭寵。

這次聚餐，賓客計有：房東太太、鷓鴣菜、馬小姐、巧玲、靜芳、樓下那對夫婦、兩個鐵工廠工人中的一個。未列席的那位退休公務員據說從早上就不見人影；另外一位鐵工回新竹家裡。至於老太太遠親，不用說就猜得出去了那裡。阿燦則在酒席結束時出現，她扶著辛老太太上樓。阿燦是個粗壯的中年婦女，嗓門不小，一副精明幹練模樣。我想我是喝醉了，回到房裡，倒頭便睡。到了半夜，我從一個惡夢中醒來，出了一身汗，我儘力去回想那個可怕的夢境，但門外一個聲音轉移了我的注意力，那是個沉重的男人腳步聲，他經過我房門，上了樓梯。是那位缺席的賭徒。我只匆匆見過那個人一面，他是個卅歲左右的年輕人，瘦高個兒，燙了頭髮，穿大喇叭褲，豎著衣領，渾身透出一股凶悍之氣，聽說他還殺過人。

像這樣，沒什麼大事發生。是的，這段日子裡，一切平靜如常。（即使有所謂的暗潮洶湧，也非我能力所能覺察。）學校期中考剛剛過去，有兩科不很令人滿意，要怪就怪自己被新環境分了心，這也牽涉到本身的意志力問題。不過，幸虧還有個期末考可以補救。父親也適時來了封信和一張一千塊錢的匯票。信上說，書店的生意不錯，由於附近新開了兩家補習班，參考書的銷路激增。新雇的女店員人頗老實，來自以製傘聞名的美濃。信末則要我一放假立刻回家，我算算日子，要回家大概得等暑假了。然後，我試著給家裡回信，說明最近無法回家的理由，但這封信實在難寫，半由於我的疏懶成性，半由於零用錢的壓力尚未形成。整整一個禮拜，我只完成了五個字：親愛的爸媽。（親愛的爸媽：有些話不好告訴你們，前天我獨自度過廿歲生日，一個人生新階段的開始，我沒有驚動任何人，原因是我覺得自己眞正是個成年人了，有投票的權利。而且，我正在練習以成熟的態度，獨立承擔任何困擾。譬如這位馬小姐……）

馬小姐，某個郵政支局副主任，前天晚上到我房裡來。那時候，我正趴在書桌前讀波特萊爾的詩集——惡之華。

涼爽的肉枕頭，人們不能愛

可是那兒生命不斷激湧奔流

一如天空的風，以及狂瀾的海。

這些句子，令我的想像力有如脫韁野馬般向前奔馳。就在這時，渾身香噴噴的馬小姐以誇張的姿態出現在我面前，她低低的嗓音和身上的氣味，像一波波浪濤洶湧而來，我必須分一半精神去抵擋這位中年職業婦女的壓迫。

「小葉，還沒睡呀？」

「早呢，不到十一點我不上床。」

「有點事麻煩你……」我發現她仍維持直立姿態，便拉過一把椅子請她坐下，她看一眼我桌上的書，繼續說：「是這樣的，我正在讀英文，有幾個問題……」

沒有更進一步的證據，我不願往壞的地方想，但這位女士，人雖不很漂亮，卻有一種魅力。我儘量不去想她，決心試著作一個成熟的男人。

所以，這一天，我在學校多逗留了一會兒，坐在運動場的草地上看別人踢足球——一場激烈但乏味的比賽，結果電算系以二比一贏了企管系。

隨後，我跳上車子繞道忠孝東路去吃自助餐，這條路不太適合自行車，不過卻也因此充滿了冒險的趣味。時值薄暮，街上擠滿了下班的車輛，喇叭聲震耳欲聾，一場小車禍又造成了交通阻塞，我推著車子，得意地從膠著的車陣中穿了出來。在自助餐廳裡，我的胃口好極了，點了五個小菜，付賬時卻嚇了一跳，好像遭了搶劫。離開餐廳，夜幕已經低垂，晚風宜人，路面清淨，我的領口敞開，胃裡塞滿了昂貴的食物，胯下腳踏車則突然變成一匹賽馬，我猛力踩著車子，在昏黯中向前衝刺。

衝呀！衝呀！把積聚體內的過剩精力消耗掉，免得讓人乘虛而入。

輪胎在地上磨出嘶嘶的聲音，我的心也吃吃地笑了起來。記得很小很小的時候，在國校操場看姊姊練習腳踏車，她穿著及膝有滾邊的裙子，在地上急跑幾步後從前斜桿處一躍而上，裙子在風中飛揚，像一片飛舞的天使之翼。小姊姊昂著頭，長長的頭髮下一臉自負的表情。坐在草地上的我一時瞧呆了。然後我央求她，但她說：「我還沒學會載人呢。」

姊姊後來結婚生子，身材也向外擴展，不復當年少女嬌俏模樣。有一回，我提起陪她練習騎腳踏車的事，她卻一點也不記得了。「不會是我吧，」她笑著說，連笑聲都不一樣了，「我現在還不會騎腳踏車呢。」

我把車子推進院子，摸摸那條狗的腦袋。洗個熱水澡然後躺在床上看小說的念頭，使我有些興奮起來。我快步跑上樓梯，我得趕在蔡家兩個小鬼之前進入浴室，他們經常把浴室弄得一團糟，不料在樓梯口撞上了某個人。

「沒長眼睛是不是？」這個人罵道。

「不光是我的錯。」他背著光，我定了定神，才發現是辛老太太的遠親。

「你道歉！」他凶狠地說。

關於這個人的傳聞，一瞬間泛上心頭。一名混混、賭徒流氓、殺手，我必須趕緊作決定，在烈士和懦夫之間作一選擇，我決定不接受這種屈辱。

「對、對不起。」我的舌尖竟然不聽指揮。

我滿臉通紅地怒視著這傢伙的背景，窄窄屁股上面的肩頭隨著移動的步伐高低起伏，像打了速賜康。狗養的雜種！路都不會走，怒火幾乎把我吞沒。我怎麼能讓這種人當面侮辱！院子裡傳來巨大的關門聲，我的憤怒變成了惶恐，我頹喪地上樓，腳步沉重得有如裝了鉛塊。

經過客廳時，鵪鴣菜叫住我。

「小葉，你怎麼了？臉色這麼難看。」

「沒什麼，給野狗咬了一口。」我頭也不回地說。

他跟我進房間，我聽到關門聲，然後感覺到脖子上有人呼了一口氣，鵪鴣菜小聲說，「是不是後面那兩個妞兒……」

我緩緩轉過頭，目視著他，在心裡說：去你媽的！色鬼，你滿腦子只想那個東西。

「我知道了，」他拍了一下手掌，「你考試不及格？」

這是個小丑，我想，如果不制止他，大概他會興奮得忍不住跳起舞來。

「別亂猜，我剛在樓下被上面那小子撞了一下。」我指指天花板。

「你說他呀，」他也抬頭上望，「無恥的傢伙，還跟我借錢，我那來錢借他，再說老太太警告過我，少跟他打交道。」

「他是老太太的什麼人？」我的怒火逐漸下降，李宏興敵愾同仇的樣子頗令人感動。

「不曉得那個地洞冒出來的親戚，兩年前才來投奔她，什麼原因我也不清楚，起先辛老太太蠻照顧他的，後來被他騙了一筆錢，說是作生意，其實還不是賭掉了，老太太便不再理他……」

「老太太很有錢是吧？」

「不清楚，聽說有一大筆存款，光靠利息就吃用不愁。」

「兒女呢？」

「都在大陸，你問這個幹嘛？」

「隨便問問，」我移開話題，「你呢，你家住那兒？」

「三重，那天我帶你去看歌舞團，挺棒的。對了，小葉，你看我像不像當老闆的料子？」鷓鴣菜站起來，手叉著腰，鼓著肚子，企鵝般地走了兩步，我忍住笑，說：「像、像……」

「說眞的，我想辭掉電器行的工作，自己開一家，你也來投資怎麼樣？」

「我哪有那個錢？」

「那麼我起個會，你全力支持。」

我搖搖頭，沒有說話。他嘆了一口氣說：「算了，沒緣份作事業夥伴眞可惜，你有商業頭腦，我有幹勁，可惜，只能作個好朋友囉。」他伸出手，我握了一下，憑良心講，這個人本性還不錯，就是有點滑頭。

送走他後，我將獲得的資料在腦子裡整理了一下，那個侮辱我的傢伙，整棟樓沒人不討厭他。辛老太太很有錢但不笨。這傢伙往後要是再找我麻煩，我可以和鷓鴣菜聯手，再不然就跟蹤他到賭場，再打電話報警，我鉅細無遺地考慮著，想像著那個流氓被押上警車，到警局先被狠揍了一頓（因爲他不小心撞到一個警員），然後是監牢，他在那裡日子也不好過，常常被修理，最後逃獄不成，在圍牆上被警衛開槍打死。

好了，這種人最終下場，不是監獄就是墳墓，犯不著氣他一輩子。我從座位上伸了個懶腰，該洗澡了，我打開門，瞧著浴室的方向，一個人從那裡走出來，是鄰房的靜芳，我朝她點點頭，她害羞地笑了一下，急切間我找不到話說，便迅速關上門，站在門後喘了一口氣，「搞什麼鬼？」我自言自語，「你又不是沒交過女朋友。」

我是交過女朋友，一個貪吃零食的商專女生，皮包裡經常擺著五、六種零嘴，我們看電影，在公園裡散步，她的嘴巴總是嚼個不停。「妳吃東西的樣子，好可愛。」我討好地說。

「你說謊。」她表情嚴肅，「你這是反諷。」

諸如此類的爭執常常發生，加上她從不允許我懷有任何激進的念頭，除了偶爾施捨性地讓我把手放在她肩膀，未曾假以過辭色。而在這一年，我一些同學已經有過性經驗（當然有一大半吹牛），說老實話，我羨慕得要死，於是一天晚上，正確日期我忘了，大概是國慶日前後吧，我把她帶到新公園旁一家專供偷偷摸摸學生使用的咖啡廳，我記得座位被室內盆栽植物隔開，服務生用手電筒引導我們。眼睛適應了後，可以看到一對對擁抱著的情侶，這種氣氛當然充滿刺激。

「怎麼這麼暗？」她問。

「咖啡廳都是這個樣子的。」

「你說謊。」

「不騙妳。」

往後的十分鐘，我主要工作是使她進入情況。不幸的是，當我失掉了耐性（我不後悔作了這件事），在一種突破現狀的冒險情緒下，在羅曼蒂克精神的指引下，我，葉立群，迅速地、勇敢地把手伸進她的裙子。

底下發生的事情，是我此生遇到最尷尬的僵局之一。她尖叫起來。

我能以成熟男人的態度正視這段不成熟的愛情嗎？當然能。

浴室裡，我對著一面有裂痕的鏡子作了個鬼臉，這個鬼臉自然有一種象徵的意義，象徵我又在生命的過程中邁進了一步。

浴室凌亂不堪，孩子們亂放漱洗用具，熱水也有問題，不過我年輕的身體尚能忍受，水從頭頂像瀑布傾瀉而下。突然之間，我有種想笑的感覺，我居然這麼快就克服了被侮辱的情緒，這使我想到阿基米德，他在澡盆中成名。

「葉先生、葉先生！」隔一天馬小姐又來了，她很小聲地喊著，我開了門。「我不進去了。」她說。接著我聽到另一個房間的關門聲，只是不曉得那一間。

我跟著她上樓，不論從那一個角度看，三樓的裝潢居全樓之冠，客廳舖著地毯，壁上掛著複製的名畫，沙發又大又軟，有一種恬靜的氣氛，不過，一想到後面住了名無賴，這種感覺立即消失。

「這裡上課比較安靜，」馬小姐拍拍沙發，「你很少上來吧？」

我點點頭，心裡想，這一類的邀請再來個幾次，我就考慮收補習費了。

「有一個問題請教妳，」我一面傾聽後面的動靜，一面隨口問，「幹嘛這麼用功？」

「是這樣子的，我們局裡每個人都在讀英文。」

「啊！」我說。

過一會兒，她將身體挪近了一點，身上的氣味和胸部的輪廓開始壓迫我，我儘量移開視線，到此爲止，我對她了解不多。鷓鴣菜稍微提了一下，據說她曾有過一次失敗的婚姻，但這也許是鷓鴣菜捏造的，他對女人有一種奇怪的恨意，他甚至暗示馬小姐曾企圖勾引他，但被他以一種巧妙的方式婉拒了，我沒有繼續追問，因爲我覺察到此人眼裡閃爍著的淫邪光芒，他似乎藉著這個機會進行。

我的額頭開始冒汗，我低估了這種誘惑，馬小姐的鼻息清晰可聞，胸部起伏有致，自她嘴中發出的「m」音，在我聽來就像一種挑逗的呻吟。她的身軀又移動了一寸，我的老天！

我只有一個辦法，儘量提高自己的聲音，我大聲唸著一個句子，這個聲音果然得到了預期的效果，它引來了房東。「你們在幹嘛呀？」老太太聲音洩露出一種神祕的歡欣。

馬小姐告訴她經過。

隱藏的慾念消失了，我重新扮演教師的角色。辛老太太靜靜地坐在一旁，興趣盎然地瞧著我們。過了一會兒，阿燦端來三杯熱茶，然後她也坐在沙發上靜靜地瞧著所有人。如若有人目睹此景，一定會誤認爲這是幕標準的闔家歡。其實不然，面對著三位年長的異性，我逐漸不安起來。好不容易捱到唸完「在飛機上」這一音的最後一句，我合上書本，準備起身離開，像在假寐中的老太太開了口。

「立群，」不知什麼時候開始，她不再稱我小葉，「你以後晚上來我這邊開飯。」

三位女士以期待的眼光注視著我。

「這樣太麻煩妳們了。」我軟弱地回答。

「一點也不，」阿燦說，「我們三個都吃得很少。」

對鷓鴣菜或是一樓的鐵工，這大概是項殊榮。但是對我說，我隱隱約約覺得有些不對勁之處。就像有人從背後拍你肩頭，告訴你，你上了電視節目「幸運鏡頭」的街頭掃描，除了在螢幕上露露臉外，還有一筆獎金好領。不過，儘管我以最快的速度思考，卻沒有人給我任何的緩衝時間。「就這麼決定，」辛老太太說，「我們不能讓你在外面亂吃，會吃壞了肚子；以後下了課回來一塊吃飯。」

最初幾天，我有點不自在，蔡家以奇異的眼光詢問我，鷓鴣菜甚至嘲諷地說，「三娘教子，」後來就習以爲常了。我成了三樓的嬌客，那張又大又軟的沙發成了我的專用座位，加上一雙絨毛拖鞋，使我像個少爺般地疊著雙腿看晚間電視，一邊啜飲著香噴噴的熱茶，一邊和她們閒聊。我一個年輕男子的好奇，如果不是那個遊民暗示過他死也不肯搬走，我想老太太會讓我住進他的房間，好就近「照顧」我。

此外，馬小姐依舊在英文課裡對我施加壓力，她甚至變本加厲地以腿側輕輕磨擦著我，有一次，她居然沒有戴胸罩，我的視線受鼓勵地搜尋著她的乳房，這些加上瀰漫在客廳裡的閨中氣氛，對我產生了影響，我開始注意起自己的外表來。我買了兩件漂亮襯衫，頭髮經常梳理得整整齊齊，動作也斯文多了。我不曉得這種變化是好是壞，因爲我擔心自己會變得娘娘腔起來。

其實這種顧慮是多餘的，每個星期有兩三次，辛國書（這個混混居然有個權勢的名字）這傢伙會同我們一塊晚餐，他總是用怨毒的眼光監視我的一舉一動，這種露骨的敵意，使我維持了適當的警覺心，所以，一個星期也有兩三天，我會到運動場鍛鍊身體，跑個幾千公尺，補充我的男子氣概。

在這一段隨時準備接受挑釁的日子裡，還發生了一段插曲，是一樓那位退休公務員惹出來的，這位仁兄身材瘦高，戴一副玳瑁眼鏡，稀疏的頭髮染得黑黑的，一天上午，他在巷口叫住我。

「葉先生，有件事拜託你。」

「什麼事？」

「這個……」他支吾了半天，「眞難啓口。」

第一個反應是覺得他要向我借錢，看看他兩隻東張西望的眼睛，還有身上的穿著，雖然襯衫洗得發白，仍不脫寒酸之氣，他以前是財政部的一名低級職員，退休後靠著一筆可憐的養老金過活。

「你說說看，秦先生。」

「也不怕你見笑，是這樣的，有一封信麻煩你交給三樓的馬小姐。」

「什麼信？」話一出口，我立刻後悔。

「這個——是——是——有關，」他口吃著，「關於一件事……」

「沒問題，」我說，「信呢？」

「在這裡，請你，請你替我保密。」

可憐的老先生，不用說，這是一封仰慕的信、追求的信。我試著將馬小姐和他放在一起，嬌小的馬小姐大概只夠得到他肩膀，而且走在一起難免會讓人錯認為父女。再說——再說她還是郵局的副主任呢。

我找了個機會把信遞給她，讀完後她氣得跳了起來，低聲罵道：「老色鬼、下流胚子，居然還跑到郵局偷窺，不要臉！我要去告訴老太太，把他攆走。」

「妳不能這麼做。」

「爲什麼不能?這是——」她想了一下，終於找到一個辭句，「騷擾」。

「我答應過他，不讓其他人知道，」我說：「何況秦先生也沒什麼惡意，他只是仰慕妳。」

馬小姐抬起頭，用奇怪的眼神看著我，接著臉頰浮上兩片紅暈。

「信在這裡，你自己看看。」

我匆匆瞥了一眼，是一張普通信箋，上面用毛筆寫了幾行字。

馬小姐：

恕我冒昧提出此一不情之請，我誠摯地希望與妳建立友誼，幾次至郵局探望，皆不敢啓口，只得出此下策。如蒙首肯，請至附近咖啡室一晤，時間、地點，請令送信人轉達。

秦學海敬上

這封信文謅謅的，語氣像紹興師爺，我再讀了一遍，覺得這位老先生不大像在追女朋友，倒有些類似長官給部屬下字條。我把信交還馬小姐，她沒再看一眼，捏成一團，扔進垃圾桶。

「這位秦先生是幹什麼的？」我問。

「沒幹什麼，一個在街上閒逛的老頭子，」馬小姐猶在氣頭上，「你碰到他，就替我警告他，離我遠一點，再到郵局騷擾，我就叫警察。」

我下樓的時候，秦先生自牆角閃身而出，他滿臉通紅，我表情嚴肅地搖搖頭。

「爲，爲什麼？」他喃喃地說。

「你應該自己去問。」

「爲什麼……」他不斷重複著這三個字，彷彿陷入一種混亂的狀態，我愛莫能助地聳聳肩膀，目送著他隱入門後的背影。

我們的遭遇何等不同啊，此後秦先生看到我就遠遠避開。夏天似乎提早降臨，天氣悶熱，午後有雷陣雨。大學裡充滿了昏倦的氣息，學生們無心上課，卻也找不到什麼事好做。我常常出神地望向窗外，寂靜的校舍、雨後的樹叢，幾個小孩在水坑上嬉戲。蘇治平丟過來一團紙條，他希望我投資週末的舞會，回收率不錯，字條上這麼說。我用紅筆打了個「╳」，把字條扔回給他。

這個週末我有事，鷓鴣菜再三懇求我幫他忙，他約了鄰房的兩位小姐看電影。

「拜託嘛，小葉，我那有辦法同時應付她們兩個。」

「這種事你找別人吧。」

「別人靠不住，」他說：「所有花費全算我。」

「電影、咖啡、零食，你眞捨得花錢？」

「這麼說，你是答應了，」他陰險地笑了一下，「巧玲就交給你了。」

我知道上了當，不過，我對異性的憧憬已經被馬小姐破壞了，更正確地說，被她扭曲了。我常常作些色情的夢，手淫的頻率也增加，這使我感到無比的困擾，就像現在，我在課堂上猛打呵欠，腦子裡儘想著些亂七八糟的事。

所以，我答應他還是有原因的，我希望有點新鮮事發生，但是巧玲——

一眨眼禮拜六到了，我們四個人先看了場電影，是齣「文藝愛情悲喜劇」。當時的大學生拒絕國語片，我卻覺得蠻不錯的，這種不可思議的愛情故事，即使只有萬分之一的機會；以我爲例——我的遭遇足夠作爲小說與電影的題材。就叫它「一個大學生的戀愛故事」吧，不對！應該叫「性、愛，與死亡」。墮落、藉口、反省、空虛的心靈、海明威、禪，和佛洛依德的性心理分析。

由於某項分配上的偏差，我們兩人把小姐們夾在中央，但靜芳卻緊靠著我，鵪鶉菜的憤怒可想而知，電影的前半場，他不停地抖著膝蓋，不時地投給我懷疑的一瞥，終於熬到散場，鷓鴣菜拉住我，低聲說：「怎麼回事，你想橫刀奪愛？」

「不跟你爭風吃醋，」我說：「我回去算了。」

然而，我們低估了小姐們的智慧。到了一家燈光昏黯的咖啡廳，胖姑娘突然緊抓住鷓鴣菜胳膊，將他推倒在一張卡座上，然後從皮包拿出一副撲克牌丟在座位中央，「反正沒什麼事，」她說：「咱們兩個來玩玩牌。」

於是，這一對各懷鬼胎的男女，在專供情侶談天的咖啡廳裡，竟然一來一往地打起牌來。

「妳帶撲克牌來沒有？」我問靜芳。

她搖搖頭，低下眼睛望著自己的手指尖，手掌放在膝蓋上。

「怎麼回事？妳沒上過咖啡廳？」

她又搖搖頭。

「我們每天見面，都很少有機會說話，好了，現在機會來了，我們好好聊聊。」

她抬起頭，看了我一眼，然後，突然地冒出了一句。

「你瞧不起我。」

「什麼！」隨後我聽見自己開始演說起來，說的不外是「職業沒有貴賤之分」、「勞工是神聖的」、「會讀書沒什麼了不起」這一套。

「你喜歡樓上的馬小姐。」過了半晌，她說。

「誰說的？」

「每一個人都知道，你一天到晚跑上樓。」

「胡說八道，我到上面吃飯。」

「那個女妖。」靜芳恢復羞怯的神態，「你要小心。」

咖啡廳的遊戲結束了。鶒鴣菜提議回家。他是這麼說的：「與其花錢來這裡窮泡，倒不如回家聊天去。」

靜芳的話使我心生警惕，一連幾天，我吃完飯後，便推說有重要功課要作，立即下樓，把自己關在房間裡。我心裡明白，自己正在墮落的斷崖邊緣。靜芳也許說得不錯，但她沒有拯救我的能力，她是個簡單、善良、胸部平坦的姑娘，怎麼會是閱歷豐富、風情萬種的馬小姐的對手。我把臉埋入雙掌，希望暑假趕快降臨。

過一會兒，我決定求助於書籍，我翻著書架，打算找本箴言或是格言之類的書。但這些書早和我的中學教科書遭遇了相同的命運，被我塞進南部家中的床底下。

我的書架上除了與商業有關的書籍外，就是一些充滿叛逆性的文學作品。而這一本——斯湯達爾的《紅與黑》，更大膽地鼓勵了年輕男子對年長女性的愛戀。海明威並不反對，白先勇無話可說，佛洛依德認爲這是戀母情結，無足爲奇。納波科夫則歌頌了一個中年男子對青春期少女的狂戀。

我也沒有寫信，我不能將家人牽扯進來，這跟道德無關，這是作兒子的基本認知。儘管我身體毫無異狀，卻像個精疲力竭的人躺在床上。我思索著每一件事，想像著各種可能的情況，但到末了馬小姐的幻影總是乘虛而入；她一絲不掛地爬上床，壓在我身上，在我懷中蠕動，我發出連自己都不敢相信的呻吟，我試著以自瀆來舒解，但沒有效，我的身體像被火燒著。愈是想從情慾的深淵抽身，卻陷得愈深，我想我要發狂了。

這個情況持續了七天。最後一天，我衝進雨裡，全身淋得溼透回來。在浴室的鏡子裡，我看到了一張表情怪異的臉，這張臉蒼白、眼神神祕。面對鏡中影像，我不禁打了個寒噤。

於是，在一陣可怕的悸動過後，我恢復了客廳的習慣。辛老太太視我如子，讓我擁有許多不明顯的特權，譬如隨意選擇電視台，她們對任何節目似乎都沒有成見。而隨著白晝的延長，我逗留的時間也增加。然而馬小姐的英文並沒有顯著進步，她常常弄錯介詞，不過，我看得出來，她對能否和美國人流利交談並不怎麼關心，她告訴我一年大概只有三個美國人和郵局打交道，而且他們還能講簡單的國語。

老太太一個星期總有兩三天提早上床，這個時候，客廳就只剩下我和馬小姐，我們讓電視機開著，藉以混淆別人的視聽。關上天花板下的吊燈，只留一盞小壁燈，這個配上電視幕變幻著的彩色螢光，以及馬小姐身上的香味，很快我便豎起了白旗，我讓她作她想作的事，包括用手背輕輕摩擦我的大腿，把下巴置於我的肩頭，輕吹我的耳朵。終於有一天，我試探性地伸手抱住她的肩部，這時電視正放映一部長片，我視而不見地瞧向那裡。所有表面的動作暫時靜止了幾分鐘，我的心在胸腔裡猛烈地撞擊，然後我摒住呼吸，張開所有毛孔，把全部注意力集中到右手，跟隨著它慢慢地，一寸一寸地向前滑動，先是自指尖處傳來一陣輕微的震顫，繼而一種柔軟、舒適的觸覺，當它終於抵達目的地時，我的腦袋轟然一響，四週頓成真空。

這以後，作這件事就自然多了，下一個星期（僅隔了三天），我將手伸進她的內衣。我覺得自己正在下墜，這一個我在罪惡之海裡掙扎浮沉，另一個我則陷入一種奇妙的、持續的肉體亢奮狀態中。我時時刻刻想起華姐（我不再叫她馬小姐了），輕輕唸著她音樂般的名字——馬——幼——華。無論在課堂、戶外、車上或是臥室，我唸著這個名字，渴望輕觸她神祕的軀體，諦聽她柔軟的氣息，以及——和她性交。

華姐讓我觸摸她，一邊告訴我她弟弟的故事，他在和我一樣的年紀時，死於「心臟動脈壁惡性腫瘤」。

「他跟你年紀差不多，也在讀大學，外交系，長得很秀氣。死前一個月，他告訴我胸部常有壓迫的感覺，我認為毛病可能是伏案過久，便買了些練功散之類的成藥，那時候，我還只是個小職員，賺的錢不多，供他讀書的負擔已經不得了。唉，病發的那一天，他還以為只是吃壞了肚子，我下班回家的時候，發現他躺在床上，但還勉強地告訴我，他身體不舒服，很想吐，我便到藥店買了一包藥，那裡知道，到了半夜，他痛得在地上打滾。我把他送到醫院時，他的血壓已經高達兩百五十，醫生要我作決定是不是立刻開刀，由於儀器不夠，開刀只有一半成功的機會，或是轉送更大的醫院，但要冒救護車顛簸的危險。我考慮了很久，決定送他到大醫院。在救護車裡，我求遍所有的神。可是就在即將抵達醫院時，僅差一條街，他就死了。臨終前，他對我說了一句話『姊姊，對不起。』我永遠忘不了他含淚的眼睛，逐漸變灰的臉。其實，該抱歉的是我，如果我不作那個決定……」

我將手自她胸口縮回，我不能在聽這樣的故事時作這件事。這時候，我們坐在客廳的沙發上，老太太她們已經就寢，癟三的房間則空著，顯然晚上不會回來了。華姐眼眶含淚地指著她的房間（離客廳最遠的那一間）說：「我帶你去看看他的照片。」

我躡手躡腳地經過第一個房間，裡面靜寂無聲。第二個房間亦然。到第三個房間，華姐推開虛掩的門，打開一盞小枱燈，立刻我被一片粉紅色所包圍，這是壁紙的顏色，同色的梳妝枱，一張精緻的小床，床單繡著一朵大紅花，書桌上擺著一瓶玫瑰，香氣從此處、衣櫥和梳妝枱發散出來。頰上泛潮的華姐示意我坐在一張小圓凳上，然後拿出她弟弟的照片，那是位有點像我的青年。我看了一眼，便遞回給她。不曉得爲什麼，我不願再看第二眼這張照片，這跟道德無關，這是一種情緒，我沒情緒去了解這位死者短暫的一生以及他們姊弟間的情感——一種混合著內疚、愛和回憶的情感。華姐默默地接過照片，放回原處。我站起來，等她轉身時，抱住了她。

就像電影一樣，我們擁吻起來。在靜默中（爲的怕驚起老太太她們），我失去了童貞。

過了這些年，我仍能看到那位敏感、蒼白被慾念所苦的青年，他在偷偷摸摸的性行爲中，了解到激情是多麼可怕的一種力量，他的背部常常佈滿抓痕，因爲那位比他年長十幾歲的少婦沉默而凶狠地追尋她的救贖，她在高潮中低聲呼喚她弟弟的名字，然後眼眶被痛苦的淚水所溼潤。

我不曉得當時怎能忍受這些，我想我是懷著一種憐憫、自責的心情注視著我們兩人，以及這一段註定不會有什麼結局的畸戀。

而夏天突然間就來臨了。

那年夏天，白天悶熱，午後經常有雨。我常常站在窗口下望潮溼的街道和撐著傘的行人。然後夜幕將臨時，我便將視線移向街口，等待華姐跨著小小的步伐，橫過馬路，進入我的視線。當她取出鑰匙開門時，會抬頭望一眼我的窗口，有時候，我下午沒課，便會撐著傘到她工作的郵局，假裝購買郵票或塡寫信封，其實是在偷窺，忙碌的、頭髮在腦後綁成一個髻的華姐終於發現我，我們匆匆交換著無聲的關懷後，我便離開郵局，回到房間，靜待著晚餐的團聚。

不曉得老太太發現我們之間的曖昧關係沒有？不過作為被保護者的我們，我想老太太的年紀和世故都會令她保持緘默。倒是那位辛國書，有一次在港子口不期而遇，他神色匆忙，彷彿正要去參加一場三缺一的盛會，我禮貌地和他點點頭，他卻突然停下腳步，從頭到腳打量了我一遍，然後開口說：「小白臉，你幹的好事。」

「什麼意思？」

「你自己心裡有數。」說完頭也不回地離開。我把這件事告訴華姐，她沉思了一會兒說，「他吃醋了。」

「什麼？那個流氓。」

「他打過我的主意，我沒理他。有一次他故意不關浴室，我跟老太太說，老太太立刻把他臭罵了一頓。」

「好看嘛？我是說光著身子。」

「噁心死了，」她啐了一口；「我只欣賞你的。」

不過，我因此倒是有了戒心。一個星期後，辛國書來向我借錢，並且威脅要把事情宣揚出去。

「你們以為我不在，哼！」

「你胡說些什麼？」

「若要人不知，除非己莫為？」他說，「閒話少說，兄弟有急用，想找你週轉一點。」

「我只有這麼多錢，」我把口袋翻出來，「一百塊錢。」

我以為他不要。但是他卻一把抓了過去，連謝謝都沒有留下一聲。

我沒把這件事告訴任何人，我認為他還會再來，那時候，我會嚴詞拒絕，但是直到暑假來臨時，什麼事都沒有發生。

「你還會回來吧？」華姐邊幫我整理行李邊說。

「當然會，這只是暑假，說不定我下個禮拜就跑回來。」她笑了起來，指著書架上的書說，「我眞笨，你沒把所有的書都帶走。」

然後，我去向老太太和阿燦道別。老太太遞給我一盒人參。

「這是人家從香港帶給我的，還有一大堆。你拿回家孝敬父母。」

「謝謝妳。」我感激地說。

「早點回來呀！」我下樓時，老太太叫住我又說了一句。

這天是週日，鄰房的蔡科長希望我吃完午飯再走，我告訴他車票已購妥，來不及了。鶺鴒菜則自告奮勇地要送我到車站。我坐上他那輛載貨用的摩托車，皮箱抱在胸前，呼嘯著穿過炙熱的街頭。

途中，他告訴我一個好消息；昨晚，那個姓辛的終於被捕。

「會判刑吧？」

「賭博、拒捕，至少半年。」

「好極了，眞是大快人心，」我說，「最近你在幹嘛，一天到晚看不到人影。」

「我在作生意，」他神祕地回答，「我準備辭掉電器行的工作。」

「眞的嗎？」

「還騙你呀，等你從南部回來就知道了。」

「好吧，那麼祝你成功。」

他買了張月台票，提著箱子，送我上莒光號。火車開動時，他隨車跑了幾十公尺，從窗外向我揮手。我想如果不是搬進辛老太太的公寓，我這輩子沒機會交上這種奇怪的朋友。

我自問，我究竟什麼地方吸引了這些人？老太太、華姐、蔡科長、鷓鴣菜和靜芳。也許我是個跟他們完全不一樣的人，一個闖入者、一個受高等教育的讀書人，他們以各自的方式接近我，對我表示善意，並且希望從我身上得到一點回報，就像鷓鴣菜，而華姐要求得更多。我記起她注視我時的眼神，一種混合著狂亂、愛與自憐的眼神。我記得她的臉頰緊貼著我的胸膛，聽我的心跳。

「你好年輕。」她說。

我在莒光號上想著就是這些，想著在那間公寓所發生的每一件事，我非常興奮，卻又十分困惑，我變爲成年人的過程竟是如此奇特，在華姐女性、溫暖的懷裡，了解作爲一個男子的驕傲。自然我還會問些問題，得到的答案雖令人不快，但沒有理由對我造成傷害，她有過一個男人，這個男人後來又和她弟弟一樣拋棄她。

「有一天你也會離開我。」她說，一邊輕撫我的頭髮。

「不會的，華姐，永遠不會。」我年輕的舌頭吐出了這麼一句。

那時候，我們互擁著躺在她床上，用耳語般的聲音交談。

「你這麼年輕，很多事還不了解。」

「我讀過很多書。」

在快速移動的火車上，我想起自己說的這句話——讀過很多書。覺得怪不好意思的。車窗外明亮奪目的原野，帶著一種俗麗的色彩。接近中部了，令人心浮氣燥的工業設施開始減少，但在陽光下的田野，雖然隔著兩邊溫度不同的玻璃窗，仍舊可以感覺到那種逼人的熱力，迅速掠過眼前的小鎮街道空闃無人，冒著熱氣的山坡、水池，同樣地露出昏昏欲睡的表情。我的鄰座沉入了夢鄉，他是個中年商人，抱著一只手提箱，鼻中發出輕微的咻咻聲。我打量著他油亮的額頭、肥厚的下巴、腹部鼓起的一圈贅肉，想到自己的未來，假如不隨時警惕的話，總有一天，我也會變成這副惡性。

很奇怪吧，在這個特殊的時刻，我竟開始思考起未來。也許我真的應該離開這些人，我只要寫封信給鷓鴣菜，謝謝他，並附上一筆錢，請他將我的衣物和書籍寄給我。我僅須解釋我轉到南部一所大學，所有人都會諒解的，包括華姐，她應該是最清楚的一個，因爲她說過「有一天你會離開我」這樣的話。之後，我再將這段記憶深鎖入我心靈中的一只秘密盒子，直到有一天，也許廿年後吧，我再度造訪辛老太太的公寓，那時候老太太大概早已作古，鷓鴣菜則步入了中年。

「你還好吧？」我問。

「還不錯，我開了家電器行，有一個小孩今年考大學。」鷓鴣菜回答，然後對著屋內大喊：「靜芳，小葉來看我們！」

過一會兒，我們一道去看我住過的房間，很奇怪的，衣櫥、書桌、床都沒有變動，我摸著每一件家具，沉思著、回憶著。

又過了一會兒，鷓鴣菜突然用奇異的聲音問了一句，「你大概不曉得，」聲音彷彿來自另一個世界，「關於馬小姐……」

「她怎麼了？」

「廿年前，她在你離開一個月後就死了，死於心臟血管破裂。醫生說這跟她家的遺傳有關。」

「啊！」

「她死前還唸著你的名字。」

我不能再想像下去了，我不能在只離開台北兩個鐘頭便在心裡背叛了華姐，並以想像她爲我而死自娛。我用力喘了一口氣，幾乎想狠狠打自己一耳光。列車繼續奔馳。哦，上帝！我不能棄她於不顧，不管以什麼理由。

回家的感覺眞好，我先沖了個冷水澡，然後坐在客廳和父親說話。窗子是敞開的，風從院子裡幾株小樹的枝葉間隙吹了進來，電扇也在轉著，父親穿著汗衫，頭髮半白，頸下露出粉白的胸肌。他問起我學校的功課，我們多半的談話總是以這個開頭。同樣的，我也給他一個充滿希望的答案。他是在抗戰期間一所校址經常移動的大學讀的書，但沒有畢業，因此他最擔心的是我拿不到文憑。我一再向他保證，重修的機會幾乎沒有，更遑論其他了。

「才兩三個月不見，」父親瞇起眼打量著我，「你變得較會說話了。」

「沒有呀，」我嚇了一跳，不過竭力保持鎭定。

「你寫回家的信上說，新搬的房子，房東對你很好，是怎麼一回事？」

「她是位心地非常慈善的老太太，這次我回來，她還給我一盒人參孝敬你。」

「這個禮太重了，」父親將那盒人參捧在手上，左瞧右看，「眞正的吉林參，你在搞些什麼鬼？」

「什麼！」

「是不是那位老太太有個孫女兒什麼的？」

「唉呀！爸爸，你想到哪兒去了。」

我們兩個人都笑了起來，他的懷疑消失了。隨後，我們一道到兩條街外的書店去看我母親。

她坐在櫃枱後，兩個女店員則各自佔據書店一角，書架上方斜掛著反射鏡，這是防「雅賊」的。晚上，姊姊請全家吃飯，在三民區的一家川菜餐廳。姊姊的兩個小孩頑皮得不得了，在座位爬上爬下。席間，我講了兩個學校的笑話，姊夫講了一個他們石油公司的笑話，這個笑話我記得好像在讀者文摘上看過，是關於阿拉伯人和一位台灣工程師的故事。隨後爸爸也講了個抗戰時的笑話。最後，媽媽要大家不要笑得太大聲，並且把全家的注意力引到我頭上，他要大家看看我是不是瘦了，我解釋說天氣熱，吃得比較少。事情就這麼樣，不過，我們都很快樂。

過了無所事事的三天——除了睡覺，就是到書店閒盪。我意外地接到台北的來信，是華姐，她的筆跡娟秀，粉紅色的信箋，浮著花的淺印，好大的膽子。

「誰的信？」母親自背後問。

「我的，同學寄來的。」

我急急回房，將房門上鎖，在窗下讀這封信。我拆信的手指頭微微顫抖著，像個初接情書的小男孩。

立群：

家裡還好嗎？這兩天我一直沒睡好。下樓的時候都忍不住往你房間瞧一眼。在我想像中，你彷彿還在房裡，讀你的那本詩集，叫什麼？波特什麼……管它的。這兩天，這裡沒什麼變化，除了那位姓辛的，他被判了三個月徒刑，太短了，眞希望法院判他個十年、廿年。另外就是老太太犯了一場小感冒，我也有點咳嗽。你一離開，整個三樓就好像缺少了什麼似的，眞希望你能馬上回來。

想你的華姐

這封信雖短，卻滿蘊情意。我一遍一遍讀著，想像著她寫信時的心情；在那張有香味的書桌上，一隻漂亮的小鬧鐘指著十一點。是的，該是就寢的時候了，她輕嘆一口氣，把長髮放下來，再捧起信，就著床頭燈，半躺著，輕聲讀著這封信。

她的呼喚穿越時空的障礙，輕輕落在我的窗前，我抬起頭，空洞的視線四下搜尋著。

立群——

然後，我作了一件這輩子都不會再作的事，我瘋狂地親吻著這封信。

第二封信間隔了一個星期，好漫長的等待。我至少抑止了三次打電話到她郵局的衝動（公寓裡沒裝電話）。我拿起話筒，撥了台北的前面兩個代號，卻立刻將它掛斷。我不能在上班的時候打擾她。我模擬著我們的對話，一遍又一遍。

「是我，華姐。」「聲音很小，你人在那裡？」「我在家裡，這是長途電話。」「什麼？啊！這裡眞吵，你能不能說大聲點？」「我好想妳。」「什麼？大聲點。」「我好想妳。」「郵局這個時候吵翻了天，你說大聲點，立群。」「我說，我好想妳……」

（我好想妳，這個禮拜我簡直沒做什麼事，我在家裡和書店東晃西晃晃，同時豎起耳朵，隨時注意門外的動靜郵差先生——）

郵差終於來了，我赤著腳衝出門，信箱裡果然是華姐的信。

「群弟，」她說，「因爲怕你們家起疑心，所以隔著這麼久才回信。你把信寄到郵局是很聰明的作法。如果寄到公寓，難保老太太不問東問西。對了，她向我問起你什麼時候回台北，我說快了，是不是群弟？你應該在開學前提早回來準備功課，還有我的英文課程，老師也不能請假太久對不對？晚上睡覺不要光著上身，小心著涼。老太太病好了，可是我發現她身體大不如前，阿燦知道我給你寫信，要我一併問候你。最後一件事，你回信時，請附上近照，我覺得又回到了少女時代。趕快回到我身邊。」

第三封信又隔了一個星期，但不同於前兩封，這次是限時專送。華姐以緊張的口吻在信上說，老太太不慎摔了一跤，送進台大，情況不太好，她一下班就到醫院幫阿燦，她有幾天沒有睡好，因為老太太待她不薄。

看完信，第一個念頭是收拾行李準備到台北，去探望那位慈祥的房東太太，多好的理由！可是，我沒有這麼作，家裡的一些事情延遲了我的行程。首先，母親要我陪她上佛光山燒香，在知悉一切秘密的菩薩面前，我覺得慚愧，我母親虔誠地、唸唸有詞地跪拜著，好像有許多話要向菩薩傾訴，我則尷尬地呆立一旁，如果我真的是急著去探望那位老婦人，那麼我不會覺得對不起她，不過，我無法欺騙自己，其實不是這麼一回事，那是回應某位女性情慾的召喚。接著，我姊姊堅持要我和他們一塊去海濱度假，但湛藍的海水與金黃的陽光，並不能發揮洗滌靈魂的作用，穿著泳裝的沙灘女郎，肆無忌憚地展現她們的胴體，晒紅的肌膚、晃動的臀部、追逐、嬉鬧、此起彼落的叫聲，一個身材動人的女郎，不小心將塑膠球滾到我腳邊（我坐在一張帆布躺椅上），她在我面前彎下腰，深深的乳溝、飽滿的胸部輪廓，以及裸露到腿根的泳衣，我貪婪地瞧著她，試著將華姐和這位女郎聯結一起。這樣自我折磨的結果是，在黃昏時分，我找了個身體不適的理由，提前離開。第二天，我收拾好行李，搭下午三時廿分的莒光號北上，在夜幕低垂時，抵達台北。

假如我自認當時能夠很清楚地了解自己的行爲或行爲背後的動機，那是在騙人。可是，對一位才過廿歲生日的青年，我想我不能苛求太多。這年夏天發生的事，是如此奇特而難以理解，像一頁「生命的傳奇」。三樓的那位女士稱我「健康寶寶」，顯然，那個蒼白、有點神經質的青年已經成了我生命史上的一頁記錄，我把它翻了過去，我發現腰圍加大，連鬍根也粗了。

是的，我回台北的那一天，確實充滿了自信，覺得能掌握一切，促成所有的事情。因此，當天晚上，我就溜進華姐的房間。

在那張彈性極佳的的床上，我粗暴地發洩了我的熱情，然後起身預備開燈。

「不要開燈。」她阻止我。

「我只想仔細看看妳。」

「不要，請你不要。」

我默默地回到床上，躺在她身邊，她伸過來柔軟的大腳壓住我。

「你變了，好像突然間長大了不少，你回家的三個星期一定發生了不少事情。」

「沒什麼事發生。」

「我有點擔心。」

「擔心什麼？」

「擔心你不要我，或者——」她吃力地說出這幾個字，「嫌我老。」

「胡說。」我的聲音軟弱得連自己都覺得不好意思。

可怕的指責，我感到恐懼。說些話吧，說些話吧，我對自己說。

「對不起，我有點混亂，坐了半天的火車……」

這層樓此刻只有我跟她兩人，（老太太和阿燦在醫院，辛國書在監牢。）這本來是我日夜盼望的好事——和華姐單獨相處。剛開始氣氛很好，眞的很好，一段長時間的分開，兩顆被情慾與思念所苦的心，猛烈的作愛、毫無顧忌的呻吟。

但在我倆之間，儘管軀體如此接近，那層不對勁的隔幕卻逐漸地明顯。我想我第一個感覺到了，因此，在黑暗之中，在肉體倦怠造成心靈短暫空白之後，我突然想到起身開燈。

她不得不阻止我這麼做，我可以想像出十個理由，十個卑鄙的企圖。於是，我換了個話題。

「老太太怎麼了？」

她告訴我，正如信中所述；老太太跌傷了膝蓋，送到醫院後，卻發現還有其他的毛病，嚴重的血糖降低和肝硬化。我心不在焉地聽著。我當然關心老太太，但在這種情況下，我所能作的只是靜靜聽著，並且竭力遏止打哈欠的誘惑，然後，突然之間，我睡著了。

醫院的味道永遠令我不快，冷氣孔輸送著帶著乙醚味的空氣，愁容滿面的病人和病人家屬，從來看不到笑容的醫師和護士，但他們相互交換著默契的眼光。我看到一張移動病床後跟隨著一堆哭泣的家屬，是有人死了吧。一塊白床單遮蓋住屍體，但家屬把它揭開，他們要看他最後一眼。我讓開路，把頭別向一邊，瞧著窗外的一座小花園，那些花開得非常茂盛，張大的花瓣，像在高唱生命之歌。爲什麼墳場和醫院的花總是開得特別好？

老太太的病床邊圍坐了幾個人，阿燦、蔡太太、一樓的嚴太太也來了。每個人都朝我點點頭。

我把水果籃交給阿燦，我注意到病床旁的小茶几堆滿了奶粉、罐頭和應時水果，大概每個房客都來探望過她了。

「老太太，妳身體好一點沒有？」

她的眼睛張得更大了，從我一進門，她的視線就跟隨著我。我注視著這雙慈祥的眼睛，注視著這張被皺紋和黃色淹沒的臉，隨後她伸出手，讓我緊緊握住，我覺得掌中彷彿握了隻皮骨嶙峋的小鳥。

「立群，謝謝你來看我，」她說，似乎費了很大的勁，「家裡還好吧？」

我點點頭，企圖用談話來阻擋我那即將掉落的淚水。

「老太太，妳一定會好起來的。」舌頭總是在需要的時候反對我，我斷斷續續地重複著同一個句子，「會……好……起來……」

「我生病的這幾天，你在外面吃飯，自己要當心些。」

我的淚水終於忍不住掉了下來。

老太太望著我，我永遠記得她的眼光，一種混合著驚奇、了解與悲憫的眼光。

當天稍晚的時候，華姐也自郵局匆匆趕來，然後我們一道回公寓。在夜色即將降臨之前，我突然注意到她臉上化著濃妝，但在白晝裡，任何化妝品都無法幫她說謊，她的臉——我必須對所有人坦白這一點，她不再年輕了。

夜裡，我躺在自己的房間，第一次，正經地、勇敢地思考著我們的未來，然而這種嘗試到一涉及彼此間的年齡差異時（十年後她就是個老太婆了），我就放棄了。反正——我的惰性又上昇了——反正，我大學還沒畢業呢。

因此，表面上，我沒有露出掙扎的痕跡，我配合著這棟公寓緩慢的、昏昏欲睡的步調，一面藉讀文學作品和試著完成一篇小說來平衡自己。我這麼說是有原因的，因爲一到晚上，軟弱的意志與肉體再度嘲笑我，我繼續溜進華姐的房間。

五天後，老太太離開醫院，這不是光榮的出院。後來，我打聽到並非老太太的病情好轉，她被確定得了肝癌，當醫生將噩耗告訴她（由於她的堅持），老太太未曾顯出驚慌的舉動，反之，她的臉色出奇地平靜，好像早已和死神商量過。

「替我辦出院手續，」她對華姐說，「我要死在家裡。」

爾後這棟公寓發生的事情，可以說是——不可思議。老太太回家準備坦然地接受死亡，公寓裡的每個人包括我，都有了奇異的轉變；不再大聲喧嘩、到處打掃得乾乾淨淨，遲歸者像小偷一樣溜進屋裡，孩子們時時被大人低聲制止頑皮的行爲，蔡家電唱機的聲音小得他們自己才能聽到，一樓的狗被送走，因爲牠在夜裡吠叫，鷓鴣菜也一改輕浮之氣，變得莊重而嚴肅，我們甚至開了一個會，商量如何緊急應變。

在這種大家一條心的情況下，偷情當然成爲不可能。我被分派的任務是（不能說「分派」，每個人都自動地以適當的行動表達他們的關懷。），每天早晨讀報給老太太聽，在止痛劑的藥效尚未消失前，她的神情蠻平靜的。通常讀一段社會新聞後，我總要停下來聽聽她的意見，遇到孤兒寡婦的新聞，老太太會嘆一口氣，閉上眼睛想一下，她消瘦的臉雖然呈現著病黃色，但那上面有一種光彩，一種我當時形容不出，後來卻在廟裡一尊小小的、昏黃燈光下菩薩的臉上發現同樣的氣質。

「爲什麼世界上會有這些不幸的事？」老太太張開眼睛說。

我無辭以對。

到了九點半或十點，一樓的嚴太太和二樓的蔡太太來接我的班，她們輪流地照顧老太太，也幫她梳洗。有一回嚴太太向我描述她們的工作，「老太太很愛乾淨，每天都要洗澡，」她說，「我抱她進浴室，她是這麼瘦，輕得像一束花。」阿燦這個時候則在市場和醫院兩頭跑。

兩位太太上樓後，我就回自己房間，這個時刻整棟樓一片沉靜，彷彿只有我一個人。窗外依舊燠熱難當，馬路上的柏油曬得鬆軟，院子裡的手推車主人小心地整理著他的謀生工具，他也常常上樓探望老太太，有時候帶來一些滷味。然後，我看到秦先生，那位退休的公務員，匆匆越過馬路，我不曉得他在急些什麼，這個人行蹤神祕，不過鷓鴣菜告訴我，有一回他在中華商場的老人茶室看到秦先生和人下棋。過了一會兒，我收回視線，再度專心在書本上，我正在研究海明威，想要發現他寫作的奧祕。當我這麼作的時候，時間就彷彿靜止下來，我深深地陷入他的想像力所築成的那個冷酷、自負與虛無的男性世界。但單向的仰慕並不能對我的寫作有所助益，到末了，我總是把筆一丟，對著空白的稿紙廢然嘆氣。

一陣輕微的敲門聲，使我自小說家虛構的世界中醒來，是那位秦先生。

「又來打擾你了，葉先生。」他曖昧的神態，使我召回了那次替他傳遞情書的回憶。

「難道你又……」我有點生氣，所有人都上樓看過老太太，只除了他。

「不，不，你誤會了，」他急急揮著手，「我有一張藥單，麻煩你交給老太太，也許有點幫助。」

我啞然失笑，但立刻收起笑容。我錯怪了這個人，接過藥單，我由衷地說了聲謝謝。老先生不好意思地望著自己腳尖，那是一雙舊皮鞋，鞋面有輕微的磨損，我拉了張椅子請他坐下，他彎曲著的身子，像是我父親常常掛在椅背上的一件舊灰呢夾克。他望望我，欲言又止。

「秦先生，這張藥單……」

「啊，是這樣子的，我有個開中藥鋪的朋友，他告訴我，這是清宮祕方，專治肝疾。」

「老太太得的是肝癌。」

「我知道，好可憐，」他低聲說：「一個好人，附近找不到第二個。」

「你要不要上樓去看看她？」

「不，不，我還有點事。」他搖搖手，然後起身。

我送他到門口，他又回身說了一句，「替我問候馬小姐。」

晚上，我把藥單交給老太太，不過沒有把秦學海的問候轉達給華姐，（發生了這件事以後，我不再覺得他的行爲可笑。）老太太看了一下，將藥單交給阿燦。

「明天你到藥店照方子抓一帖。」

「可是，老太太，」阿燦說，「妳不能亂吃藥。」

「好歹人家一片心意。」

事情就這麼決定。

晚餐時候，餐桌上只有我和華姐兩個人，我們默默吃著飯，偶而短暫的交談話題也是繞著老太太的病情打轉。晚餐後，我們坐在客廳，依舊是低聲交談，但能談的事情愈來愈少了，她告訴我，她最近很早就寢，因爲要預備半夜隨時起身照顧老太太，我說這事有阿燦作，她回答，阿燦白天太累了，有時候搖也搖不醒。然後我將手放置她肩上，同時作出更進一步的試探，但被她輕輕推開了，我又試了一次，結果相同。

「不好，這樣不好。」她說。

「爲什麼？」

「老太太快死了。」

無疑的，死亡的陰影籠罩著這棟樓的每一處地方，房客們互相交換著詢問的眼光。到了八月底，我已經不用讀報紙給老太太聽，她整天昏昏沉沉的，有時候張開眼睛便告訴我們，她遇見了她逝去的親人。這當兒，醫生和特別護士也來了，止痛劑的份量加重，但再也抑止不了她的痛苦，她時時呻吟著，喉部發出沉悶的響聲，腹部也漸漸鼓了起來，我們知道，她的日子不多了。

這一天，她突然對我說：「立群，我就要死了。」

「妳不會的，老太太。」

「我要是有你這麼個孫兒就好了。」

我默默地聽著，眼裡閃爍著淚光。

次日學校註冊，忙亂不堪的一天。下午，我騎著腳踏車回來時，蔡先生意外地出現在門口，他拍著我的肩膀，用哀傷的聲音告訴我，老太太過去了。

我隨他上了樓，客廳和老太太臥室擠滿了低聲交談的人，有些是房客，有些是陌生面孔，一個葬儀社來的婦人遞給我一把點燃的香，帶我到床邊，朝著老太太的遺體拜了幾拜，這時候，我憶起她生前對我說的話，便禁不住放聲哭了起來。

一切似乎又恢復原狀，學校、公寓、我週遭的人和事，但這只是表象而已，即使最愚鈍的心靈也覺察得出，事情不一樣了，開始時某些部份顯得不對勁，到最後則完全變了質，就像一瓶暴露於空氣中的酒。

開始的那一天，我記得很清楚，夏日的餘威猶在，但有鋒面過境，氣候便意外地涼爽和乾燥，路上的行人也反映出這種天候變化的趣味，衣服穿著五花八門，漂亮的秋裝紛紛出籠。就是這麼個日子，老太太葬禮過後一個星期。

我將單車推進院子，一個東西猝然從陰影處撲了上來，嚇了我一跳，原來是那條狗，牠又被送回來了，牠使勁地搖頭擺尾，在我身上又嗅又咬，我蹲下身子和牠廝混了一會兒，然後我聽到樓上有人喊我的名字，鷓鴣菜從窗口探出頭。

「快上來！」他叫嚷著，「有重要的事告訴你。」

「你這麼早就回來?」在房間裡,我忍不住問道。

「提早下班,」他漲紅著臉,眼光四下飛射,彷彿要尋找一個能使他心緒安定下來的東西,老太太的葬禮後,暫時送走的輕浮之氣,像院子的那條狗一樣,又回到老家。一進我房間,便忘了如何適當地安置他的臀部,他不是坐在桌角,就是抓了把椅子反坐在上面,要不然乾脆往我床上一躺,斜著眼睛和我說話,因此,這次情形雖有不同,但仍以安定他的情緒爲第一優先,我怕他又打我這張才換過的新床單的主意,便扔給他一把椅子,果如其然,他一屁股反坐在上面。

「蔡太太跑到電器行找我。」他說。

「發生了什麼事?」

「你猜?」他口沫橫飛地說,「你一輩子都猜不著。」

「那我還猜它幹嘛,你何不長話短說,等一會兒我還得和那兩個小鬼搶浴室。」

「你猜一次好不好?猜錯了我就告訴你。」

「是不是蔡先生答應投資你的電器行?」

「哈,比這個更偉大十倍的好處,」他像小孩一樣高興地拍起手來,「你十輩子都猜不著,我們可敬的老太太又作了一件天大的善事。」

「什麼事呀？別在那兒賣關子。」

「她把整棟樓遺留給我們。」

我第一個反應是拒絕相信，於是我轉了個身，在衣櫥尋找乾淨的內衣，鶥鴣菜卻一把抓住我的肩頭，把我轉過來，讓我面對那一張眉飛色舞的臉。

據他說，下午三點鐘的時候，突然跑來一位律師，宣佈說老太太生前在他那裡預留了一份遺囑（這事阿燦知道，但好像由於哀傷過度，把它忘了。），遺囑上說明了動產和不動產的處置方式。銀行存款除了留給阿燦一筆養老金，其餘悉數捐給養老院和孤兒院；不動產——這棟三層樓房，則留給現住的所有房客。律師又加上一句，「老太太死後搬進來的不算，這裡有名單。」然後他唸著名單上的名字，並要求蔡太太儘速把所有人找來。

「我打電話去學校，」鶥鴣菜說，「但接電話的人說，除非有絕對要緊的事，學校不會理這種電話，我又不曉得你的教室。」

「這沒關係。」對於突如其來的好事，我也震驚無比，一份贈與的財產。老天！我還沒加入就業的行列，就賺到了一份不動產，我的老天！

「坦白說，」鶥鴣菜觀察著我的臉色，「我也不相信會有這麼好的事。」

「其他人呢？」我問，「怎麼屋子裡好像一個人都沒有？」

「都去了車站邊那家利湘園餐廳。」

他們都在餐廳裡，和律師討論繼承的細節，之後叫了兩桌酒席。我和鷓鴣菜入座時，才剛剛上第一道菜。我坐在蔡科長旁邊，隔桌對著那位帶來喜訊的律師以及華姐。華姐的裝扮和那位西裝筆挺的律師一個調調，這令我有點不舒服，而且她似乎一直在迴避我的眼光。

雖有突如其來的好運及豐盛的菜餚，我卻吃得很不是味道。

「你剛剛不在，大家討論過了。」蔡科長說。

「討論些什麼？」我心不在焉地問。

「每個人分配到他原來住的房間，三樓那位坐牢的也有，我負責寫信告訴他。」

我輕嘆了一聲，「那我們以後不用繳房租了。」

「老弟，還有一份產權呢。」

「那麼客廳呢？」我突然想到客廳，但我想的是三樓的客廳。

「這個老太太也考慮到了，公共設施每個人擁有四分之一。」

就在這時，一樓的張姓鐵工過來敬酒，隨後大家競相敬起酒來，亂成一片。

「大學生，」張先生用他的大手掌拍我的肩膀，「你運氣眞好，才搬來幾個月，我們都住了好多年了。」

來不及聽我回答，他又和蔡科長互相敬起酒來。在混亂中，我仍不忘投給華姐他們懷疑的一瞥，兩個人談得似乎很起勁。華姐時時掩口笑著（不只她，每個人都興奮得很），她今天的打扮極為搶眼，細白的頸口掛著一條純金項鍊。那位律師則一副喜不自勝的模樣，他頻頻拿餐巾揩著額際的汗水，起勁地給身邊人夾菜，嘴巴忙個不停，又吃菜又說話的。

這頓飯在我感覺中，好像吃了一世紀那麼長，而且酒席錢大家平均分攤。

飯後，鷓鴣菜堅持用摩托車送我回去。

在車上，他問，「你是不是跟阿燦一樣？身體不舒服。」

「她怎麼了？好像沒看到她？」

「她推說身體不舒服，不能來，」鷓鴣菜酸酸地說，「我看是怕大家問她，老太太另外給了她多少錢。」

我覺得他的口氣不太對勁，不過我自己的問題都沒辦法解決呢。

「眞的，」鷓鴣菜猛加了一下油門，「有個房子的感覺眞好。」

車站離公寓不遠，但他故意繞了一大圈，而且為了表達興奮情緒，他一再表演蛇行，將機車騎上人行道，發出像西部牛仔的叫聲。我只覺得他十分幼稚。回來後，我拉了把椅子，坐到窗口，等華姐出現。這一等足足一個半鐘頭，而且她不是一個人回來，那位律師送她到門口。

我在樓梯口攔住她，然後隨她上樓。在她房間，我一把抓住她。

「立群，你幹什麼！」

「我們好好談談。」我企圖抱住她，但被掙脫了。

我洩氣坐到她床上，看著她慢條斯理地拔下髮夾。

「妳變了，爲什麼？」她回過頭，眼裡露出一抹憐憫的神色，我繼續說，「自從老太太生病後，你對我的態度就不一樣了，尤其今天，那個小律師……」

「你吃醋了，立群，」她輕笑一聲，緩了一些緊張氣氛。

「原來妳故意刺激我。」

「不是的，立群，」她坐到身旁，握住我的手，「這些日子，我考慮了不少事。」

「我想，我知道妳的意思，」我想起身，像個大丈夫，但她手握得更緊，而且微微發起抖來。

「你不知道，立群，我也很痛苦。」

「可是，我愛妳。」我這樣說連自己都覺得吃驚。

「我也愛你，但那像姊姊對弟弟。」

「唉呀！」我怪笑一聲，「像在演電影。」

「這不是電影，這是可怕的現實，立群，不管怎麼說，我們永遠是好朋友。」

突然間，我的怒氣暴發了，我一翻身將她壓在下面，動手脫她的衣服。

她沒有掙脫，只是靜靜地注視著我。等我發洩完了後，她溫柔地替我穿上衣服。

「讓我們永遠記住這一刻，」她的眼裡閃爍著淚光。

「爲什麼？華姐。」我呻吟著。

她在我懷中抽搐了一下，然後說，「老太太臨終前，要我答應她，不再傷害你。」

當我眞正具有判斷事物的能力時，我常會思考這件事，把那位受苦女士的影像召回眼前，想著她在我懷中哭泣，然後用堅定的聲音告訴我老太太臨終前的囑咐。而在那一刻，所有的罪惡、邪念、痛苦與不平都被那句話激起的自我犧牲的情操所平息了。老太太遺留給我們的，不光是幾個房間而已。可是，原諒我，原諒那個被情慾折磨的青年。我當時很不容易諒解這件事，我覺得被羞辱了，老太太從另一個世界來譴責我，透過華姐和那位客串追求者的律師。

我是個蠢蛋、是個蠢蛋。這以後幾天，我不停地以這句話嘲笑自己，我也不再上樓去了，我對自己說，讓樓上的女人自生自滅吧。恢復從前的生活習慣後，我開始遲歸，有時候半夜回來，一躺下便呼呼大睡。同時，我不再理會這棟公寓和老太太垂愛的房客們。我泛起了搬離此地的念頭。

蔡家曾經作過幾次暗示，希望我把房間讓出，不過也只是暗示而已，譬如當我的面抱怨房間太小，一家四口擠在一塊不方便，或是孩子長大需要更多的空間等等。我沒有理他們。我對這種私底下的交易已經感到厭煩，如果他們明言，我想我沒有理由拒絕的。同時，我也感覺到這棟公寓正在變質，從前那種好的氣氛已不復見，隨著佔有慾的增高，房客們的相互應對，表面雖如前親切，但明顯地洩露出虛假與心機。就像我們常在書中看到的，謠言自互不信任的嘴中傳出，我聽到各種彼此中傷的話，最先是耳語，接著是行動與爭執。到了十月間，蔡太太將孩子的小床搬進客廳，衝突便發生了。

這段日子，我一直處於舉止不定的狀態中，我時時計劃搬離此地，（很簡單，只要告訴蔡家一聲，他們肯出一筆錢的。）但惰性和對樓上那位女士的依戀使我不斷打消離去的念頭。可是，我也缺乏再去找她的勇氣。不！這跟勇氣無關。這是人性的基本問題。

但儘管我以自省的態度尋求解脫，週遭的爭執與商業的行爲依舊不放過我。鷓鴣菜把我拉出房間，指著蔡家的小床，嚷道：「怎麼回事？怎麼回事？客廳怎會多出一張床？到底是誰的？」聲音驚動了二樓的所有房客，巧玲和靜芳聞聲而出。

「是呀，」巧玲說，「這麼一擺，客廳就沒了。」

於是四雙譴責的眼光（我不由自主地追隨著他們），同時投向面紅耳赤的蔡太太。

「是這樣的——」蔡科長支吾了半天，「我們暫時把小床搬出來……清理房間……是的，清理房間……」

「我還以爲……」鷓鴣菜陰險地笑了一聲，「有人想佔據客廳。」

問題解決了，小床搬回去。但這只是表象而已，過了兩天，蔡太太宣佈：她不再負責二樓的清潔工作，而且默許她的兩個兒子發揮破壞力，譬如在走道上玩球或追逐等等。

當然，這種行爲引起的抗議也必隨之增高，鷓鴣菜進出浴室都把門弄出大響，並且在房間內大聲唱歌，兩位小姐也買了一台收錄音機來對抗。白天還算安靜，一到晚上，此地簡直成了菜市場。至於樓下，情況也好不到那裡，麵攤老闆將從前堆在房間的炊具搬到客廳的一角，其他人自然跟進，因此一樓的客廳在我看來，就像個垃圾場，同時一些爭執也相繼發生，譬如院子裡的那條狗，常常被某個人踢得哇哇叫，我猜想是兩個鐵工中的一個。三樓的情況最好，然而聽說辛國書那個傢伙即將出獄，我不免替華姐擔起心來。

一天晚上，樓下的嚴先生來找我，他是個房地產掮客。

「葉老弟，有件事找你商量。」

我請他坐下，他不肯。反之，在我房裡踱著方步。

「你知道我是作房地產買賣的，」他伸出手摸著牆壁，「唉呀！灰泥都快脫落了。」接著又拍拍那座衣櫥，「這個東西該換新的了。」

「有什麼事嗎？嚴先生。」我終於忍不住問了一句。

這句話果然終止了他挑剔的動作。他將我拉到窗下，作出防人偷聽的手勢，再用壓低的聲音說：「老弟，我想買下你的房間。」

「什麼？」

「你知道我是作房地產買賣的！」他是個矮胖、前額禿了一塊的中年人，「我可以替你猛賺一筆。」

我對他說，我可以考慮考慮。他沉吟了一下，伸出了兩隻手指。

「四萬塊錢。」

他斜仰著頭，以一種迫切的、煽動的眼光望著我，這使我有點反感。

「我告訴過你，我答應考慮。」

從我的聲音中聽出不快的意思，他用舌尖溼潤一下嘴脣，粗短的鬍根溼了一片，「價錢還可以商量。」假笑了幾聲，「你仔細想一想、想一想。」

四萬塊錢對我不是個小數目，但是這筆錢——不是我自己賺來的，這是樓上那位老太太的施捨，她自認拯救了我，切斷我和華姐的關係，再給我一筆錢，打發我走路，然後在永生之年懷念她。哦，不！我不能接受這筆錢，但是這筆錢可以買不少東西，可以讓我舒舒服服地唸完大學，爲什麼不接受？爲什麼要考慮？

姓嚴的走後不久，蔡先生也來了。

他先長長嘆一口氣，再搖著頭說：「老太太過世之後，這棟房子等於失去了主人，再沒有人肯盡心去照顧它，」他又嘆了一口氣，再把手放在我肩上，「每個人都只管自己，房子沒人打掃，門窗壞了沒人修理，照這種情形發展下去，我擔心……」

有了剛才的經驗，我幾乎想大聲告訴他，我知道他的來意，不過，這個人不停的嘆氣聲使我收回了舌尖上的話。

「我擔心，不出一年半載，這棟樓就完蛋了，而且老太太……」

突然之間，我有種可笑的感覺，我成了眾人追逐的目標，大家都跑來找我，爲什麼？蔡科長提到老太太時，我迷惑了一下。

「老太太在天之靈絕對不許這房子被那些人搞壞，譬如樓下那位姓嚴的，你知道他想幹嘛嗎？」

「他剛剛上來過。」

「啊，這我倒沒注意，」蔡科長湊近我的臉，「小葉，你得提防這個人，他有野心，他打算逐一收購產權，再將整棟樓高價賣掉，這個陰險的傢伙，他還在背後說你壞話。」

「他說了我些什麼？」我半信半疑地問。

「他說——」蔡科長作出曖昧的表情，再抬起頭瞧了天花板一眼，「他說你跟樓上的馬小姐有問題。這是什麼話，小葉書讀那麼多，人格我可以保證。怎麼能讓這種人亂說話。」

我先是嚇了一跳，不過立即恢復鎮定。這些老狐狸，我在心裡咒罵一聲。且不管傳言是眞是假，背後的動機委實令人又好氣又好笑。

「謠言止於智者。」我說。

「對，就是這句話。小葉，你說那個造謠的剛剛上來過，他是不是又說了別人閒話。」

「他打算買下我的房間。」

「你答應了沒有？」他緊張起來。

「我答應考慮。」

「唉，這怎麼行。」

「怎麼不行？」我說，「你剛剛不是告訴我，你擔心這棟房子就要完蛋，我倒不如早些搬走。」

他一定後悔低估了他的對手。

「你誤會我的意思了，小葉，我很誠懇地請求你，如果你有意思，請讓給我們，我們一家四口擠在一個小房間……」

我受不了這個人的可憐模樣，因此說道：「好吧，我答應優先考慮你們。」儘管遭遇到各方面的壓力，我還是繼續逗留了一段日子，並且驚訝地發現自己成了一位旁觀者，靜觀辛老太太的慈悲所引起的不義。

這個時候，正好碰上國慶日的三天假期，我決定回家一趟，冷靜思考自己的未來。

一如大部份的家庭，我的家幾乎沒有任何改變。我說幾乎是因爲我已具備了觀察事情另一面的能力。但我仍須絕對信任我的家人，我要他們和諧安全、互相信任。不過自始至終，我都隱瞞了發生在我身上的這些事。這看起來有點矛盾，其實不然，老太太和華姐對他們而言是另一個世界的人物，任何人都沒有權利將這些人牽扯一起。

我還有一年大學畢業。因此，父親對我將來的出路非常關心，他希望我能考慮出版業。

「我跟出版界很熟，可以幫助你。」他建議。

「你是想要我接你的書店。」

「不完全是，年輕人一定要有雄心，書店是個好基礎，但不能把它當成你事業的終點，出版業可以讓你一展鴻圖。」

「一展鴻圖」這幾個字使我笑了起來。這位老式的父親，說話帶著「勵志文粹」的口氣。

「有位教授跟我說，未來的台灣是貿易商的天下，我希望在民營事業求發展。」

「你已經一副生意人的口氣了。」

「爸爸，」我問：「你當初怎麼會想到開書店？」

「你以爲你爸爸沒有過雄心壯志？」

「我不是這個意思。」

我父親站起來，我知道他不願意跟我提起從前的事，他當過一任縣長，但只幹了兩個月，後來共產黨便來了。

是結束談話的時候了，我回到房間，躺在床上瞪著天花板出神。還有一年畢業，跟著服兵役，然後就得踏入社會和幾十萬我這一類的年輕人競爭。我想起父親，他希望幫助我，但他明白自己並不是什麼成功者的典型，他老早就退出了競爭的行列，也不能給兒子任何肯定的教訓，因此他時時問起我的未來，同時抱持懷疑的態度。我可以接管書店，但是，作這個事需要在商學院訓練四年嗎？

我把眼睛閉上一會兒，又一個意念泛上心頭——未來的問題還遠著呢，目前的問題已夠傷腦筋的了。

我自床上坐起，突然之間，我覺得自己是個眞正的成年人了，什麼事情都得自行解決。這麼一想，眼前便豁然開朗，我拍一下手掌，對自己說：「勇敢地去接受你的命運吧。」

多年後，我能夠肯定指出，這一天正是我生命期中的一個重要轉捩點，一個模糊的未來輪廓（但它逐漸清晰起來）呈現眼前，這以前我對自己和別人缺乏足夠的信心，而且滿足於作個旁觀者的地位，但經過這些衝擊、愛與矛盾之後，生平第一次，生命對我展現了新的意義。

回台北後，我感覺要對某人有個交代（包括一度令我不滿的老太太），我不再把自己關在房裡自怨自艾，我要了解周圍正在進行的每一件事。於是，我上了樓梯。

「華姐，我想知道妳有什麼打算？」

她十分驚訝，作出一副難以置信的表情，過了半晌才說：「我打算搬出去。」

「為什麼？難道是我……」

她搖搖頭，然後說，「我討厭住在這裡。」

「我不懂。」

「老太太希望幫助每一個人，但她忘了自己並不能長命百歲。她拚命對人好，卻從沒想到這會造成別人的負擔。」

「那麼，妳願意跟我一起住……」

「我不知道。」

「妳只要說願意——」

她先是困惑，繼而微微搖頭，最後猛烈地搖起頭來。

「不要！不要！」她低泣起來。

我沉默地握住她的手。

「妳搬家那一天，通知我一聲，我上來幫忙。」

她停止抽泣，點點頭。

離開華姐，我在客廳坐了一會兒，把臉埋進雙掌，當我抬起頭時，意外地發現自己正坐在老太太那張放大的照片下，她俯視著我，眼裡彷彿射出哀憐的光芒，在這一瞬間，我記起了她聽我讀社會新聞時說的一句話：「爲什麼世上有這麼多不幸的事？」

過了兩天發生了一件事，使原本搖搖欲墜的公寓又蒙上了一層陰影：辛國書出獄回來。

這個混蛋發狂地跑上跑下，嘴裡發出斷斷的聲音，用惡毒的話咒罵每一個人。

「操你媽的！操你媽的！什麼意思！只給我一個房間，什麼意思；吃人啊，這棟房子是我的，整棟樓都是我的，操你娘的！操！操！操！老太婆只有我一個親人，一定被你們設計了，王八蛋！我要去法院告你們……」

每個人都將房門關上，整棟公寓靜悄悄的。足足過了一個鐘頭，像一條狗似的，辛國書的咒罵變成了低號，最後成了喃喃自語。這當兒，我去了一趟浴室，看到他坐在三樓的樓梯口，剃了個大光頭（罪犯的標記，使他看起來又可憐又可笑。）眼光四下飛射。

「你——」他朝我一指，「不要臉的小白臉，我要告你！」

我沒理他。

到了半夜，三樓的方向傳來可怕的嘈雜聲，接著是女人的尖叫。我僅著短褲便衝了上去。

是那個光頭流氓，正和阿燦和華姐扭成一團。不用說，這是一件強暴未遂事件，地點就在房間前走道上，阿燦用一只塑膠水瓢狠擊辛國書，華姐則躺在地板上，閃避著壓在她身上那個男人的攻擊。我只花了一秒鐘便判斷出敵我情勢和決定應採取的行動。我把那個禽獸不如的男人拉開，再用拳頭猛擊著他的身體，我感覺到他柔軟的肌肉在我手掌前崩開，力量、憤怒的力量，自我的血管和呼吸間傾瀉而出，喉嚨發出野獸的怒吼，我陷入一種報復的狂熱中。

一股辛辣的味道使我猶豫了一下，然後我發覺那是酒精的味道——我正在毆打一個醉鬼。

阿燦和其他趕來的房客將我們分開時，辛國書已經成了一灘爛泥。我的手掌沾了血，指關節隱隱作痛。在浴室梳洗時，對著鏡子，我突然地洩了氣，雙腿一陣疲軟。天啊！我究竟幹了什麼事？

事後，阿燦告訴我，華姐半夜起來上廁所，出來時碰到醉酒遲歸的辛國書，他先是用言語調戲她，繼而動起手來，華姐的呼聲驚起了阿燦，於是三個人就在地上扭成一團。第二天，辛國書正式道了歉，但是問題仍未解決。又過了兩天，我放學回來，在樓梯口聽到三樓傳來的奇怪聲音。有了前一次的經驗，我便直接上了樓。客廳這時候坐了四個橫眉豎眼的傢伙，而且還擺了一桌麻將。

「小鬼，要不要玩一下。」辛國書向我招手，接著低聲向他的牌友說了幾句話，然後幾個人轉向我一起大笑起來。客廳裡頓時迴盪著一股低級的、不懷好意的笑聲。

我又到廚房看看，發現佣人阿燦（不能再稱她佣人了，她現在比誰都富有）孤零零地坐在餐桌旁，手支著下頷，望著桌上一堆塑膠袋包裝的食物（這大概是辛國書那群賭徒的晚餐）出神。我在她身邊坐下，沒有驚動她。廚房依舊打掃得一塵不染，但可以感覺出來有些東西不一樣了，在廚具、冰箱、餐桌之間，似乎被一層稀薄的、有點聳然的氣氛所籠罩，儘管客廳的雀戰聲一波波地襲來，這種氣氛卻逐漸加深，我微微縮一下脖子，瞇起眼睛注視著著阿燦的動作。不！她沒有任何動作，像具石像。

過了彷彿很長很長的一段時間，她終於開了口。

「你餓不餓？」她說，但像是自言自語。停頓了幾分鐘，她又說，「我不燒飯了，你最好去別的地方吃。」

「我知道，我是小葉。」

「小葉，」她把臉轉向我，眼神空洞得像在望一張玻璃，「我菜燒得好不好？」

「很好啊。」

「老太太也讚不絕口，」

她收回視線，然後又恢復一臉茫然的表情。

辛國書的賭場只維持了三天。這一回直接和他起衝突的，竟然是樓下的秦老先生，他先是上樓好言好語地勸他們不要擾人安寧，但沒人理他。最後他去了一趟警察局，把管區帶來，不過桌上賭資已被見機收走，警察只得以違警罰了一點錢了事。秦先生這種勇敢行爲自然博得全樓喝采，其實背後動機只有我心裡明白。然而他的夢中情人，卻已不再給任何機會了。華姐決心搬離此地。

整個週末下午，我聽到樓上房間物體搬動的響聲，抽屜的開合聲，以及她和阿燦的交談聲。我知道她正在準備搬家，因此上樓去看了一下。

「華姐，」我倚著門，心裡隱隱約約覺得，這大概是我最後一次叫她的名字了，「需不需要幫忙？」

「阿燦一個人幫我夠了。」說完回頭朝我笑了一下。

她的笑容苦澀、辛酸，彷彿包含了所有的痛苦與折磨。

我聳聳肩膀，默默地走下樓。

第二天，我一早出門，到學校的圖書館準備期末考。下午回來時，華姐已經搬走了，那個房間她毫無條件地留給阿燦。辛國書自然又爲這件事咆哮了一整天。現在阿燦擁有了兩個房間，她打算租掉一間。

「馬小姐人眞好，」她說：「小葉，你要不要她的新地址。」

我點點頭，接過阿燦手上的字條。

新居靠近南港，我撐著傘慢慢走著，滿載砂石的大卡車自身旁呼嘯而過，我卻渾無所覺。雨在四週佈成一片綿密的絲網，恍如將我和這個世界隔離。

不錯，對我來說，所有的格言與教訓都已用盡，我讀過的小說中，也沒有一位作者描述過和我相同的遭遇。我一步一步走著，腳步沉重，有如裝了鉛塊。

那條街已經在望，一排新蓋的四層公寓，嶄新的磚牆與水銀燈柱上飄浮著薄薄的雨幕，我放慢腳步，所有的回憶頓時湧上心頭。

在遙遠的時空中，曾有一位憂鬱的青年，他在經歷了一場愛與慾的煎熬後，明瞭了自己的命運。

我沒有去按門鈴。我站在對街的屋簷下，仰望著二樓華姐的窗口，過了一會見，窗玻璃後出現了一張臉，然後，我們就這樣靜靜地對視著，直至夜幕降臨，我才重又撐起傘，走入雨中。

寒假過後（像作了一場夢，對在南部家中的我，辛老太太公寓發生的那些事，不啻春夢一場。），我以一種清新的姿態回到台北的公寓。但此地已經變了樣子，簡直像個「災區」。

我在樓梯口發了一陣子呆，心裡泛起一種站在垃圾堆中的感覺。完全不一樣了，這個地方像挨過一枚炸彈，我必須踢開垃圾桶、碎紙片、成捆的舊書報才能回到房間。

我關上房門，思索了幾分鐘，心裡奇怪自己爲什麼還待在這裡。然後，我決定找些事情作作，開始清理房間，時間在我悄悄地從事這項無意義的、機械的工作中悄悄溜走。顯然下班時間來臨了，我聽到街上的喧嘩聲，過一會兒，大門的關閉聲（這個人大概是用腳把門踢上的），使我意識到有人回來了，然後是上樓梯的腳步聲，隨伴著低聲的咒罵，鄰房也開始發出我熟悉的聲響。

「隔壁的大學生回來了。」蔡太太故意提高聲音。

靜默。我放下手邊的工作，等著他們過來。

「度假回來了，」蔡先生臉上佈著假笑，「當學生眞好，有這麼長的假期。」

「我不在的時候，有沒有人找過我？」

「沒有，連信都沒有。不過也很難講，現在這棟公寓誰都不管誰。」

「怎麼說？」

「垃圾沒人倒，地沒人掃，水管壞了沒人修，每次付水電費，大家就爭吵一番。尤其樓下那位姓嚴的，更是斤斤計較，他建議各自安裝電錶，豈有此理，還批評我用電太多，他們夫妻倆還不是自己關起門來用電熱器燒水，爲什麼不用瓦斯？對了，我替你墊了上個月的水電費四十五塊錢。」

「這麼多，我一整個月人都不在。」

「大家的意思，按照房間分攤，我替你爭了，沒有用。那個姓嚴的還說，如果不滿意，你以後可以補用回來，晚上開著燈睡覺，眞是刻薄。」

「有沒有人拒繳？」

「有，樓上那個流氓，他一天到晚罵別人強住他的房子，當然死皮賴臉的拒繳。」

「有沒有人打算搬走？」

「有是有，但好像大家都在比賽耐性，我是沒辦法，我有一大家子，房子難找，不然我也不會住下去，這個鬼地方，一點人情味都沒有。」他開始抱怨，我靜靜聽著，不加任何評論。

「好了，」我打斷他的敘述，「我決定把產權讓給你。」

「啊！眞的！」但疑惑迅速爬上他的臉，「可是，我的能力……你知道，我不可能付太多……」

「別人賣多少，你就給我多少。」我說，覺得這樣子討價還價實在可笑。

「唉呀！你千萬不要相信鷓鴣菜的胡說八道，他簡直獅子大開口。」

「我還沒碰到他呢，他要多少？」

「十萬，他那個小房間，不過三坪大，開價十萬，眞沒道理。」

「我不想跟你殺來殺去，我只要鷓鴣菜的一半，五萬。」

「我得回去跟太太商量商量，你知道我們只有一點積蓄，」他奪門而出，但在門口丟下一句，「馬上給你回話。」

三兩下就把老太太遺贈的房地產賣掉，使我泛起了某種程度的罪惡感，不過考慮到現實，除去這棟公寓日漸不適居住的氣氛，以及我那即將畢業必須靜下來用功的事實，當然還得加上那段糾纏不清的回憶。我不得不辜負老太太的好意，我想她在天之靈會諒解的。

這麼一想，我更好過一些（人是多麼的有彈性），於是我離開房間，準備下樓到什麼地方走走。但某種力量將我往上拉，我不由自主地登上三樓的階梯。

我不得不承認辛國書對破壞別人的東西眞有一手。這間客廳可以說是「面目全非」，地毯到處是被煙蒂燒焦的痕跡，沙發的襯皮被刀子割裂，窗帘骯髒不堪，牆壁上印著手印，電視的控制盤被掀開而無法回復原狀，唯一未曾遭到破壞的只有辛老太太那張放大的照片。我抬頭注視著她，很奇怪的，她的面容有了變化（大概是這間殘破客廳造成的令人不快的背景使然），原來柔和的眼光，現在露出譴責之色，我們靜靜對視著，我希望能得到一些啓示，但無論我怎麼專注，卻只能聽到內心空洞的、無意義的回聲。

「小葉，」背後這個聲音把我嚇了一跳，「你回來了。」「你好，阿燦。」我說。

她點點頭，接著彎了腰，撿著地上的塑膠袋和煙蒂。當她抬起臉時，我驚訝地發現她的臉上並無絲毫抱怨與譴責之神色。然後她作了個手勢，示意我坐在照片面對的沙發上。

「我不懂老太太爲什麼將這棟房子留給我們？」我提出這個困惑已久的問題。

阿燦沉思了好一會兒，她的視線固定在老太太的臉上。慢慢地，她嚴肅的臉上解了凍，她的嘴角浮起了一絲溫和的笑意。

「除了我，沒人清楚老太太的過去，」她轉向我，「你想知道嗎？」

「很想。」

底下是她的敘述，片斷的回憶，不連貫的章節，時夾嘆息與回想的停頓。

辛老太太幼年失怙，被一位表叔收養，但這位表叔是個人面獸心的傢伙，不僅強暴了她，還將她賣入青樓，年輕的辛老太太心靈受了重創，肉體也染上了各式各樣的疾病，終於在廿四歲那一年，受不了這種非人的折磨，逃了出來。但當時的上海，一如現在的台北，雖有十里洋場，對一個缺乏一技之長又舉目無親的弱女子，不啻是座地獄，就這樣辛老太太免不了流落街頭的命運，過了幾個星期貧病交迫的日子，最後昏倒在一家大雜院的門口，這是她一生最重要的一個轉捩點，如若昏倒於別處，她就會遭遇到野狗相同的命運。當時的上海，已經被戰爭的陰影籠罩，像她這一類的遊民不計其數。辛老太太醒來後發現自己竟躺在一張溫暖的床舖上，照顧她的是位面貌慈祥的老夫人，也是那棟房子的所有者。於是，就在這棟大雜院裡，辛老太太獲得重生的機會，她擁有了一個棲身之處，老夫人物質上的幫助以及其他房客的精神支援，慢慢地她的身體復原了，終於能勇敢地站起來，重新面對外界。同時，也就在這裡，她認識了另外一個房間的年輕男子，他是個大學生，過了兩年，他們排除了一切障礙，攜手開創未來。

敘述到此處，我忍不住插了嘴，「可是，我聽鶼鵠菜說過，老太太的丈夫和女兒都陷身大陸。」

「胡說八道，老太太根本不能生育，哪會有什麼兒女，還有，他們夫妻倆過了卅年幸福的生活。」

「卅年？」

「十幾年前，老太太的先生過世了，遺留給她這棟房子和一筆存款。」

這就解釋了老太太慈悲的動機，不過，還有一個疑問。

「那麼辛國書呢？」

「他是上海那座大雜院裡老太太認識的某人的孫子，碰巧姓辛，想不到這麼沒出息。」

「她不該對人這麼好。」我想到我們這些辜負了她的善意的房客。

「老太太沒有錯，」阿燦想了一下，然後說了句令我吃驚不已的話，「是時代不一樣了。」

我覺得我必須對別人多付出一點耐心，這和贖罪或是懺悔這類事情無關，而是一種了解，是的，我比較能夠了解別人身受的不幸或痛苦，阿燦對於老太太的描述，使我內心被矇蔽的一角豁然開朗。雖說「偉大的慈善對愚蠢的心靈毫無用處」，但僅僅善的意念本身便值得稱道，老太太的遺愛雖無法使事情回復舊觀，使每個人和睦相處，使這棟公寓清潔、寧靜；但是，善的種子在風雪飄浮，渴求一個播種的地方，這就夠了，對溝通與諒解日愈困難的時代，這就夠了。

我因此去看鷓鴣菜，希望從他身上找到一些徵象——一些回應老太太的慈悲的徵象。

他一個人悶著頭喝酒，一只小火鍋和盛滿煙蒂的煙灰缸，製造出瀰漫全室的蒸氣與煙霧。他默默遞過來香煙，眼光帶著敵意。

我抽了幾口，尋思著一個適當的說詞。

「我決定離開這裡。」

「我知道。」

「你呢，你有什麼打算？」

「我沒別的地方去，」他說，「再說，老太太希望我們在她的房子住一輩子。」

「你在指責我。」

「我怎麼敢？你書讀得比我多。」

「不要諷刺，鷓鴣菜，我們是好朋友，」我說，「何況我聽蔡先生說，你打算把房間以十萬塊錢讓給他。」

「你相信嗎？」

「有時候現款可以作更大的用途。」

他舉起酒杯朝空中作個敬酒的動作，這是種蔑視的舉動。「馬小姐搬出去的原因，我可以同意，你呢？你究竟爲什麼？」

「你喝醉了，」我說，「我現在跟你解釋什麼都沒有用。」

更正確的理由是，我沒辦法一下跟他說個明白。

「不要以爲你幹的好事沒人知道，」他又用酒杯向我致敬，「這棟樓每個人都曉得，馬小姐那麼好的人，你都忍心欺負她。」

這個人的惡意很明顯，我站起來把煙按熄。

「沒人把你當成好朋友，」他繼續說，「姓葉的，你跟我們完全不同，你自以爲清高，你瞧不起我們這些人，屁！我們才瞧不起你，從現在開始，我跟你一刀兩斷。」

我必須保持冷靜，如果這算是一篇送別詞，老天爺！這種惡毒的人身攻擊，我竭力使自己冷靜下來。深深吸了一口氣，再緩緩吐出，然後我伸出手。

「不管怎麼說，我總要跟你道個別。」

他也伸出手來，不同的是，那杯酒還握在手中。

「滾你的吧！」他說，把酒倒在我的手掌上。

一個星期後，我搬回學校附近，重又諦聽越過重重屋脊的上下課鈴聲。從前那批以學校周圍一百公尺爲活動範圍的老同學們很快地便接納我，我們繼續作我已經停止了一段時間作的那些事，撞球、抽煙、閒聊、逛馬路，但基於即將畢業的事實，每個人作這些事時，都帶著漫不經心的味道，而我，大家公認我是最「漫不經心」的一個。其中一項最爲人不解的行爲是：常常一個人在黃昏時候坐在四百公尺田徑跑道的看台上發呆。

在那種習慣性的迷惘狀態中，我斷斷續續地想起一些事情，大半是發生在辛老太太公寓裡的那些事（在那以前發生在我身上的事，只能說是成長過程中的普遍性遭遇，不值得大驚小怪。）；我記得許久許久以前，有一個來自南部的大學生，騎著自行車經過灰煙迷漫的鐵工廠，柏油翻起的馬路、熙來攘往的市場，抵達他這一生最重要的一個轉捩點，一處休息站，一條起跑線，一間住滿古怪人物的公寓。在這裡發生了一件好事，這件好事將公寓裡的人全部拉扯進去，像洗衣機造成的漩渦，每個人都在那件好事激起的漩渦裡浮浮沈沈，同時也把他自己淹沒了，淹沒了。

這就是我在那條四百公尺跑道旁看到的那些事情。我看到了註定要影響我後半生的事情之後，便站起來，離開那群不斷兜著圈子的傢伙，離開那個漩渦，去參加畢業考，然後是畢業典禮，我驕傲的父母和姊姊把我圍在中央，拍了許多照片。在照片中，我笑得很開心，很健康，好像未來就掌握在沒握著文憑的另一隻手中。

但其實不然，至少不像那些漂亮照片告訴大家那麼順利。在家裡度過廿天最後的假期（這廿天過後，別人便須以另一種眼光看我。），我接到入營通知。

從這個時候開始，我強迫自己盡力去遺忘平民生活。結果似乎不錯，退伍後，我受過訓練的生理機能，以及軍事化了的精神狀態，使我自覺能承受一切打擊，維持環境與我之間的平衡。因此，有半年的時間，我待在家裡，但仍保有部分軍旅習慣，我總是一大早起床，把床鋪疊得整整齊齊，再迅速梳洗，然後作晨間運動，天氣好的時候出門跑步，否則便在客廳作早操。到了八點整，我準時拿出鑰匙去開書店的門，店員九點上班，在這一個鐘頭裡，偶爾會有幾個學生來購買文具。應付顧客之餘，我就在書架間走來走去，瞧著那些偉大作家的名字，然而，說來奇怪，我竟從未取下任何一本，看看那些超級智慧究竟是怎麼一回事。

終於到了那一天，我一早起床，重複著我那半年不變的晨間活動，我很有耐心地疊著被子，作完之後，我站在床頭，注視著那條被我疊成四四方方形狀的棉被，我靜靜地注視著它，之後突然之間，一種可以稱之爲「頓悟」的情況發生了。一個小小的意識泡沫自心靈的海底浮起，它逐漸地擴張、上升，當它升浮至海平面時，意識變成了行動，我發覺我伸出了手，抓住被子的一角，用力一抖，於是那塊四方體，有稜有角的規律的象徵消失了。於是，又一次的，我和我生命史上的一個重要環節告別了。

然後，我坐在客廳等候父親，然後我聽到自己用清晰的聲音告訴他，我要上台北求發展。

七年後，當我回想起那天早晨，決定到台北謀求發展的情景時，我仍舊爲之困惑不已。那時候，我身上有五萬塊錢，以及父親希望我和他一起經營出版事業的意思，但我卻作了那個決定。經過這麼久，我仍舊不很清楚那個決定是怎麼產生的，它不可能是某種單純意志的表徵，或是含有叛逆色彩的衝動。它是……啊！但願我能找到一個適當的字眼。

總之，我又回到台北，但已經是另外一個人了，而且有著不同的目的。

我第一個工作是漢森製藥廠財務部的職員。過了一年，我離開這家公司，所持的理由和大部份我這一類年輕的大學畢業生差不多——不滿現狀。第二個工作是茂協汽車公司的銷售主任，這是家福特公司的小分銷商，名爲銷售主任，實則只管了兩名業務員，後來總經理計劃招考一批打扮成阿哥哥女郎的售車小姐，我們之間便起了路線的爭執，我認爲把訴求重點擺在這些愚蠢的、只會搖屁股的美女身上，決非長遠之計。但總經理只用了這麼一句話反駁：「我比你了解人性的弱點。」在這種情形下，我只好掛冠求去。這一年，我廿七歲。

免不了的，消沉了一段日子後，我又振作起來，重新投入就業市場的競爭行列。在這段期間，我回家相過一次親——一次頗爲尷尬的經驗。事後，我母親下了一個很中肯的評語，「怎麼回事？那麼沒精打采的？」

過了三個月，我又找到一份工作，這次是一家家電公司，薪水不高，但頗富人情味，總經理是個老好人，經常向職員抱怨他的關節，喜歡用這麼一句話勉勵他的推銷員，「我們的主要銷售對象是家庭主婦，不要忘了，要隨時面帶笑容，對！就是這樣。」然後露齒一笑。所以他的辦公室遂充滿了親切的家庭氣氛。在這種溫和的環境下，我覺得可以一展所長，因此一待就是四年，在這四年當中，我學會了幾件事，其中的一項是——老闆雖然也有錯的時候，但不必要你去告訴他——四年後，也就是我卅歲那一年，公司升我爲城中門市部的經理。

經理這個頭銜令我的家人驕傲了好幾天，我也隨俗地印了一張漂亮名片，有看起來稍具份量的顧客上門市部時，我會親自招呼，並且遞上那張漂亮名片，當然臉上也必定帶著總經理的教訓——一副親切的笑容。

這一天，我按照往常的習慣，在午後兩點一刻走進陳列室，這是一天當中幾個重要的顧客潮之一，尤其在週末，主婦們或者以她們爲首的家庭成員們，在享受了一頓豐盛的午餐後，會駐足於我們精心佈置的櫥窗前，然後爲對付他們特別設計的廣告噱頭行動，而成群地進入我的陳列室，流連在五彩繽紛的電視、閃亮的冰箱、型式俏皮的洗衣機，以及只要有理由便可以打折的小家電之間。這當兒，我的職員們（總共有八個人），便會面帶微笑，用充滿信心的語調慫恿他們的顧客。

「我們公司保證……」

「這是最新式的微電腦遙控裝置……」

「您先生請再看看這一台……」

這些具煽動性的話，在我聽來，就像是一首悅耳的交響樂。而且憑良心說，對能把白天的時光消磨於這樣充滿人情味的商業活動中，並獲得適當的尊敬與報酬，我覺得我已經比同時代的年輕人幸運多了。

就在我一邊爲自己的小小成就沾沾自喜，一邊伸手扶正一塊歪斜的價目牌時，一個低低的聲音自背後說：「請問……」

我一轉身，映入眼簾的竟是那張我永遠無法忘記的臉。

「你是……」

「鷓鴣菜，」他微笑著，似乎在欣賞著我臉上驚異的表情，「小葉，你忘了？」

我什麼都忘不了。

就像我說過，我們在這世界上各自際遇不同，但是總有一兩件事，會一直影響你，有時候甚至會成爲你的夜半惡夢。鷓鴣菜的出現雖說突然，卻似乎依循著某種神祕的秩序，而且我也彷彿在準備著這一天來臨——他帶來了一個對我意義重大的訊息。

就這樣，我帶他到附近一家咖啡廳，聽他敘述十年內發生的事。

十年前，我離開後，蔡科長用各個擊破的方法，繼續買下了巧玲和鷓鴣菜的房間。於是二樓屬於蔡家。一樓則被那位搞房地的嚴先生買下，隨後他正式掛上招牌作起生意來，同時將前面兩個房間打掉，擺了幾張辦公桌，請了兩位女職員。至於三樓，說到這裡，鷓鴣菜嘆了一口氣，沉默了一會兒。

「你走後第二年，」他說，「辛國書趁阿燦不備，還記得這兩個人嗎？」我點點頭，他繼續說，「把電視、冰箱、唱機，能賣的東西他都賣了。更過份的是，他常常毆打那個女人。」

「我的老天！沒有人制止他。」

「沒有。我那時候已經搬走，馬小姐原先住的房間，不是給了阿燦嗎？但那個敗類，不曉得從那裡找來個風塵女郎，起先還給房租，後來就不給了。阿燦只好忍氣吞聲，就這樣過了半年，直到有一天，辛國書喝醉了酒，指著客廳老太太的照片破口大罵，這種情形不是沒有過，只是這回不曉得爲了什麼事，大概賭輸了錢吧，辛國書越罵越起勁，最後竟然拿出刀子開始割那幅照片，阿燦急了，橫身攔住他，不想被他刺了一刀，深及心臟，還沒送到醫院就死了。」

他一口氣說完，四週頓時罩上一層的氣氛，我替他點了一根煙。

「那個王八蛋！早該將他槍斃。」我罵了一句。

「他只被判了廿年，現在還在坐牢。」

「其他人呢？」

「麵攤老闆在附近租了個店面，聽說生意還不錯。兩個鐵工廠搬回工廠宿舍，以後再沒消息，至於那位秦先生，晚境十分淒慘。」

「他怎麼了？」我眼前出現了那位忸怩不安老人的影像，他曾經有個美麗的夢想。

「他被一個以結婚爲餌的老女人騙光了身上所有積蓄，包括賣掉房間的錢，現在住在救濟院裡，」鷓鴣菜說，「秦先生人不壞。」

我沒有作聲，過一會兒，他繼續說，「對了，還有馬小姐。那一天，我罵你的話不是故意的，我只是不希望你搬走，你知道我沒什麼朋友。」

「我不怪你。」

「多謝，」他笑了一下，這個人跟十年前那位輕浮、不知所措的年輕人完全不一樣了，「馬小姐住在原來的地方，升了支局長，仍舊獨身。」他加快語氣，好似覺察到我的不安。

「你呢，」我打斷他的話，「你好像還沒提到自己？」

「我呀，多虧老太太的幫助，我一輩子都記得那個好人，我那個小房間賣了八萬塊，就靠這筆錢和自己一點積蓄，開了一家小電器行，還結了婚。」

「恭喜啊鷓鴣菜，眞看不出來。」我由衷地說。

「你一定猜不出新娘是誰？」他又露出我熟悉的那副曖昧表情。

「難道是靜芳？」

「不是，」他面有得意，「巧玲，又精明又能幹，我一定要帶你回去讓她看看。」

「現在？」

「那有什麼問題？我有輛車子，怎麼樣？」

「你買了車子？」

「只是輛小貨車，不算什麼，」他說，「小葉，巧玲看到你一定高興得不得了。」

如此這般，我坐上他的小貨車。一如所料，巧玲高興得很，我在他們的小客廳坐了一陣子。之後，鷓鴣菜提議到故居走走，巧玲則到廚房預備晚餐，我答應留下來吃飯。

辛老太太公寓離此不遠。我們邊走邊談論這個地方十年來的改變。這時，已近黃昏，斑斑駁駁的陽光遍灑在建築物、樹梢和我們的臉上。鷓鴣菜興奮無比。

「你知道嗎，公寓前那塊沒人要的空地，現在建了一座小公園。」

「十年的變化眞大，不僅人，每樣東西都變了。」

「可不是嘛，物價至少漲了十倍，當年……」

然後我們坐在小公園的石椅上，腳底是柔軟的人造草皮，四週則圍繞著驕傲的母親們和嬉戲的孩童。

「我常常坐在窗口……」我指著公園對面的公寓，它的外觀已經改變不少，新貼的米黃面磚和夕陽下明亮的廣告招牌——思遠建設公司。思遠是那位嚴先生的名字。此外，樓梯也移至屋外，三樓的窗下則掛著一塊橫的招牌，上面寫著「韻律舞蹈教室，即日報名。」

「想不到吧，三樓變成了供人跳舞的地方，」鶌鴣菜說，「老太太在世的話，不曉得會怎麼說？」

「她會很高興的，」我回答，「她喜歡人。」

天就要黑了，公園遊戲的兒童逐漸散去。然後毫無預兆的，我們身旁的一盞水銀燈點燃起來，公寓的窗口也附和著射出燈光，現在它看來像個溫暖的家的樣子。我想該是離去的時候了，於是，對這棟曾佔據我心靈一角的公寓投下深深的一瞥後，我回頭說，「走吧。」

「還早呢，」鶌鴣菜說，「我們再去個地方。」

我沒有問，我知道他的意思，他要帶我去那位我曾經爲之顫慄、痛苦和思念的女人的住處。

「馬小姐會很高興看到你，我和巧玲結婚那天，她還提到你，她說你是個很有前途的青年……」

我沉默地走著，想著每一件事，她的一顰一笑又召回眼前；那個晚上，還有以後的那些夜晚，然後是爭執、哭泣與分別。我的記憶裡深鎖著她離去時的容顏，她無奈的眼神，她低泣時聳動的肩膀。我不曾對任何女人有過這種感覺，以後也不會。馬——幼——華——有過多少個夜晚，我輕喚著這個名字，覺得自己又幸福又可憐。馬——幼——華——我永遠無法忘懷的記憶。馬——幼——華——我生命中難以填補的一段空白。馬——幼——華——我的愛。

我內心痛苦地絞扭著，我不能去想像她現在的模樣，想像她頭上日漸增多的白髮，想像我們重逢的情景。多麼殘酷、多麼殘酷！無情的歲月嘲笑了每一個人，破壞了每一件事，它是眞正的主宰，它是傾我所有仍無法超越的障礙。

鷓鴣菜的聲音把我拉回了現實。

「我去按電鈴。」

「等一下。」我阻止他。

我們站在她的窗下，玻璃後晃動著模糊的光影。我靜靜地仰望著，直到意識某種東西正從我緊握的指縫間流逝。

然後，我對我的朋友說。

「我不上去了，我們還是回去吧！」

娛樂界的損失

第一章：馬上秦對姬國瑞

凱歌唱片公司股東之一馬上秦先生進入他的小辦公室前，總要對著走道上的一面穿衣鏡檢視一下自己的儀容。這是他的一項爲人稱道的好習慣。不過，這個人的怪癖也不少，例如嗜好購買廉價品；就像這面常常映出他影像的穿衣鏡，是從三商郵購公司的特價部門「搶」來的。那一天，他突然心血來潮，覺得有必要在公司留下一些可以紀念自己的東西，而出現視野內的這家公司，巨大、刺激購買慾的廣告招牌更加強了這個衝動。於是，考慮購買力之後，他將這面鍍銅、鑲邊有點褪色的「在公司服務廿五年的一個註腳」扛上肩，走了大約廿分鐘，穿過至少六條街和兩座地下道，抵達公司時，大家都嚇了一跳，因爲平常時候，馬上秦對同事們有關美化環境的企圖一向抱持漠視的態度，他認爲辦公室就是辦公的地方，不應佈置成咖啡廳，即令是這麼個掛滿藝術海報和迴盪著各式各樣旋律的地方，仍不能令他改變觀點。同時他的觀點也反映在他的辦公室，在那個日漸萎縮的空間裡，唯一的、令人驚訝的佈置是：辦公桌上一盆顏色豔紅的塑膠花，它緊緊吸住每一位闖入者的視線——「被我的小紅花打了一拳。」馬上秦對幾個同事說了這麼一句，但後者並不能眞正理解這句話意思。

「馬老早！」鏡子裡他的肩頭出現一張年輕人的臉，是錄音室助理小林，那個好動的小夥子。

「你也早。」馬上秦吸吸鼻子。

隨後兩個人並肩走向各自的辦公室，經過陳列室、接待室和有三道門的錄音室，馬上秦發現這位助理跟他上了樓。「有事嗎？小林。」

「噢！好冷。」助理搓著雙手，尋找一張坐下的椅子，但隨即放棄，因爲那些乳白色假皮椅子看來都像不乾淨的冰塊，「你沒關上窗子吧？馬老。」

馬上秦懷疑地瞥了他一眼，繼續整理他的辦公桌，桌上堆積了廿幾張唱片封套的大樣，這是美工部門昨天下班前一刻送來的。那些半調子藝術家總喜歡把工作拖到最後一分鐘。

「不要動我的花！」馬上秦突然抬起頭說了一句。

年輕人縮回手，儘管他已經試過好幾次了，但還是忍不住想再證實一下，那是不是眞花。

「不碰就不碰。」他咕嚕著，接著吹了聲口哨，手指那堆封套中的一張，「這一張不賴。」

「我卻要把它退回去，叫他們重新來過，至少這個地方要加塊布。」

「爲什麼?馬老。」年輕人涎著臉問。

「音樂是用耳朵聽的。」

「啊……」小林竭力抑住想笑的衝動，他想起關於馬先生的傳聞，據說他是個標準的保守派，「你不了解這一代的年輕人。」

「誰說的，我兒子跟你差不多大，」馬上秦哼了一聲，「別儘在那邊胡扯了，你到底有什麼事?」

助理又開始搓起手來，「是這樣子的，有點事請您老幫忙，公司裡就數您老最有人道主義胸懷了，」他停頓幾秒鐘，注意著對方的反應，沒任何反應。助理繼續說，「您老知道，我們主任去了日本音響大展，大概玩昏了頭吧，現在還沒回來，錄音室就只剩下我一個人，時間表又排得滿滿的。我一個人哪，簡直喘不過氣來，我就不曉得買個混音器非跑日本不可。」

「舊的那個怎麼樣了？」

「舊的那台體積龐大，根本不適合搬到演唱會，我警告過他的。現在好了，再說買個輕便混音器一定要跑日本嗎？台灣又不是沒有，TEAC的M一〇九台灣就有代理。」

「也許他順道去看看別的東西，」馬上秦安撫他，「你呢，你說要請我幫忙——」

「唉呀，提到我們那位主任，我就有滿肚子的話。是這樣子的，我有要緊的事出去一會兒，十點半一定趕回來。麻煩您老幫我照顧錄音室一兩個鐘頭。」

「沒什麼問題，不過，你幹嘛不把門上鎖？」

「十點半要給個小鬼錄幾支歌，他們一大早就來了，說是要先培養氣氛，天曉得，這些傢伙？我怕他們亂翻辦公室的東西，您老抽空到錄音室探探頭就行。謝謝你呀！大恩大德容圖後報。不能再跟你聊了，我得下去警告他們不要亂動我的機器。」

馬上秦下樓之前，先到隔壁的財務部轉了一下，財務部經理是個四十出頭的中年人，戴一副金邊眼鏡，正和他的會計說著話，是關於刻片技師的一件事，他威脅著要跳槽。

「他打算去那裡？」馬上秦漫不經心地問。

「辛格，」財務部經理哼了一聲，「我認識裡面的一個人，他否認有挖角的事，他當然否認。」

「有人要我，我也會走。」馬上秦說。

「開什麼玩笑，老馬，你是老闆之一。」

「我那股份，算了吧。」

下樓梯時，馬上秦爲自己那句「有人要我，我也會走。」得意地笑了幾聲。他不喜歡財務部那個傢伙說話的口氣，尤其「老闆」那兩個字，似乎話中帶刺。公司裡那個不知道，經過大大小小十幾次增資，他的那點股份根本微不足道。紀曉明，那個財務部經理是總經理的同學，而總經理又是董事長的小舅子。董事長人還算不錯，跟他有過一段患難與共的交情。不過，自從將經營權交出之後，董事長就不大到公司來。有一回，他突然衝進馬上秦的辦公室，拍著他的肩膀，說了一句，「小馬，你氣色不錯！」口氣像個不期而遇的老友。想到董事長，馬上秦不禁在內心輕嘆了一口氣。廿年前，不！該有卅年了吧，馬上秦站在錄音室前沉思著，凱歌唱片公司總共只有四個人，擠在一棟鐵皮和三合板搭蓋的倉庫裡，從翻版微紋硬質古典唱片開始他們的事業，他永遠不會忘記那一段艱苦的日子，爲了吸引顧客，在唱片圓標上，不印出眞正演奏者，只要鋼琴唱片就一律印上盧賓斯坦獨奏，小提琴則為海費茲，指揮家必為托斯卡尼。翻版古典唱片雖不賺錢，要靠一些國語流行歌曲唱片來貼補，但當時凱歌這班年輕的創業者，不像時下的新興公司，只對「銷售量」感興趣，對音樂理想毫無感覺。那時候的董事長也不是今天這個樣子，馬上秦記得年輕的董事長穿著汗衫，蹲在地上工作的情景，現在這個人身材猛向橫面發展，腰上的贅肉憤怒地突出，食指上套著鑽戒，坐房車和只會扭屁股的小歌星廝混。是很有幾個錢了，只是當初塞滿腦袋裡的那些優美旋律早已腐蝕，現在他的耳朵只聽得見錢幣的叮噹聲。「小馬，經過這麼多年，我才發現世界上最美的音樂莫過於——」

馬上秦推開發音室的第一道門，門內是一間鋪著厚地毯的小客廳，壁上掛著中外著名音樂家的畫像，和柏林愛樂音樂廳的照片，這座音樂廳看起來像座山谷。面對門的酒櫃上擺著錄音室主任的幾座小獎杯（其中一座為金鐘獎）和一座最早圓筒型唱片的複製品，馬上秦每次經過，總忍不住多瞧它一眼。小廳邊的一道門虛掩著，這是錄音師們的辦公室，馬上秦探進頭，果然沒有那位助理的影子。「為什麼不上鎖？」他想，但隨即莞爾一笑，那些進出的音樂家，不免會有幾個神情曖昧、衣著落魄，但還不至於淪為小偷。他輕輕帶上門，打開另一道門，進入錄音間。

他小心地穿過那批昂貴、複雜的器材，控制台旁掉落一條毛線圍巾，這是那位助理的，馬上秦彎下腰拾起圍巾，放回座椅上。他喜歡那個楞頭楞腦的小夥子。

控制台後玻璃窗內有閃動的人影，馬上秦湊近臉孔，靜靜地往裡面瞧著。

有五個人或坐或立，兩把吉他、一組鼓和一架電子琴也採取同樣的姿勢。馬上秦的視線在這堆「低盪的一代」（這是他在一本書上看到的）中搜尋著。這麼作並沒有什麼特殊的涵意，這是履行他對那位助理的承諾。事實上，在這間錄音室他就見過不下十個怪模怪樣的歌星和合唱團，印象最深刻的一個合唱團叫「季節」，儘管在錄音室，「季節」的成員們仍假想他們在舞台上，主唱的小夥子咬住麥克風，趴在地上嘶吼著，馬上秦和公司行政人員瞧著這一幕，卻無人動容，隨後總經理把聲音關掉，對大家說，「這傢伙應該去演歌仔戲。」

「凱歌對二流貨色不感興趣。」這是總經理常掛在嘴邊的一句話。馬上秦覺得說這種話的人不是自大狂就是頭腦不清楚，凱歌的老人都知道，公司一向都在跟二流貨色打交道，但要點不在此，要點是：如何使二流變成一流。就像那個叫「季節」的合唱團，狠狠地踢他們一頓屁股，再把頭髮剪短和戒掉他們的煙酒、麻將，也許還有希望。

因此，無需去計較這群人究竟有沒有天分（台灣目前爲止尚未出現音樂天才），馬上秦的視線停在爲首的一個年輕人身上。他一身棕色，發亮的棕色皮夾克、皮長褲、馬靴，不過頭髮倒是黑的，現在這個人伸出食指，作出要他進去的手勢。

馬上秦對這個輕浮的動作，立刻本能地起了反感。不過，且聽聽他有什麼話說。

「怎麼沒人過來招呼我們？」這個人對開門進來的馬上秦說。

「你們來早了，錄音師有事出去一下，」馬上秦說：「你們是那個合唱團？」

「你不知道？」隨伴這句問話的是一聲尖銳的吉他顫音，然後一陣急促的小鼓。馬上秦等這陣嘈雜的抗議靜止後，方才慢條斯理地問了一句，「你們上過電視？」

「啊哈！」鼓手怪聲怪氣地說。

「啊哈合唱團，沒聽過。」

「我們是姬國瑞和資訊時代，記住了，我就是那個姬國瑞。」穿皮夾克的青年說。

「我是馬上秦，你也記住了。」

下午三點鐘，他們在會議室裡聽早上的錄音帶，橢圓形會議桌後五個人的表情各不相同，總經理微瞇著眼睛，整個人深深陷入那張黑色大皮椅裡，他是個方型下巴，面貌凶惡的中年人，沉思的模樣像頭瞌睡中的獅子。助理小林則支著下頷，茫然地注視著面前的錄音機。財務部經理也來了，他作出傾聽的姿態，但時時偷窺著總經理的表情。另外一位企劃部經理，則在吸著煙斗。

「再放一遍！」總經理命令。

馬上秦低下眼睛看一份影印的簡譜，他的耳邊同時響起姬國瑞的歌聲，這是首節奏輕快、俏皮、帶著嘲弄味道的歌曲。姬國瑞的嗓音低沉、沙啞，像被輕微的胃痛所折磨。馬上秦盡力排除私人恩怨的干擾（打一開始他便不喜歡這個人）恢復專業的情緒後，他模模糊糊地意識到——這個念頭逐漸明晰起來，然後一躍而出——姬國瑞，這首歌的作者和主唱，帶有「恨意」。

在歌聲的間歇中，馬上秦迅速地將歌詞從頭讀了一遍。

口口給童年摯友

坐在接待室裡等候你的傳喚時

在扭著屁股走來走去

那位長髮披肩、粉裝玉琢的秘書前

我想起了我們的童年

想起
教室裡你用掃把打破的那扇玻璃窗
兩塊五毛錢並附贈
一捲釣魚線的風箏
和池塘裡那幾隻呱呱叫
不知道爲什麼老是
跳來跳去的青蛙
不知道爲什麼
我想起了這些

坐在你的檜木大辦公桌前
彷彿我看到了從你的金邊眼鏡裡
映出自己的模樣
彷彿我只消戴上一頂黃色小帽
穿一套洗得發白的卡其制服

我就是那個老想偷看你考卷
那個老被老師用粉筆敲頭的
阿雄、笨阿雄
笨、笨、笨阿雄
「Sorry!」你說，「我接個電話。」
你說
瑪利亞的提單、蔡斯的LC
獅子會的史提夫．張，淡水高爾夫球場
第三洞果嶺上的草皮
爲什麼缺了一塊？爲什麼
你說
你聳聳肩膀說
阿雄，我能幫你什麼忙
我……我……我……
可是我的摯友，我童年的摯友

我……我……我……

可是或許
我們已經無法交談
我們怎能用彼此不懂的語言交談

阿雄，你說，阿雄，有什麼事你說呀！
我說，我的摯友

我說
教室裡你打破的那塊玻璃窗
現在已經換上新的
風箏今天一隻十五塊
而且不送一捲釣魚線
池塘裡的那幾隻老青蛙
生了許多許多跳來跳去的小青蛙
擠在那個小水池裡

每天從早到晚
呱呱呱呱呱呱呱呱呱
呱呱呱呱呱呱

歌聲在一陣由高而低的小鼓中停止。有好幾分鐘的時間，會議室一片沈靜，似乎每個人都在考慮著適當的字眼，批評或者讚美這首歌。

「我想聽聽各位的意見？」總經理俯身向前，視線對準財務部經理。

「旋律和主調都不錯，有點俏皮和傷感的味道，歌詞也很好，適合一般年輕人的胃口。」財務經理說。

「我有同感，不過伴奏部分需要重新來過，」企劃經理說，「找個好編曲。」

「你覺得呢？小林，不要管我們的意見，或者受我們影響，你把你的感覺儘量說出來。」

助理露出惶恐的神色，這是他第一次代主任開會，他的視線迅速掠過每個人的臉上。

「我……我喜歡這首歌。」

「說多一點。」總經理溫柔地說。

「它使我覺得震撼，一般的歌曲旋律簡單、歌詞晦澀，一點也不耐聽。這首歌冷漠孤寂，但充滿了關懷的抗議，」他的臉紅了一下，「我覺得頗有鮑布狄倫的味道。」

「一首歷久不衰的歌，必定要有境界，」企劃部經理說，「像〈望春風〉。」

「這首歌深度和境界不算，它可能對陳腔爛調的民歌造成一個突破。」財務經理說。

「我不認爲民歌陳腔爛調，」一直沉默的馬上秦說：「民歌本就來自民間，是由自然的力量醞釀而成，過度的人爲干擾，會破壞它的本質。」

「我不同意這種陳舊的論調，現代民歌由於社會急遽變遷，已非昔日那種簡單的、極易上口的歌曲可比。譬如〈超級市場〉這首歌，誰敢說它不屬於民間，難道民間僅指那種老式的露天市場。我們對民間的定義已經不一樣了。」

眼看就要開始一場爭辯，總經理的低斥聲適時響起：「好了，你們兩個，」視線投向馬上秦，「讓大家聽聽你對姬國瑞的看法。」

馬上秦深吸一口氣，平息了胸中呼之欲出的怒意，他知道這群人對他的看法——一個老古板。他知道他的意見極少被採納，他知道他之所以列席，無非是使這個會議更具代表性——能夠容忍一個不存在的反對意見。他將那口氣緩緩吐出，調整聲調。

「我堅決反對公司在這個叫姬國瑞的身上作重大的投資，」那年輕人勾著食指叫他進去的輕浮影像突然浮起，馬上秦呻吟一聲，繼續說，「至於反對的理由，第一，我認爲這個人和他的音樂一樣輕浮，根基不穩。人我不談，各位以後就看得出來。姬國瑞的音樂基本上是一種包裝精美的罐頭音樂，它最大的功用不過是喚醒我們對音樂的一些回憶而已。還有，大家都明白，音響效果並不等於音樂。第二，姬國瑞這一類『一曲歌手』，我們已經有過不少個，消費者的胃口變化無常，喜新厭舊，我認爲對這個人，我們不妨引用前例，給他灌張唱片算了，無須投下太大的心血。」

兩位經理相視一笑，輪流地說了一些話。最後按照慣例，總經理提議表決。錄音室助理歉然地看了馬上秦一眼，不過他還是舉了手，三票對一票。

「我也投贊成票，我認爲姬國瑞很有市場潛力，値得公司冒這個險，」總經理轉向投反對票的人，嘴角牽動了一下，「這回又是四對一，老馬。」

馬上秦不動聲色地離開會議室，下樓的時候，那位年輕助理追了上來。

「馬老，你不生氣吧？」

「我一點也不生氣。」馬上秦冷冷地回答。

但是，在下班的前一刻，總經理走進辦公室，告訴馬上秦，他決定把姬國瑞專輯唱片的企劃和製作交給他。

「現在就數你有空。」總經理說。

第二章：姬國對馬上秦

「我覺得老頭子恨我。」姬國瑞對他的女朋友說。

他們在一間昏黯的小套房裡說著話。除了正午這段時間，陽光會從緊鄰大樓的窗子反射進來，公寓大廈頂上三層樓的鳥籠般小套房全是這個調調——整日裡和陰影糾纏著。此外，這棟大廈還有一個特色——時會發生一些意想不到的怪事。譬如上個月，有位神經質的少女在七一二室割腕自殺，幸運地被救活了，但由於處於一種半昏迷狀態下（第二天報上說，她服用了迷幻藥。），她未能找到動脈的準確位置，因此，那隻可憐的手腕幾乎被割斷。血跡從七一二室一直滴到電梯前，姬國瑞並且注意到這行血跡足足留在地板上幾達一個月，直到每月房東蒞臨那一天（他是來收房租的）才消失。

「我覺得——」姬國瑞忍不住又說了一句。

他的女朋友方盈驚訝地抬起頭，她是個臉孔漂亮但反應遲鈍的女郎，正坐在床頭修腳指甲。

腿。

「嗯，」她說，「你覺得什麼怎麼樣？」

「我認爲馬老頭恨我。」

「爲什麼？」她漫不經心問，一邊抬起腳，腿和腳尖伸一直線，那是條渾圓動人的

「爲什麼！」姬國瑞說，「爲什麼，難道妳只會說這麼一句話？」

「我的腿性不性感？」方盈說，那條腿在空中停留了一會兒。

姬國瑞頓時洩了氣，他懷疑自己是不是了解這個女人，自從在「綠波」餐廳認識她後，一晃眼過了兩年，那時候，她是這家西餐廳的領枱小姐，穿高叉亮片旗袍，會說幾句從速成補習班學來的英語。他則負責八點到十點的電子琴演奏，彈彈些〈虎豹小霸王〉、〈火燒摩天樓〉等不傷大雅的電影插曲。三個月後，姬國瑞提議住在一起。有兩個理由：第一，房租兩人分攤；第二，他可以隨時提醒她每日服用的避孕丸。

爲了平息他的怒氣（即令這麼簡單的一件事，她也老是作錯。），她用哄小孩的聲音說，「用不著跟自己生悶氣，」一面縮回腳，蓋上毛毯，「乖寶寶，來媽媽身邊。」

「沒情緒。」他說。

他今天一點都不想玩「兒子與情人」的遊戲。早上，那個混帳馬老頭才把他看中的一

套眞皮緊身衣否決掉。

「我不能讓你穿得像隻兔子。」馬老頭這樣告訴他。其實不用說，從眼光中就看得出，不需穿上那襲緊身衣，他在馬老頭心目中已是隻兔子了。

「老傢伙沒什麼惡意，他只是小氣罷了。」方盈作出誇張、挑逗的動作，「來嘛——」

「去妳的！難道妳一點都看不出來，他恨我。」

「你總以爲凡是對你不好的人，都是因爲恨你。」

「不錯。」

姬國瑞狠狠地瞪向他的女友，同時在腦子裡試著確定「恨」這個字的意義。一點都不錯，從兩個月前，他們互視第一眼起，就彼此懷恨。他記得，他現在十分確定；在錄音室窗外，那個人不就惡意地窺伺著他的一舉一動。就像他的繼父，第一眼看到這個「強迫接受的兒子」時，臉上雖佈滿假笑，內心卻恨不得親手將他扼死。那時才十二歲大的姬國瑞就感覺到了，繼父的大手放在他頭上時，他全身不由自主地起了一陣痙攣。

「叫爸爸！」那獰笑著的男人說。

「叫爸爸呀，小瑞。」他媽媽說。

「爸爸。」姬國瑞小聲說。

「叫大聲點！」他媽媽說。從這一刻起，他開始恨她。

「爸爸、爸爸、爸爸。」

姬國瑞的內心一陣絞痛，他竭力將繼父和馬上秦分開，但那兩人似乎都具備了一種類似的氣質，一種明顯的惡意。那兩張臉突然地糾纏一起，而後變成某一種象徵，某種逐漸明朗，並準備著吞噬他一生的陰影。姬國瑞呻吟了一聲，立起身來。

「我要去找姓馬的問個清楚，」雙手在空中比劃著，「說不定揍他一頓。」

「我來說明一件事。」姬國瑞雙手撐住桌面，彷彿龐大的身軀再也支持不了他的怒氣。

馬上秦從辦公桌後抬起眼睛，「說吧！」

「我雖然跟你有合約……」

「不是跟我，是跟公司。」馬上秦糾正他。

「好，就算跟公司有合約，也不能完全限制我的行動，拿合約束縛我，你應該尊重我的人格，不要把我當孩子耍，眞不知道吃錯什麼藥，跟你們簽了那紙鬼玩意？」

「你運氣好，」馬上秦冷冷地回答，「外面至少有一萬個像你的人，夢想加入凱歌的旗下。」

「你眞以爲我找不到別的唱片公司?」

「我相信你找得到的,」馬上秦示意他坐下,「年輕人火氣不要那麼大,我曉得你有天分,否則公司不會看上你,不過天分可不能誤用,尤其妄動肝火,那會傷了喉嚨,知道嗎?」

儘管這位製作人的聲調愈來愈柔和,姬國瑞卻不覺得受用。他甚至自責起來,又一次地挑釁變成了聽訓,眞不知道毛病出在那裡?他燃燒著怒火的雙眼,逐漸露出迷惘之色。兩個月來,他被這位製作人搞得昏頭轉向,根本沒辦法定下心來作曲,只能眼睜睜地看著自己的才氣在爭執、埋怨、瑣事中一點一滴地消耗掉。他最近完成的唯一歌曲,被面前這個傢伙評爲「不知所云」。而由於缺乏自信,這首叫〈吃素的醫生〉終於被他扔進字紙簍。他依稀記得那首歌的幾句歌詞(連記憶力都大不如前了)。

吃素的醫生,從來不肯上牛排館

在爲病人手術後,他什麼事也不作

除了抱著吉他唱一首自己寫的歌

這首歌使他憶起童年

沙拉拉拉拉沙拉拉拉拉

不知所云？見他的大頭鬼！老傢伙懂什麼。姬國瑞停止自責，重新集中注意力。

「你想過沒？你碰到的若是一家三流的唱片公司，他們會隨你的意，不講什麼合約不合約，三天推出唱片，不講究品質、宣傳、形象、第四天，你就垮掉。」老傢伙湊近臉孔，「要你戒煙、戒酒、戒賭，全是爲你好，我們不想出一張唱片就把你榨乾，所以跟你簽了兩年合約，在這段日子裡，你對我們有責任，你必須約束自己的行爲，不要搞風化案件，不要弄壞嗓子，兩年後你愛幹什麼就幹什麼。」

「這個——」姬國瑞無辭以對。

「好了，年輕人免不了會衝動，」馬上秦恢復原來的坐姿，「我是個出名的老古板，你就忍耐一點，這對大家都有好處。明天下午，我安排了一個電台訪問錄音，你最好梳洗整齊，給人家一個好印象，」他離開座位，搭著姬國瑞肩膀，走向門口，「記住我的話，好好幹，你會很有前途，晚上早點睡，不要胡思亂想。」

「午後兩點」這個節目號稱擁有一百萬聽眾，但這項統計毫無意義，在第一家電視台出現之後，廣播的黃金時代就過去了。然而對於那些聲音甜美的播音員而言，她們仍舊無法接受無線電彼端的事實。這位節目主持人自不例外，而且她已經固守在這崗位有十八年之久。另一件令姬國瑞吃驚的事是：姚姊（主持人要每位接受訪問的歌星這麼稱呼她）的聲音一點都沒變，依然嬌脆得像大姑娘。

「姚姊，我也是妳節目的忠實聽眾。」

這句恭維話是馬上秦教他的。姬國瑞強迫自己裝出一副恭謹的模樣，雖然心裡忍不住想笑，這位主持人的長相實在令人不敢領教，一張臉塗著厚厚的脂粉，眼下還畫著眼藍，此刻對著麥克風，張開紅通通的嘴，用嬌滴滴的聲音說：「各位聽眾好，今天很高興爲大家請到最具潛力的年輕歌者，他的出現是本年度歌壇的一件大事，來，姬國瑞，向大家說幾句話。」

「謝謝妳，姚姊，各位朋友，大家好，我是姬國瑞。」

「不行，」姚姊關掉錄音機，「太生硬了，重來。」

「國瑞，你一定要假想有一百萬個人坐在對面聽你說話，而不是錄音機，」一旁的馬上秦說，他的面容嚴肅，手持筆記簿，預備隨時記下要點，這本簿子幾個月來已經用掉一半，那些條條文文，最後成爲姬國瑞頭痛的根源。

且不管一旁虎視眈眈的製作人，姬國瑞盡力適應著這個大家都有利可圖的新環境。過了不久，他聽到錄音機裡自己用極爲做作的聲音，唸著公司爲他準備的一份宣傳稿。

「我認爲校園民歌的階段已經過去了，今天，現代民歌應該開始扮演一個更重要的角色。現代民歌有幾個特色：第一，它是寫實的；第二，有批判性；第三，它具有強烈的現代感。我之所以自己作曲塡詞，最主要的原因是，校園民歌和流行歌曲逐漸兩極化的時候，我覺得一個有責任感的歌者，應該勇敢地開創新的型式和給音樂新的詮釋。我並非否定流行歌曲和校園民歌的成就；而是，我們正站在一個瞬息萬變，不斷創新的時代，音樂不僅僅是一陣動聽的旋律而已，它還應具有多方面闡釋的功能，例如這首〈給童年摯友〉……」

然後歌聲開始響起，結束的時候，主持人的聲音插了進來。

「多麼動聽的一首歌，多麼憂鬱的一首歌……」

這幾句讚美詞，使姬國瑞脊骨一陣聳然，他在心裡咒罵著，但仍沒忘記給那位姚姊一個感激的微笑。

節目錄完了，整整半個鐘頭，三首歌、一大堆廣告詞。主持人送他們出電台時，姬國瑞注意到馬上秦塞給她一個信封。她很自然地收下，好像那不過是一頁歌譜。

「希望能再見到你們。」

「會的，姚姊，」馬上秦說，「還會再來麻煩妳。」

「再見，姚姊。」姬國瑞說，他突然想到「窯姊」這兩個字，忍不住臉泛笑意。

離開電台，兩個人沿著仁愛路走向市中心，時近黃昏，下班的人車逐漸佔據街道。馬上秦從一列等候公車的隊伍中收回視線。

「你剛剛在高興些什麼？」他問。

「沒什麼。」

「你覺得這個節目怎麼樣，公司可是花了不少力氣！」

姬國瑞從舌尖上收回一句髒話。這個節目簡直肉麻當有趣，他們把聽眾限定在「半白癡」的範圍裡。只要有點腦筋的人都能發現廣播中的虛實。這個「明日之星」像隻任人擺佈的小白兔，完全喪失了他歌曲中強烈的「憤怒之氣」，多麼憂鬱的一首歌——什麼話！再沒有比這更可笑的評語了，那個姓姚的女人究竟是怎麼一回事，她還停留在「作夢」的年紀不成！

「怎麼回事？國瑞，幹嘛不把心底的話說出來，畢竟這是你的第一個電台秀。」

「我對別的倒沒什麼意見，就是那一段關於『現代民歌』的談話，我從來沒說過我是現代民歌手，我壓根就反對把任何人歸類，不知道是誰從書上抄來這麼一段怪話？」

「不巧得很，是我寫的。」馬上秦說。

過了三天，兩人一道前往另一家電台「打歌」——這兩個字本身便含有鬥毆的意思。此後的一個月，這位凱歌的新寵上遍了每一個跟促銷有關的廣播節目。他一遍又一遍地讀著公司爲他準備的宣傳稿，心中的恨意與日俱增，終於有一天，姬國瑞跟他的製作人攤了牌。

「每上一次那種爛節目，我就要萎縮一寸，」姬國瑞比一下，「我現在已經這麼小了。」

他們站在陸橋上談著話，背景則是那棟四四方方的交通電台。姬國瑞身穿一套黑色三件式西裝，頭髮向後梳，嘴唇蒼白，眼睛露出疲倦、悲憤的神色。陸橋上行人稀少，橋下車輛也摒息地急馳而過。眼看春天就要來臨，但寒意仍滯留於這座城市，天色昏黯，雲層重重地壓在灰色的建築物頂上。就在這時，一陣救護車的警笛聲猝然劃過街道的上空，兩個人同時移開視線。這不是音樂，姬國瑞想，這是眞眞實實的聲音。

警笛消失後，爭論繼續。這一回，半由於救護車的干擾，半由於姬國瑞的堅決態度，馬上秦嘆了一口氣，攤開雙手。

「老弟，你對我有成見，」他說，「不過，到頭來你還是會感激我的。走吧，我們找個地方好好談談，站在一大堆骯髒的車頂上，我不舒服。」

「這裡談最好，」姬國瑞堅持，「告訴你，我再也受不了那些娘娘腔的傢伙一再問我同樣的蠢問題。」

「既然你不喜歡上電台，」馬上秦說，「就只好不去了，我們現去一處不會有人問你問題的地方——電視台。」

在電視台時間的價格更昂貴，因此極少有人會跟你囉嗦。然而姬國瑞仍舊感到受了束縛，由於馬上秦對音樂家的態度，姬國瑞就必須穿得像莫札特一樣，動作也不能超出披頭四的範圍。當他對著攝影機唱〈西門町死亡了〉這首歌時，馬上秦要求的憂鬱、斯文氣質幾乎使他窒息。他不只一次向上級申訴，這首歌必須使用誇張的（譬如彎下腰）痛苦的動作，才能唱出味道來，但老頭子認爲這麼作會損及他的形象（操他的形象！）。而且據說他的唱片前景看好——這才是重點。沒有人敢冒這個險，破壞形象，損及銷路的險。

這天下午，姬國瑞和梁偉林碰了面，梁是「資訊時代」合唱團的鼓手。

「國瑞恭喜你了！你現在算是一步登了天，我昨天還在電視上看到你，有費玉清的味道。」

「少糗我了，我是身不由己，合唱團的兄弟都好吧？」

「散了，沒有你，大家唱得不起勁。」

「你們還在怪我對不對？」

「剛開始有一點，後來大家想通了，個人有個人的出路，合唱團只是年輕人的夢想，阿憲回學校，打算去讀研究所，二毛準備出國投奔他姊姊，耀佳去當兵。」

「你呢？小梁。」

「我現在跟家人經營美容院，很可怕，不過習慣就好。」

「還玩不玩樂器？」姬國瑞有點黯然。

「偶爾，不過那種狂熱完全過去了，」小梁苦笑了一下，「我覺得奇怪，爲什麼當初對那個東西那樣著迷？」

「現實擊敗每一個人。」姬國瑞感傷地說。

「你不能喪失信心，」小梁說，「國瑞，你是我們幾個人的希望，電視上看到你，或是從收音機聽到你的聲音，都使我想起『資訊時代與姬國瑞』的雄風。」

「我被唱片公司綁死了，他們要我離開你們，不准我登台，立下一大堆規矩，好像我是個囚犯，我正在考慮退出這一行。」

「千萬不要這麼作。」

「爲什麼?你們可以,我就不可以。」

「第一,你比我們有才華,這是實話;第二,你不比我們只是玩票性質,音樂是你的一切,你要藉著它完成很多事。」

姬國瑞仔細尋思著小梁的話。不錯!音樂是他的一切,因爲沒有這個東西,他充其量不過是個庸俗的、惹人厭的廢物。不比別的孩子,他從小就被認定將來不會有什麼出息,他的繼父就曾說,不用到廿五歲,他就會完蛋。不是坐牢,便是淪爲混混。所以爲了符合家人對他的期望,他逃學、抽煙、打架,拚命塑造自己的「太保形象」,最後在大學三年級,因「猥褻女同學」被勒令退學。然後是服役,而那兩年與外界隔離的生活,使他開始思考自己的命運,但一如大部分具藝術傾向的人士,在找不到存在問題的答案後,便將注意力轉移到某種藝術型態上。是故,年輕的姬國瑞在「一陣悸動」過後(這是他後來接受報紙訪問時的用語),決定在音樂中尋找自我,並自稱「大眾傳播的詩人」。

這些就是隱藏在他背後的動機,姬國瑞深知這一點,而且誠如梁偉林所言,他已經無法回頭了,他必須跟馬上秦這一類人打交道,他必須面對現實——當你在三流餐廳演唱時,你可以高談夢想,因爲夢想遙不可及。可是,一旦你好運臨頭,夢想有可能成眞時,你會發現週遭的一切開始發生變化，會停止作夢，你會變得現實、冷酷、甚而充滿鬥志。

「謝謝你。」他對他的朋友說。

第三章：錄音室助理

錄音室助理小林是個單純、活潑的年輕人。所謂單純是說他對任何人都沒有成見，譬如那位姬國瑞，自上個月他的第一張唱片〈給童年摯友〉銷售量突破十萬張之後，他就成爲公司的話題，人人都想了解這位「歌壇新震撼」究竟是個怎麼樣的人（對外人來說，他們所能知道的極爲有限，公司的文案人員已經把他的身世向外界交代清楚，無可非議之處）。於是，按照一般的傳播法則，傳言就從公司的一樓流到三樓，再從三樓流回一樓，這些傳言眞是五花八門，且有些甚具趣味性。例如：有人懷疑姬國瑞是個同性戀者，因他喜歡穿緊身皮褲、繫領巾；有人說他吃食迷幻藥，因爲他會說些怪話以及作出怪動作，如有一次，在錄音的中途，他作了五分鐘的倒立，他說這麼作是要使頭腦清醒以便能和自己的靈魂交談。還有人暗示他是個受過管訓的流氓（姬國瑞的資料已被公司列爲一級機密），因爲據說他曾用黑話威脅過馬上秦，傳話者甚至繪聲繪影地敘述，姬國瑞指著馬上秦大罵，「你再堵老子的道，老子就讓你見紅！」不過，儘管這些，儘管這兩個人的衝突日漸明顯，助理小林仍舊喜歡他們。

一個禮拜六的下午，小林留下來整理一些帶子，卻發現馬上秦也待在辦公室裡，好奇心使他推開那扇虛掩的門。

「馬老，還沒下班啊？」

「小林，你來得正好，有人在背後說我壞話，你知不知道是什麼人？」

「到底怎麼回事？」

「有人說我嫉妒姬國瑞，專扯他後腿，胡說八道！下流！惡毒！你最清楚我的為人了，我年紀一大把，怎會幹這種事？沒有我，姬國瑞能有今天嗎？」

助理點點頭，據他所知，馬上秦是個正直的人。

「你製作的唱片成功了，自然會有人眼紅，馬老大可不予理會。」

「事情沒你想像那麼簡單。」馬上秦離開座位，背起雙手，來來回回地走了兩圈。

「姬國瑞背後罵我不稀奇，但是別人……這是什麼世界？成者為王、敗者為寇，呸！」他的憤怒突然消失，換上一副哀傷的表情，「你知道姬國瑞怎麼說？他說如果宣傳得宜，他的唱片賣個十五萬張不成問題。時代變了，年輕人再也不懂感激為何物。」

「姬國瑞不是這種人。」

「你知道什麼？」

「他比時下一般流行歌星高明多了，他有理想，更何況替公司賺了錢。」

「理想？屁的理想。這小子只有憤怒和抗議。要不是我，他老早成爲歌壇笑柄，台灣不是美國，沒幾個人能忍受像洛．史都華那樣的瘋子。」

「洛．史都華不是瘋子，」助理抗議，「他只是脾氣古怪罷了。」

「以普遍人的標準來看，只爲一時高興便砸爛旅館房間，就是瘋子的行徑。」

「藝術家不是普通人，」助理說，「馬老，爲什麼你們兩個人這麼合不來？」

「他是炸藥，遲早會把公司和這個社會炸翻。」

助理不再說話，他感覺到自己陷入了對方的陷阱，馬老現在需要的是附和者，而非聽眾。他小心地作出離去的暗示動作，他將視線投向房門，然後說，「馬老——我得走了。」

「等一下，」馬上秦說，「你今晚是不是要去姬國瑞那裡？」

助理沉吟著，考慮如何回答這個問題。

「怎麼了？你不曉得今天是他廿四歲生日。」

「我以爲……」

「你替我送個紅包去，順便告訴他，就說我晚上有事，不能過去。」

小林騎上摩托車，穿過嘈雜的市中心，到東區姬國瑞的新居，一棟五層公寓，是公司替他租的。助理的口袋子裝著一捲錄音帶和一個紅包。這是個氣候不錯的下午，空氣中帶著宜人的氣息，他將摩托車停在門口，然後一跳兩階地上樓。

「哈！一百廿塊，這個小氣鬼。」姬國瑞拆開紅包。

「生日快樂，這句是馬老託我帶來給你的，」助理說，「還有我的——生日快樂。」

隨後他們進入書房，開始工作。這首歌的編曲犯了個疏忽——伴奏的部份有兩個小節不知所云，姬國瑞極不滿意。

到了四點鐘，他決定放棄，原因是，一個接一個的電話，無法令他專心工作。

「你留下來，」他對小林說，「參加我的生日派對。」

「有些什麼人？」

「還會有誰？不是拉皮條的、婊子、相公，就是那些吸血鬼。」

「婊子、相公我知道你指的是誰，但是吸血鬼——」

「不要多心，我說的是專吃歌星的那些影劇版記者，」姬國瑞笑了一聲，「怎麼樣？來吧，沒有你，我會很寂寞。」

「好吧，我先回去一趟。」

助理回到家裡，他想打電話給認識的一個女孩。他拿起話筒，但立刻打消主意，在這些名人當中，一個錄音室助理，算了，他想，我不要讓她覺得我算不上什麼。事實上能有一份安定的工作，他已經很滿足了，他從來不是一夜成名的料子，也沒有這個必要。他用這麼一句話平衡自己「眼看他起高樓，眼看他宴賓客，眼看他樓塌了。」

「哥呀，你穿這麼漂亮去那兒？」他讀國中的小弟問。

「我去參加姬國瑞的生日宴會。」

「替我要張他的簽名照好不好？」

「怎麼了，你喜歡他？」

「才不呢，他唱的歌難聽死了。」

「那你要他的照片幹嘛？」

「炫耀啊，我的同學說他很有名，常常上電視。」

助理將這些話告訴姬國瑞，他先捧腹笑了一陣，然後關上唱機，要求大家安靜下來。

此時，客廳亂哄哄一片，二、三十位賓客或坐或立。

「小林的弟弟跟我要張簽名照，」姬國瑞大聲重述：「小林就問是不是喜歡我，他弟弟回答，」姬國瑞尖起嗓子假裝孩子的聲音，「才不呢，他唱的歌難聽死了，」恢復原來的聲音，「那你要他的照片幹嘛？」又變了聲調，「炫耀啊，我同學說他很有名，常常上電視。」

爆起一陣瘋狂的笑聲，笑聲靜止後，姬國瑞嚴肅地說：「各位，這是目前爲止，對我在歌壇地位最有力的一個肯定，」笑聲，「我必須回他一封信，親愛的林小弟，很多人跟你一樣不喜歡我的歌，不過，當你眞正長大成人，了解不喜歡的理由後，你會愛我。」

拿個小孩來取笑，是沒什麼意義，助理後悔促成這件事。朝著騷動的人群，他舉起酒杯，一仰而盡，他覺得像是吞下了一團火。是的，他有理由生氣，但不是現在，他覺得喉頭乾渴，腦門一陣輕微的昏眩。去他的！他在心裡說，走向廚房。

「妳在這裡呀？」

姬國瑞的女朋友坐在餐桌旁，手支著下巴。

「你喝了多少酒？小林。」

「大概不少吧，我覺得天花板在打轉。」

方盈倒了一杯水給他。「姬國瑞在前面幹嘛？」

「作怪。妳聽到剛剛的笑聲吧。爲什麼不出去玩？」

他偏過頭，發現她神色黯然，心事重重，對進出廚房的人毫不在意，那些人卻也一副目中無人的表情。

「哦，出去玩——」她遲疑著，「我出去過，但沒人理我。」

「國瑞沒有把妳介紹給他的朋友？」

「沒有。」

「我不相信，他不是這種人。」

「你最好相信，他會踩著每一個人的頭往上爬，他就是這種人，」方盈的怒氣上昇，她離開座位，給自己和小林倒了酒，「我要喝醉，到前面去給他難堪。」

「不能這樣，」助理阻止她，「沒有用的，那些人只會笑妳。」

「可是——」她的怒氣忽然消失，開始啜泣起來，「我不明白……怎麼會這樣……有了錢；反而……我情願住小套房……那時候他說一有錢就娶我……」

「不要哭，方盈，」小林同情地說，「把眼淚擦乾，妳要堅強起來，不要讓那些人看笑話了，來，我們到前面去，好歹吃他一片蛋糕。」

「蛋糕？」

「是呀，油油白白的鮮奶油蛋糕，妳在減肥不成？」

方盈用奇異的眼神看著小林。慢慢地，她明白了他的意思。

「我們出去痛痛快快吃一頓，」她破涕為笑，「看能不能把他吃垮。」

第四章：方盈

她始終不明白，事情怎麼會變成這個樣子。在他們同居的這幾年裡，並未發生重大的衝突，僅有一些家常的小磨擦。有時候，這類小磨擦也能增加點生活上的情趣——以他們有限的生活條件而言，小情趣是很重要的。至於對姬國瑞的音樂和理想，方盈很知趣地保持一段距離，不批評也不干涉，她認為這樣子才能討對方歡心，保證兩人和平相處，每當姬國瑞埋首於那些賣不掉的歌曲中，她總是靜坐於一旁，同時露出欣賞的表情，「我很喜歡，」她一向這麼告訴他，「這首歌不比〈就在今夜〉或〈一樣的月光〉差，為什麼唱片公司不感興趣？」姬國瑞的反應則是又高興又感激。然而，不曉得什麼時候開始，事情有了變化。有一次，姬國瑞突然沒來由地斥責她，「妳喜歡有什麼用，妳根本不懂。」她始終不明白。

她從前的同事玉梅對她說：「妳停止吃藥，替他懷個孩子，看他娶不娶妳。」

「不吃藥也沒用，」她悲傷地回答，「國瑞現在都戴保險套。」

她希望回到從前的日子，他寫一些沒人要的歌曲，她在餐廳努力工作，每個月有一點錢，夢想有一天能離開這個城市，到人比較少的地方買一棟房子，養幾個小孩。太簡單了！姬國瑞卻對此嗤之以鼻。

「我好不容易等到這個機會，」他說，「我要高高在上。」音樂是他的武器，他要用音樂否定權威，鄙視世俗，抵達高貴、美、與眞正純潔的彼岸。那麼在這些當中，她究竟要擺在什麼位置呢？

這時候，方盈坐在空蕩蕩的客廳裡，尋思著姬國瑞的每一句話。如果他僅僅說聲「請妳離開。」那麼她會默默地順從。但是這一切，在他廿四歲生日過後，他很愼重地對她說，他眞正成熟了，而爲了音樂，他有責任拋棄所有的束縛。她不想了解這句話。

她呆呆地坐著，窗外夜色加深，自窗口飄送進來隱約人聲，這些聲音似乎都在告訴她，「妳好孤單、妳好寂寞、妳好可憐。」她決定打電話給玉梅，電話接通了，但此刻正是餐廳最忙的時候，玉梅希望她九點半以後再打來。

「再見！玉梅。」

她打開電視，螢光幕上有幾個人又跳又叫的。「苦苦的這一杯酒，淡淡的沒有滋味……」一個長髮的女孩唱著，她竭力作出哀傷的表情，「小雨來的正是時候……」，她撐起一把小花傘，同時召來一陣人造雨，「小雨來得正是時候……」

方盈站起來，隨著音樂起舞，她假想自己是個有名的歌星，正在娛樂全國觀眾。「小雨來得正是時候……」她輕聲哼著，覺得音樂進入了她的身體，滲入了她的血管。每組音符、每一個字句，都敲擊著她的心靈。她是這麼的無助，而歌聲是這麼柔美，這麼淒涼，一個悲傷的戀愛故事，一個可憐的小女孩。歌聲靜止時，方盈的眼眶飽孕了痛苦的淚水。

接近午夜，她被急促的電話鈴聲吵醒。

「我不回去睡了，」她迷迷糊糊地聽著話筒中那個男人的聲音，「妳把門窗關好。」

「你在那裡？」她想這麼問，但電話掛斷了。

有不少跡象顯示，方盈曾企圖自殺。但有關的人士都緊閉著嘴，而且對凱歌這座一家大唱片公司來說，處理這類事件可以說是駕輕就熟，因爲公司每年都有幾件類似的麻煩。

在醫院裡，方盈要求公司讓姬國瑞和她見面，但得到的答覆是，姬國瑞去了日本，拍一個電視專輯，這個專輯的名字叫「冬日的告白」，台北的冬天尚未降臨，但札幌已經開始下雪，白皚皚的雪花飄落在和這件事有關的人們心上。

過了兩週，方盈離開醫院，然後在一個下雨的上午搭乘自強號火車回南部，月台上送行的人只有錄音室助理一位，他並非代表公司，公司知道在適當的時機抽身。助理幫她把行李提上車。

「妳真的不想再見他。」小林問。

「這輩子不會了，」她說，「請你替我把這封信交給他。」

助理默默收下信。

「謝謝你，小林。」她真誠地說。

「應該的。」他找不到其他的字眼，「應該的……」

事情就這麼樣。

這個晚上，小林忍不住好奇心的驅使，偷偷拆開信。

信上是這麼寫的：

姬國瑞：

你永遠成不了大人物

即使你戴上金冠，跳來跳去
你終究不過是個微不足道的小角色

方盈

第五章：戴上金冠

套用馬上秦說過的一句話，「這小子不曉得走那一門邪運！」就好像上帝老是站在他那一邊。姬國瑞的第二張唱片「冬日的告白」居然又創下了可怕的銷售紀錄，至少有五家地下工廠盜版他的錄音帶。而當大街小巷響起那個低沉、微帶不滿的聲音時，連他的繼父都改變了看法，在一次電視訪問中，他用慈父般的聲音說，「國瑞從小就有歌唱才華。」而在被訪問者的對面就坐在那位音樂神童，由於現實的需要，他們父子倆不得不達成某種程度的和解。

「姬先生，您對令郎在年度排行榜上的名次，有什麼感想？」

「我認爲總冠軍非他莫屬。」

「還有一個問題，您對他的歌曲有什麼看法？」

「國瑞讓這一代的年輕人聽到眞正的聲音，」這些話是馬上秦教他的，「讓他們充滿希望。」

讚詞來自四面八方，尤其公司內部，第二張唱片至少淨賺六百萬。半由於利潤刺激，半由於歌星地位較前提高，凱歌總經理不顧馬上秦的反對（其他高層人員多不表示意見），決定獎賞姬國瑞一間漂亮辦公室和顧問頭銜。

「簡直荒唐！」馬上秦抗議。

「你去看看別家公司的作法，還有附贈女祕書的，」總經理說，「何況這只是象徵性，我們隨時可以收回。」

「此例一開，以後就麻煩了，」馬上秦說，「我認爲他支持不久。」

「你告訴我有那個歌星能長久維持盛名於不墜，鳳飛飛還是崔台菁？」總經理說，「我只要他撐個五年。」

馬上秦一時答不上話。

「好了，老馬，咱們還是把精神放在下個星期的演唱會上面，」總經理拍著馬上秦的肩膀，「好好幹，今年的獎金少不了你的。」

對馬上秦來說，短短幾年間，這個社會像吃了興奮劑一樣，步調又大又快（早已有人在背後批評他跟不上時代），許多觀念不再適用了。譬如市場調查，他從前精於此道，現在則老是犯錯。別人再怎麼跟他解釋姬國瑞的興起具有歷史的必然性，是世界性的潮流，他就是不明白。

對姬國瑞來說，道理就比較簡單，人們接受他，是因爲他們被迫，被這個社會與日俱增的問題所迫，他們需要各式各樣簡單、容易上口的答案，而這種答案，每天他可以想出三個來，就拿「空氣汙染」這個問題來說好了，他以俏皮的歌詞、動聽的旋律來替代專家學者的乏味評論。他用一貫的譏嘲聲調唱出：「我們不要松山鐵工廠的煙囪，我們不要公賣局的尼古丁，我們不要裕隆的排氣管，我們更不要有戴口罩的下一代……」

但是，他也有面對眞正自我的時候，每逢此時，他總是思考著這一切所顯示的意義，同時也懷疑，他的受歡迎是否僅僅由於唱片公司市場策略的成功，而非——一如大多數藝術暴發戶面臨的問題——由於自己天賦的異稟。因此，即將來臨的演唱會，對姬國瑞非常非常的重要，他能直接感受到群眾的歡呼與認同，而不是經由電視或電台所發佈的統計數字（有些還是公司花錢捏造的）。

凱歌的企劃、舞台設計和音效人員都驚異於這位「歌壇驕子」的工作熱忱，姬國瑞和他們一起作長時間的討論、研究、熬夜，甚至插手每一件事。

「我要征服他們！」他告訴同事。

「用什麼？」一天到晚澆他冷水的馬上秦問。

「當然是音樂，你以爲什麼？」姬國瑞回答。

馬上秦聳聳肩膀。他的敵意很明顯，不過人人都已習慣。最近公司有個傳言，老總對馬上秦不甚滿意，打算在演唱會後找個藉口換掉他。

「何必這麼對他，」姬國瑞聽到消息後，作這樣的表示，「馬先生能令我隨時保持警覺。」

在這一段籌備期間，馬上秦經常藉故早退，他受不了這些年輕人的狂熱態度。對他來說，不管從那個角度看，演唱會不過是一場戲，歌者畢竟不是演員，歌者的成就不是在舞台上，而是在留聲機前。他的批評乍聽之下，似乎頗有道理。當他和姬國瑞幾乎公開決裂時（所幸此一可怕時刻，業已過去。）公司因此流傳了這麼一件事：總經理用了一句話把盛怒的姬國瑞擺平。

「我幹嘛要聽這老頑固的？」姬國瑞質問總經理。

「國瑞我告訴你一件事，」總經理答道，「當初我們有五個人開會討論你的事，馬上秦極力反對你的態度，更加深了我們對你的信心，你知道什麼原因嗎？」

「我怎麼知道。」

「凡是他所反對的唱片，到頭來證明一定暢銷。」

演唱會如期舉行，雖然前一天發生了一件不愉快的事，有個莫名其妙的傢伙，打電話威脅要在中華體育館放一枚炸彈。這件事自然引起一陣騷動，但演唱會勢在必行，入場券都已售完，何況即便延期也擋不住眞正的破壞者。

因此，就去他的吧！姬國瑞這麼說。

當天晚上，體育館萬頭鑽動，能坐的地方都坐了人，盛況有如教宗主持的彌撒。

姬國瑞進場時，激起了震天的歡呼，成千上萬的毛頭小伙子，把這位打算獻給所有耳朵「眞正聲音」的歌手當成了救世主，他們渴望聽到他譴責學校、批評社會、歌頌愛情、高唱自由，以一舒胸中的悶氣。

在雷射織成的光網下，姬國瑞一身白色棉織品，頭上緊著白帶子，舉起雙臂作了個V字，音樂隨著他的動作漸趨激烈。

「朋友們，」音樂靜止後，他抓過麥克風，「我剛才接到一個匿名電話，那個人說要扔給諸位一枚炸彈。」

喧嘩聲驀地消失，全場一片沉靜，凱歌的工作人員也嚇呆了。

姬國瑞環顧四週一眼，冷冷地說：「我告訴他不必了，我自己會走進來。」

爆起瘋狂的掌聲和叫聲。

此後兩個鐘頭，他的歌聲和魅力，像一波波的漲潮席捲了每一個人。連極力保持冷靜的馬上秦都不禁爲之動容。

「我實在搞不懂。」他低聲對錄音室助理說。

這句話可能是這次演唱會諸多讚美詞中，最具代表性的一個。

次日的晚上，凱歌公司在一家飯店的整座花廳舉行慶功宴，賓客估計超過三百人。酒宴採自助式，精美的小甜點和雞尾酒在賓客間傳遞著。七點過一刻，司儀登上被花籃淹沒的小舞台，宣佈慶功會開始，由總經理率先致詞。

他說了一段感謝的話，這些話雖屬陳腔爛調，卻仍博得熱烈的掌聲。掌聲停止後，總經理清了清喉嚨，提高聲音：「現在讓我們以熱烈的掌聲歡迎——」這句開場白的靈感得自電視綜藝節目，「現代民歌之王——姬國瑞先生。」賓客的視線和攝影機鏡頭一起對準舞台右側的一扇小門。門緩緩打開，兩位打扮有如童話中公主的少女（凱歌旗下的小歌星）

簇擁著意氣風發的姬國瑞進場。

他的裝扮不僅立即引起會場的議論，亦成爲第二天娛樂版上的話題。姬國瑞身上的那套服裝，一般認爲是：北洋軍閥、撲克牌老K和麥克傑克遜的混合體。

「國瑞，你眞有帝王之相，」總經理討好地說，跟著轉身對麥克風，「各位貴賓，昨天晚上，姬國瑞先生的歌唱才華再一次地受到全國的肯定，他的成就早爲大家所熟知。不過，卻少有人知道他是音樂全才這件事，他親自作詞、譜曲，並積極參與本公司的製作企劃，給了我們許多寶貴建議。因此，爲了酬謝他的貢獻，本人謹代表公司敦聘姬先生爲顧問，並全權負責他下一張唱片的製作。」他回過頭，「國瑞，歡迎你加入凱歌的行列，來，跟大家講幾句話。」

姬國瑞接過麥克風說：「首先，我必須感謝幾個人，第一位當然是總經理，他發現我有這方面的才華；第二位是馬上秦先生……。」

他的視線在人群中搜尋著，終於他看到了那個熟悉的背景；馬上秦正走向大門。

第六章：高高飛吧！小鬼，然後摔死你

演唱會後三個月，姬國瑞的聲望達到了頂點。這位不凡的天才，娛樂界的新貴，以他低沉的嗓音、奇特的裝扮、大膽、新鮮的言辭，造成了後來流行音樂史家津津樂道的「姬國瑞震盪」，但時隔不久，發生在他身上的某些事（有人認爲是群眾逐漸對他失去了興趣，這個喜新厭舊的時代！）使他的性格有了轉變，一說他喪失了耐性，變得急躁、易怒、口不擇言，綜藝週刊說他——舌頭失去了控制，是個漫無目標的攻擊者，是個專門惹事生非的傢伙。半年後，姬國瑞的兩張唱片銷售開始走下坡，公司就不再沉默了。

一天上午，總經理走進姬國瑞的辦公室。

「國瑞，我想跟你好好談一談。」

「隨時歡迎。」姬國瑞縮回擱在桌上的腳。

「你對公司是否有任何不滿？」

「沒有，你們對我很好。」

「那麼，究竟發生了什麼問題？」

「一點問題也沒有，我只是厭倦了從這個電視台趕到那個電視台，八點上節目，九點受訪問，老是唱那幾條歌，有時候還得像個蠢蛋般對對嘴。」

「既然你唱煩了，」總經理儘量緩和聲調，「那新歌呢？」

「我正在寫。」

「幾個月來，你都這麼說，我不是催你。而是，你也知道，一張唱片的壽命最少幾天，最多一年，任誰也對抗不了市場定律，你必須一直推陳出新。何況，裡面和外面的人都在期待你下一張唱片。國瑞，告訴我，究竟怎麼回事，是不是又失戀了？」

「跟那些個小歌星混不叫談戀愛，」姬國瑞嘆了一口氣，「老總，說實話好了，我覺得沒什麼勁。」

「我不懂，那麼多崇拜者？你知道公關部一個月要收多少封關心你的信？」

「那些蠢貨，算了吧。我眞正需要的是生活，我想了很久，我創作力降低的原因是，沒有自己的生活，以前我有，即使過得像乞丐一樣，現在呢？我只有演戲，娛樂每一個人，包括你們。」

總經理聳聳肩膀，「但是，國瑞，我從沒限制你休假，顧問也不需要跟別的職員一樣打卡上班。」

「休假？我的老天！你沒聽懂我說的話。」

談判觸了礁，總經理怏怏不樂地回到辦公室，打電話找來馬上秦宣佈他決定召開緊急會議。

「不要讓姬國瑞知道。」他說。

會議在總經理家中召開，參加者仍然是當初決定接納姬國瑞的「五人小組」，但錄音室助理換了他的主任。

「老馬，你比較了解姬國瑞，」總經理說，「想想看有什麼辦法？」

「我已經不是他的製作人了。」

「你還是公司的人，公司有了麻煩，你不能置身事外。」「我研究過這個人，不像各位只是欣賞和瞎捧，好了，現在問題來了，」馬上秦一點也不客氣，「姬國瑞不是什麼大天才，他不過比別人聰明點罷了，其實這點也不怎麼重要，重要的是，他寫了一些匪夷所思的歌，也甚受歡迎。於是問題就產生了，大家需要他的歌而他不想寫。爲什麼不想寫？是不是有更好的打算？不是的，我認爲他只是寫不出來。爲什麼寫不出來？原因很複雜，不過，根據我觀察的結果，姬國瑞這個人必須受到壓迫和刺激才會有創作的靈感。」

「什麼！」總經理忍不住輕呼出聲。

「基本上，我不認爲他是個天才，但我相信他的感覺比常人敏銳得多，從作品中看得出來。不幸的童年、繼父的壓迫、貧窮的陰影、社會的歧視、愛情的幻滅，這些經驗後來都一一出現在他的作品中。所以，一等到他的生活和地位有了明顯的改善，女人和金錢唾手可得——」說到這裡，馬上秦攤開雙掌，作了個無可奈何的手勢。

「老馬說得有理，依我看還是再給他一點時間算了。」企劃經理說。

「時間？」總經理忍不住吼了起來，「這小子如果能夠安安分分坐在辦公室裡，給他兩年時間我也願意。你們知道他幹了些什麼嗎？他把我去年那一次慶功宴上稱讚他的話當了真，穿那一身怪衣服到處亮相，逢人便說自己是流行歌曲之王，台灣現代民歌之父，把別人罵得一文不值，批評羅大佑是個半調子，只配給小孩寫童謠，罵蘇芮是個自憐狂，歌唱像雞被叉住脖子，還建議林慧萍最好到酒家賣唱，說她的歌最開胃，諸如此類的胡說八道不勝枚舉，我抽屜裡塞滿了抱怨信，一天到晚有人來向我抗議。還有，自從老馬你放縱他之後……」

「這不能怪我。」馬上秦抗議。

「不怪你，難道怪我，」總經理哼了一聲，「這小子又故態復萌，抽煙、喝酒、賭博、玩女人，甚至吸食迷幻藥，」他深深吸一口氣，讓聲調回復正常，「最後，我去找他，他居然說，沒有自己的生活。他媽的！他說他每天只在那裡演戲，娛樂每一個人，包括我們。」

總經理一口氣說完，會場頓時沉寂下來。他掏出手帕擦拭額上的汗珠，過了一會兒，改換了一種哀傷的聲調：「不幸的是，去年由於他的表現，公司跟他續了五年合約，同時列入受薪名單，我擔心總有一天，他會把大家拖垮。」

「為什麼不找律師對付他。」錄音室主任說。

「不行，那會造成大醜聞。」總經理否決了這個提議。

「那不簡單，給他一筆錢打發他走路算了。」馬上秦說。

「我暗示過，」總經理說，「他不肯，他說『公司造就我，我要為公司流盡最後一滴血。』」

底下的半個鐘頭，可以說是一場典型的「動腦會議」，許多建議被提出、討論、批評，然後被總經理否決，凱歌的王牌竟然成為凱歌的困擾，是當初誰都不曾料到的。但此時決非追究責任的時機。這點與會者無不心裡有數。即令頑固派的馬上秦也一收譏嘲之色，嚴肅地面對這個難題。「今天對大家都是痛苦的一天，」經過一整晚的折磨後，總經理不得不宣佈放棄，「明天再討論。」

「等一等！」馬上秦對正欲起身離開的總經理說，「我突然想到何不送他去泰北？」

「泰北！」四個人同時出聲。

「送他去泰北難民營住一段日子。最近跑泰北滿流行的，阿貓阿狗都往那裡跑，不同的是，我們的姬國瑞是一個人去的，不是送炭送錢什麼的，他是獨自去感覺、思考、創作、寫幾首歌，這個構想怎麼樣？」

總經理重回座位，「老馬，多說一點。」

「第一，這是他要的眞正生活，我想姬國瑞再也找不到託詞；第二，可以製造新聞，以前沒人幹過這種事；第三，說不定他眞能寫出幾首好歌來。」

「好主意！」財務經理擊掌道：「不過，聽說那個地方不安寧，萬一發生意外怎麼辦？」

「公司給他投保，要是眞有意外……」馬上秦環視所有人一眼，這一眼包含了複雜的意義，「大家的問題不就解決了嘛。」

第七章：娛樂界的損失

一個晴朗的上午，凱歌的職員、幾個夠交情的記者，以及姬國瑞的家人送他上飛機。

這則新聞並無預料中的轟動。因爲姬國瑞的唱片已經從排行榜中摔了出來。開始如此，以後姬國瑞在泰北幹了些什麼，就更引不起別人興趣了。

公司內部恢復了往昔的平靜。當然這也僅是表象而已。姬國瑞的攪局如果說有什麼建設性影響的話，大概就是使每個人變得更穩重，變得更不動聲色。在這樣難得的和諧氣氛下，馬上秦再度受命負責製作康如眉的第一張專輯唱片，這是個外貌清純可愛的少女，歌聲甜美，很討人喜歡。這一天，馬上秦帶她參觀公司，經過一間小辦公室，他打開門。

「好漂亮！」康如眉嚷了起來，「馬伯伯，這是誰的辦公室？」

這個房間陳設華麗，四壁掛滿了劇照和海報，地上鋪著厚厚的地毯，透窗而入的陽光在辦公桌上兩張鍍金唱片上跳躍著。

「姬國瑞，」馬上秦回答：「妳努力的話，將來也會有這麼一間。」

「我會的，」女孩兩眼發光，「馬伯伯，他人呢？」

「去了泰國。」

「去那裡作什麼呢。」

「不清楚，我們已經有四個月沒他的消息了。」

所謂世事難料，一個星期後，救總的一名官員帶來了姬國瑞的消息。

「上個月，姬國瑞在越共突擊難民營後失了蹤，」官員，「很抱歉，我們沒找到他的人。」

「到底發生了什麼事？」

「有幾種傳說，不過人既然不見了，還追究什麼。」

「尹先生，我們應該怎麼處理這件事？」總經理問。

「姬國瑞是以商業考察名義出國的，本來跟救總扯不上關係，如果事先同我們商量，我們會勸告你們不必要冒這個險。」官員說：「我建議你們發佈他在越共突擊時失了蹤，其他的事就愛莫能助了。」

「謝謝你，尹先生。」

「那裡，應該的，這是他留下來的物品，你簽收一下。」有一捲錄音帶和一些衣服、雜物。

救總官員走後，凱歌的高層人員齊集在會議室裡。

「我們先聽錄音帶，」總經理說，「看看有些什麼？」

錄音機傳出一些奇怪的聲音，槍聲、奔跑聲、叫喊和哭泣。末了則是姬國瑞的聲音。

「台灣同胞們！這才是你們眞正需要的音樂。」

「什麼東西！開什麼玩笑！」總經理關掉錄音機，「這不是我們要的。」

「我看姬國瑞八成瘋了。」財務經理說。

倘若不是爲了那兩張風光過一陣子的唱片，以及姬國瑞預支的那些錢（他可眞能花錢），凱歌的人是不會坐在這裡傷腦筋。不過，不管怎麼說，問題總要解決的。所以經過了長達兩個小時的討論，各式各樣的報表和咖啡在眾人的手中傳來傳去後，終於達成了一致的結論——姬國瑞的歸姬國瑞，公司的歸公司；而前者除了負債和保險金外（這筆錢的取得也會有麻煩），沒有其他的資產，公司則必須收回老本，包括商譽和精神上的損失（這兩點是企劃經理的高見）。

於是，第二天開始，所有人分頭行事。

十天後，凱歌唱片公司召開了一次盛大的記者會。會中總經理鄭重宣佈：姬國瑞在泰北參加了反共抗暴軍，到雲南邊境勦匪。同時還宣讀了一封信，這封信經姬國瑞繼父證明爲眞（這份證明花了公司卅萬塊錢）。

敬愛的父母親：

在這裡，我日日夜夜和受苦受難的同胞生活一起，雖然物質條件缺乏，但是我們有一種患難與共的感覺，加上幾次遭受越共突擊的經驗，共產黨多麼可怕！使我開始反省以及思索一些嚴肅的事情，很難想像在富裕的台灣之外，還有這個世界，一個人不能奢求幸福，只能悲壯地活下去的世界。我反覆思索，常常陷入癡呆的狀態（也因此有人開始說我舉止怪異）。終於有一天，一個念頭悄悄地襲上來，是否？而突然之間，我感到恐懼，我跑進人群裡，有好幾天的時間我不敢去面對它。但最後，還是被那個主意征服了。我並沒有發瘋，卻比任何時候都清醒，我走到屋外，覺得陽光從來沒有過這麼樣的燦爛，大地充滿了希望，我的心充滿了感激與獻身的熱忱。我決定加入反共救國軍的游擊隊，到雲南邊境勦匪。

親愛的爸爸媽媽，請不要爲我擔心。能夠再度掌握自己是一件多麼快樂、滿足的事。希望你們能爲我驕傲和高興。

不肖兒國瑞敬上

信讀完了，全場鴉雀無聲，總經理屛息靜氣地等待著，會有任何變故嗎？不會的，不可能的。掌聲熱烈響起時，他的臉上浮起了一層薄薄的笑意。

「馬老，」來幫忙錄音的小林推推馬上秦的手肘，「這封信滿像你的口氣呢。」

「胡說八道！」馬上秦說。

幾個月之內，姬國瑞的兩張唱片「給童年摯友」和「冬日的告白」又成了本地愛樂者的話題，不僅銷售量直線上升，而且，由於他最後的神奇一躍，他的名字無可避免地進入了台灣流行音樂史，人們緬懷昔日榮光的心情是可以理解的，他們需要各式各樣的英雄，包括這一位——一度誤入歧途的愛國音樂家。

這之後，陸陸續續地從海外傳來幾種傳言，有人說姬國瑞在一次行動中被俘，成了至死不屈的烈士；有人說他作了第二個侯德健；有人說看到他在夏威夷海濱衝浪；更有人繪聲繪影地描述他住進曼谷的一家瘋人院，整日裡彈著一把斷了弦的吉他。

不過，沒有一件比助理小林的發現更具戲劇性的了。

十一月的一個上午，他慌慌張張地衝進馬上秦的辦公室。

「馬老，不得了！不得了！」他似乎驚魂未定，「我看到他了！」

「看到誰呀？你先喘一口氣再說好不好？」

「姬、姬國瑞，我在漢口街看到他，我高聲叫他名字，但他一轉身混入人群裡，就不見了。」

「你確定嗎？」

「我確定是他，沒錯，他還對我笑了一下。」

馬上秦沉思著，臉色陰晴不定，過了一會兒，他拉著小林走向窗口。

「你看看街上，你看到什麼？」

「人啊，馬老，滿街的人。」

「不錯！是人，姬國瑞就在那些人裡面。」

「你相信我的話了。」

「我幾時說過不相信你，」馬上秦臉色嚴肅，「不管你看到的是不是他，我相信姬國瑞仍活在這世界上的某個地方，也許就在你我附近。只是，他再也不可能是姬國瑞了。」

「我不懂，馬老。」

「姬國瑞不知珍惜，反而把自己逼得無路可走，再說這也是每個人的意思，也沒辦法違抗的。」

「我還是不懂，」小林問，「可是如果他沒死，如果我看到的眞是他，他爲什麼不回公司來？」

「他不敢，也不願意。不單是爲了欠公司一大筆錢，還有更重要的原因。我作個比喻好了：假如有人因爲某種理由，趁你不在的時候，給你立了尊銅像，小林，不論你是否受之有愧，你會不會親手把銅像搞毀？」

「我想我不會。」

「沒人會這麼作的，這就是姬國瑞必須躲開你的理由，你懂了吧？」

小林似懂非懂地點點頭。

然後，有好一會兒，這兩個人就靜靜地站在窗口，凝視著街上的行人，凝視著這個奇異的世界，凝視著逐漸敞開的自我。

憤怒的葉子

長春海運的標誌是一片綠色樹葉，鑲在一塊刻有公司中英文縮寫的銅牌上，這塊銅牌面對著電梯，金黃色的銅皮和浮突的葉子看起來就像一張扁平臉和一隻大眼睛，忠心耿耿地監視著出入的每一位職員。齊飛鳴——公司的總經理，一星期總有兩三次親自或囑咐小妹擦拭那塊銅牌。然而，今天，不曉得爲什麼，他對一位低下頭打算從身旁溜進辦公室的職員說：「李福林，你拿塊布把它擦一擦，上面有塊汙跡。」

那個人低聲說了句，「是的，總經理。」，走進辦公室。他是個年約卅歲、身材瘦削、前額微禿的年輕人，有一副陰沉的臉孔，此刻顯出憤憤不平的神色，他快步地穿過會客室的前廊，在一間掛著「人事部」塑膠牌子的小房間前躊躇著。對著尚未進入工作狀況，猶在閒聊的同事們，他的怒氣自胸中昇起，他臉頰發燙、喉頭緊縮，奮力地從舌尖上收回一句惡毒的咒罵。

「眞、眞是豈有此理！」

「什麼事？老李，」余小姐說：「這麼一大早——」

「老總要我擦那塊銅牌，豈有此理……」

李福林拉開抽屜，翻著東西，故意弄出很大聲響，終於他找到一塊擦拭眼鏡用的絨布，這塊布很乾淨，可以作爲抗議的工具。他想像著總經理驚異的表情，一邊用徵求同情者的眼光望向他的同事們；但後者的反應冷淡，余小姐甚至移開視線，假裝翻著桌曆。他的短暫的虛僞勇氣，猝然成了惶恐。

主持長春公司的這人是個活力充沛的胖子，脖子下掛了一條紅格子領帶，上面別著一枚小小的綠葉徽章，這種徽章每個職員都有，是公司年終酒會上的贈品，但沒有幾個把它別在領帶上的，尤其是紅色的領帶。

「擦乾淨。」齊飛鳴丟下這句話，便轉身離開。

李福林狠狠地對付這塊羞辱他的銅牌。是的，葉片上有塊汙跡，像隻企圖蠶食它的蟲子。但是，用眼鏡布擦拭的決定錯了，那個胖子一點也不在意。擦乾淨——李福林內心的痛楚逐漸加深。擦乾淨、擦乾淨，這是什麼口氣，他也算是公司的老人了，待了整整八年。不管怎麼說，他都應該尊嚴地拒絕，他應該說：「總經理，這是小妹作的事。」不！他應該將這塊布塞進胖子的嘴巴，然後舉起銅牌砸那顆肥腦袋。

「老李，你在幹嘛？」至少有五個人重複這一句話。

很明顯地，他在公司的地位是完蛋了，如果他還有地位的話。李福林把布收進衣袋裡，回到他的辦公桌。整個上午，他處於一種不安和自責的狀態，他頻頻起身到飲水機旁漱口，到浴室裡用帶殺氣的眼光瞪著鏡子，以及豎起耳朵偷聽同事的談話。

中午休息時間，莫德凱，貨櫃部的辦事員對他說：

「你知道怎麼了？我聽到有人說你壞話。」

「是誰？」

「我不能告訴你，反正——」莫德凱說，「反正你知道有人說你壞話就是了，你臉色不太好，應該請個假什麼的。」

莫德凱又說了一些話，大半是關於那艘擱淺了的貨櫃輪「高達」號，據說甲板上失了火。李福林心不在焉地聽著。有人說他壞話，這可好，早上他才丟了一次臉，現在又有人在背後暗算他，是那一個？李福林的目光象徵性地四下搜尋著。走道盡頭的一扇門打開，那是財務部副理，兩個人側身讓開，那副理點點頭，年輕的臉上帶著一股傲氣，這些年輕的大學畢業生是公司的新貴。李福林看著他走向餐廳，餐廳的門打開又關上，一陣喧嘩聲傾瀉而出，餐廳裡擺著一張乒乓球桌，一到休息時間便有人圍著桌子活動筋骨，李福林從來不是這群人當中的一個，話又說回來，他的球技也不好，捉對賽時，從沒有支持過兩局。

「我們出去走走。」李福林說。

現在他站在佳愛百貨公司的頂樓，從男仕服飾專櫃旁的一扇窗口俯視著街道，正午的陽光曖昧地滯留在綠色窗玻璃後，帶著黯淡色彩的行人流過大街，沒有任何生命力自這些活動中洩露出來。李福林的表情迷惑而疲憊，他的視線無目的地跟隨著一個行人，直到他消失在一棟建築物後。「福林，」莫德凱自背後說，「逛了幾十回，就沒看到一條滿意的領帶，都是些三流貨色。」

隨後，莫德凱提議再玩一趟老把戲，李福林沒有異議，他們下樓到女裝部門，在那裡對一位打扮入時的女郎評頭論足一番，然後決定尾隨她過三條街。

「我打賭她是有錢人家的太太，」莫德凱說，「為什麼有錢人的老婆都這麼漂亮？」

那女郎消失在另一條街，他們放棄繼續跟蹤，因為上班的時間就要到了。郵局旁的一條巷子裡，擺了個賣甘蔗汁的攤子，他們停下腳步。李福林搶先付了賬。

「該告訴我那個人是誰了吧？」

「我不能說。」

「這算什麼好朋友。」

「好吧，」莫德凱無可奈何地聳聳肩膀，「蔡吉祥，他說他是從公司的每月會報上聽來的。」

「他媽的！拍馬屁的小人，他說了我些什麼？」

「不是他說的，他說是公司裡幾個經理的意見，他們認爲你很散漫。」

回到辦公室，兩個人在門口被一群搬運工人擋住了一會兒，這些人來自電腦公司。

「財務部門，」莫德凱說，「先是財務部門，然後是業務部門，聽說公司打算逐步電腦化。」

「我不懂那個東西，」李福林背著手站在那塊銅牌下，「公司沒有一個人比我更了解那些船員的背景，調動他們不是光靠統計資料就行，還要研究他們的心理，我下過一番功夫的……」

「哦，」莫德凱漫應一聲，「好好去上你的班吧，不要說是我洩的密。」

他的辦公桌堆滿了卷宗和檔案夾，李福林戴上眼鏡，打算認眞地對付一封函件——墨爾本港務局知照貴公司——澳洲有人抱怨，抱怨什麼？但是他一個字也看不下去，早上總經理的態度證明了一件事，然後每件事似乎都扯上關係。不錯，是有人想在背後整他，蔡吉祥——他沉思著和這個人結怨的原因，沒什麼原因，兩個人只是彼此看不順眼罷了，蔡以前也是人事部的職員，調到別的部門後就開始說他壞話。他媽的，這小子，李福林想，還欠我一百廿塊錢，那是在孔雀喝咖啡的時候，蔡說，「你先借我錢，這次我請客。」操他的！不要臉的傢伙。

他繼續試著去了解澳洲的事，但函件上的字彷彿一張張扭曲的臉孔，使他眼睛發脹，腦門昏眩，每件事都不對勁，每件事。李福林離開座位，走到飲水機旁，裝了一杯水，跟著吞下一片「合利他命」，這當兒，他覺察到背後余小姐的眼光，這個老小姐，近來好像對他離開座位的次數發生莫大的興趣。

他喝完了水，又到洗手間，對著鏡子掏出香煙。他用濕濕的嘴唇輕咬著香煙的濾嘴部份，鏡中人也作出一副同樣不屑的表情，但很快便洩了氣。李福林把香煙點燃，深深吸了一口氣，突然之間，他覺得窩囊透了，自己竟只能躲到這麼個地方吸潮濕的煙，然後顧影自憐一番。

他回到座位時，主任正站在他的辦公桌前，手上拿著那封待辦的澳洲函件。

「剛剛總經理來說，他問我你去了那裡，我指指那個方向，你是不是身體不舒服？」

「有一點，」李福林坐下來，眼睛看著主任撐住桌面的兩隻手，「財務部那邊怎麼回事？亂鬨鬨的。」

「新購置的電腦送來了，上次的電腦研習班你應該去的。」

「你這是什麼意思？」李福林抬起頭捕捉著主任的視線，他的臉頰抽搐了一下。

主任沒有回答，他的好脾氣是出了名的，但是在公司裡光有好脾氣並不夠。最重要的是，你必須有主見。李福林對他的頂頭上司深為不滿，人事部雖不重要，但終究是個完整的部門，而這位好好先生，你該看看他在會議桌上的表現，他輕易地讓別單位的主管攻擊，說人事部是個最沒有效率的單位。

「你該小心點，總經理好像很注意你……」主任縮回他的手慢慢地退開。

又是一個威脅！李福林的視線集中到紙上，他看到了這些日子裡的所有挫折：月底的獎勵記錄沒有他的份，出納組以公司新規定阻止他預支薪水；一名船員向總公司抱怨任何人事部門都會犯的錯誤——筆誤，親手草擬的意見書被副總退了回來，並且批了幾個字——不知所云……等等不一而足。李福林把臉埋入雙掌，內心裡發出痛苦的呻吟。過了好一會兒，他抬起頭，喉嚨的乾渴感覺，使他環目四顧，尋找一個離開的藉口。這該死的煙癮又犯了，他推開椅子，躡手躡腳地移向飲水機；然後突然地一個轉身，快速地走向門口。到了走道後，深深地吸了一口自由的空氣。得好好利用這一次暫時的解脫，他想。

洗手間裡有一股樟腦丸和香煙混合的氣味，自從總經理宣佈不准在辦公室抽煙之後，此地和餐廳便成爲癮君子們聚會的場所，在這裡，不同部門的職員互相遞煙，交換當日的情報。或者——或者跟那個姓蔡的小子一樣，在背後搬弄是非。

李福林躲進小隔間裡，他很快地抽完第一根香煙，再取出第二根。就在這時，他聽到由遠而近的腳步聲，而且似乎不止一人。一種窺人隱私的念頭使他作了決定。李福林收起煙盒，坐在馬桶上，縮回腳，豎起耳朵。

是企劃部的兩部職員，陳副理和高主任。他聽到兩個人談話的聲音，是關於廣告部門的一件事。然後是短暫的沉默，接著響起一陣輕微的水聲，李福林知道那是什麼，他感到噁心，並且制止自己去想像這兩人的不雅動作。

水聲停止，繼而兩聲咳嗽，然後一個聲音說：「抽支煙吧。」

「我想試著戒煙，非必要時儘量不抽。」

「好主意，我看終有一天總經理會頒個獎勵戒煙。」

「獎品一座金質煙灰缸。」笑聲。

笑聲持續了幾秒鐘，接著一個壓低的聲音說，「老高，裁員的事千萬不要洩露出去。」

「那當然——關於……」話聲隨伴著腳步聲逐漸遠離。

唉呀呀！李福林幾乎從馬桶上摔了下來。「裁員」這兩個字，使發生在他身上的所有不幸有了新的解釋。

媽的！下流！他從齒縫間迸出了這幾個字。沒有再比這些偷偷摸摸的勾當更下流的事了。他的怒氣充塞在這個小小的空間裡，再沒有……偷偷摸摸……下流……手上的煙被捏成一團，他的嘴角浮起一絲獰笑，怒睜的雙眼尋找一個發洩的對象，他有一種搗毀這間洗手間的衝動，他不僅在門口被侮辱了一番，還在洗手間被出賣了，再沒有比……更下流……他憤怒到了極點。

嘈雜聲再度推他回到冷酷的現實，是那群搬運工人，李福林的注意力被轉移了目標。他在水槽上洗了把臉，冰涼的水侵入領口，一陣冷顫過後，他凝視著鏡中的自己，那是一張不知所措的臉，眼神空洞，頰上的殘餘水珠使得整張臉像被刀子劃過一般。

「李福林，你去那裡了？」主任問。

「是不是總經理又……」

「是你太太的電話，她說等一會再打來。」

李福林迷惘了一下，這個時候——眞會挑時間——但是這個時候——若非有事——她不會選——這也很難講——他的腦中出現那女人不清晰的影像，在記憶裡，她永遠一副黃臉婆的模樣。他想起了莫德凱的一句話「爲什麼有錢人的老婆都這麼好看。」爲什麼？她洗很多衣服和替一對夫婦帶孩子——一個極其討厭的小鬼。有時候，作父母的會在星期天把孩子丟給他們額外的照顧一天，這當兒，年輕夫婦會做作謙虛地（其實是怕小孩受虐待）稱呼他「李先生」，李先生，辦公室裡從來沒人這麼正式稱呼他，李先生。但是，無論如何，這個時候，除非有事，一定有事，而且是要緊的事，麻煩的事。李福林腦中一片混亂，麻煩一個接著一個，他無聲地詛咒幾句，牙齒緊咬住下脣，靜待著電話鈴聲。

電話鈴聲終於響起時，李福林已經把可能對他不利的情況想了十個之多。

「你剛剛去了那裡？」

「洗手間，家裡發生什麼事？」

「我媽跟大嫂吵了一場架。」

「她要來台北？」

「她已經來了。」緊接著，李福林聽到話筒另一端他太太的叫聲：「媽，福林要跟你說話。」李福林痛苦地喘了一口氣，將話筒交給另一隻手。

「是我，媽，歡迎妳來住，」他聽到自己用一種不可思議的聲音說，「當然歡迎……沒什麼問題……眞不像話……不像話……啊，不會，當然不會……妳愛住多久就住多久……我……妳是問我……很好啊……不騙妳……我很好……」

到主任第三次離開辦公室後，李福林才尾隨他溜了出去，他要去找莫德凱，他不得不把此人視爲唯一可以信賴的朋友，這使他覺得不自在，因爲他不信任公司裡的任何人，當初被他視爲共同奮鬥夥伴的同事們，現在一個個爬到他頭上去了，就像那個該死的蔡吉祥，薪水都比他多五百塊錢，而僅爲了這麼點優勢，就放肆地在背後嘲笑他。公司應該裁掉這種人，而不是我——我——這個字像魚骨頭鯁住喉嚨，他的羞辱加深——我是個什麼東西，是個什麼東西？

在貨櫃部辦公室門口，他用食指把莫德凱叫了出來。

「借一步說話，」在走道上，李福林小聲說，「你聽到裁員的傳聞沒有？」

「裁員？」他的朋友嚇了一跳，「開什麼玩笑，你從那裡聽來的？」

李福林告訴他，莫德凱先是張大嘴吧，作出難以置信的表情，接著臉頰肌肉慢慢鬆弛下來，偏著頭，像在思考難題。

「不會是我，不可能，」莫德凱堅定地說，「我的考績很好，最近也沒出過什麼紕漏。」

「誰說是你，我要你去打聽打聽。」

「沒問題，我是有名的包打聽。」

到下午四點鐘，謠言已經從公司的這一頭傳到那一頭。到下班的前一刻，裁員的風聲繞了一圈，回到李福林的辦公室。

「老李，」余小姐假裝請教他文件上的一個問題，「聽說公司計畫裁員，名單上有你。」

莫德凱今天加班，李福林只得一個人離開辦公室。他垂著頭直入電梯，隱隱約約覺得那塊羞辱他的銅牌自背後窺伺著他。街上陽光依然耀眼，對街的福星玻璃帷幕大廈明亮奪目，汽車緩慢地流過馬路，灰煙和廢氣在輪胎間打轉，這是個發動機和矽晶片橫行的時代。李福林的腳步沉重，那只公事包像裝了鐵塊，其實裡面是他今天未處理完的公事，從前他根本不會把辦公室未完的工作帶回家，但今天情況特殊，下班前的那個傳言深深地傷害了他。他是個盡責的職員，不是嗎？看看還把辦不完的公務帶回家，不像德凱，想盡辦法搞加班費，公司裡多的是這種人，要裁員就應該裁他們。而那張名單——李福林沉思著，那張名單證實了他在洗手間偷聽到的消息。

下班時間街上一片混亂，充滿了虛偽的生氣，數以千計的秘書、辦事員、經理從一間間辦公室湧了出來，一張張疲倦的臉、著急的臉、快樂的臉，若有所失的臉，以及虛偽的臉。李福林機械地向右越過松江路，折入一條攤販集中的小巷。

往常等公車的地點，逐漸被他拋離。他在人群中閒逛，聞著女仕們身上的香水味，聽著小販們誇大的、祈求的叫嚷。幾個叫賣仿冒品的小販攔住他又放他離開。李福林在一處水果攤上買了橘子邊走邊吃，在一家擺著幾箱金魚缸的小店前，他微欠身子，把鼻頭湊近玻璃，對那些愚蠢、搔首弄姿的金魚，鄙夷地嘲笑了一番。

不需要那麼早回去，不需要。那個家和背後的公司正自兩個不同的方向拉扯著他，他常覺得總有一天這兩種力量會將他撕成兩半，而這一天卻在他毫無防備的時候猝然地降臨。不，不能說毫無防備，一切都在別人的計畫之中，他應早有所覺。他覺得奇怪，「裁員」那兩個字突然從抽象觀念變成有形的實體，而且像隻冰冷的手，一下叉住他的脖子，使他幾乎窒息。李福林決定打一個電話給莫德凱。

「老莫，出來一下，」他在電話中說：「我們喝兩杯。」

「我看看能不能溜出來，」莫德凱說，「等我五分鐘，你現在在哪裡？」

喝免費酒莫德凱當然願意，他匆匆越過馬路，推開圍在四週的人群，他的動作輕浮，乘機揩女士的油，年輕的額頭上黏著幾根油膩膩的頭髮，李福林遠遠朝他揮著手。

在一家門口陳列著各式海鮮的小店裡，莫德凱舉杯謝謝他朋友的邀請，然後用衣袖擦掉嘴角的酒漬。

「再沒有比辦公時間偷溜出來喝酒更妙的事。」

「沒人注意你？」李福林問。

「貨櫃部可不像你們那裡動輒得咎，」莫德凱說，「你怎麼回事？還在生氣？」

「他媽的，我高興死了，我告訴你的事，你洩露出去了吧？」

「什麼事？」莫德凱驚訝地問，他看看手錶，再快速地灌下半杯酒。

「我下午告訴你的那件事。」

「你是說名單？」

「怪了，我只跟你說裁員，可沒提到名單，你那裡聽來的？」

「我發誓沒有洩露，名單是別人告訴我的，我發過誓不說出他的名字。」

「我不問你就是，不過你得告訴我名單上是些什麼人？」

「你要知道這個幹嘛？」莫德凱環目四顧，像是尋找一個離開的藉口，「我倒希望名單上有我的名字，這種公司我早待膩了，自動辭職太便宜他們了，被裁掉還能領三個月遣散費，想想看，一筆大錢哩。」

「跟我說名單上有誰？」

莫德凱把頭轉向別處，「聽說你的位置將被一台電腦取代，」他一仰脖子，喝乾手上的酒，站起來說，「我得趕去上班了，再不走，主任就要跑出來找我。」

請這麼一頓眞不划算，除了再聽到一次那張見鬼的名單外，沒有得到什麼。李福林禁不住後悔起來，不該這麼快就讓莫德凱溜掉的，名單的事說不定是他捏造的。對莫德凱這個人，李福林是太清楚了，再逼問他，他甚至會指天發誓說，名單的事是他在洗手間偷聽到的──你可以在洗手間裝竊聽器，我爲什麼不可以？

操他的、操他的、操他的，李福林的怒火再度上升，他凶狠地對付他的酒。但是老莫說的──電腦──究竟是怎麼一回事？難道就是下午在財務部看到的那個東西──一台桌上型電腦──取代他──坐在他的位置上──說不定同事們還會拿他的名字命名──走過他的座位時，會伸手拍拍它，說：「老李」——想到這裡，李福林的憤怒逐漸轉變爲惶恐。那麼是沒有人在他背後搗蛋的了，不比那一次報關的小桑被副總踢走，只因爲他要安插自己人。但是一台電腦，李福林覺得沒有辦法去理解這個，面對那個東西。他又叫來一瓶酒，並且要求端酒來的女服務生陪他一杯。

「你喝醉了，李先生。」女服務生微微一扭，掙脫他的手。她是個臉龐圓圓的少女，很會應付男人。

被當眾拒絕，李福林感到面上無光。有幾個食客投來好奇的眼光，他用力瞪了回去，「操你媽的！」他口齒不清地說，他渴望引起一場鬥毆，痛痛快快地揍什麼人一頓。

然而沒人理他，這個城市的居民已經學會避開醉鬼和危險。李福林的低聲咒罵和怒視飛向四週，但依舊沒有反應，到末了，他的怒意被酒精所融解，他滿臉通紅，渾身酒氣四溢，蹣跚地離開小店。

夜幕已經低垂，街上人潮洶湧，各種聲音敲擊著他的耳膜，好一個色情與暴力的晚上。李福林的腦際泛上了中午和莫德凱跟踪的女郎，他記得她的背影和充滿挑逗性的姿態。色慾的念頭油然而生。

計程車載著他直奔「歡樂之街」，車窗外的霓虹燈光和建築物的陰影交替地映在他臉上。後座上的李福林不停地打著酒嗝，在一處紅綠燈前，他拉開車窗，朝馬路上嘔吐起來。

保安街的流鶯逐漸地失掉了耐性。

「快呀，先生。」她頻頻催促著。

「我……對不起……突然間……不行……」他喃喃地說，覺得既洩氣又羞恥。

「我可不管你怎麼樣，時間到了我就起來。」

李福林迅速穿起褲子，避開那女人譏嘲的視線，他想像得出他今天已經成了此地的笑柄。這個無能的男人，這個蠢蛋，他不會跑錯地方吧？這個蠢蛋，這個無能的男人！

現在這個垂頭喪氣的男人站在重慶北路口等著回家的公共汽車。他的身上仍有酒氣，但臉色蒼白，心中充滿了仇恨和羞恥。他憤怒地凝視著街道和行人，他覺得世界上每個人都在壓迫他、恥笑他。他應該拒絕擦拭那塊銅牌，把眼鏡布摔到總經理臉上，對主任無須假以辭色，對裁員的事保持緘默，免得別人拿這個來打擊他。不要理睬岳母，她只會給他帶來麻煩。應該痛罵莫德凱這個臨陣脫逃的傢伙一頓，他竟然想把他當傻瓜耍。最後是那個下流的婊子，他應該用腳踢她，逼她下跪道歉。李福林的悔恨和痛苦幾乎使他瘋狂。

連巴士都加入折磨他的行列，李福林移動腳步，走進騎樓下，他覺得口渴，嘴脣乾裂，胸中像燒著一把火，他要找些水喝。騎樓下的商店尚未打烊，不過有些店員已經開始收拾東西。李福林在一家電器行的櫥窗前站了一會兒，他歪著頭瞧著櫥子裡的一台小電腦，和旁邊插著的一塊牌子，上面寫著——資訊週期間，一律九折優待——一個店員疑惑地伸出脖子打量了他一眼。李福林皺了皺眉頭，繼續斜著眼瞧那台機器，襯底的藍色絨布加上壁燈的照射，使那個東西看起來昂貴而驕傲。李福林彎下腰，看到灰色螢幕上反射的自己影像。「老李！」將來同事們經過他的位置，會拍拍電腦蓋子，喊他的名字，「你比從前那個老李有效率得多。」余小姐會拿塊眼鏡布輕輕擦拭它，像給嬰兒洗澡，主任不再偷偷注意飲水機的動靜，因爲那個機器不會喝水，更不會上洗手間，而且也不會被裁掉。他的眼前一陣昏眩，喉部傳來刺痛的感覺，他快速地逃離那座櫥窗，閃入一排陰暗的騎樓下。

一台自動販賣機吸引了他的注意，李福林掏著口袋，找到一枚十塊的銅板，投幣口張著嘴巴歡迎他。李福林按了可樂的按鈕，但沒有東西掉下來，他又按了幾次，依舊沒有反應。這台吃人的鬼機器！李福林掏著口袋，沒有銅板了。他轉身離開販賣機，走了幾步，他停下來，一種錐心的痛楚洶湧襲來，所有的不平和怨氣突然地化作了報復的念頭。

我要——

他緩緩轉身——我要——他目注著那台販賣機大吼：

「我要砸爛你們這些王八蛋！」

零

不錯，我們正準備進入歷史，你和我，諸位委員會的先生們，我們正站在歷史的轉捩點上。越過此點，就是那個我們列祖列宗所歌頌的超凡、神聖、十全十美的黃金時代。

不錯，諸位先生，我們永遠不會忘記，在上個世紀，那個籠罩在毀滅陰影下的世紀，那個人類像低等動物般苟延殘喘的世紀，那個在今天我們教科書上稱之爲「黑暗時代」的世紀。

我相信，諸位先生，此刻你和我一樣，懷著無限感激和謙卑之心，來參加本屆會議。這次會議和歷屆年會不同，所有的紀錄，諸位先生的一言一行，都將妥以保存而傳諸青史，我們的後代子孫在享受前人的成果之餘，將會津津樂道於這次會議的偉大成就。正如「零」這個數字所要表達的，它是一個結束，同時也是一個開始。

感謝「南寧」，感謝「蒙其頓先生」，以及委員會的歷代委員們，在他們的貢獻下，得以讓我們擁有如此完美的環境，開始這項史無前例的計劃。

這個計劃將使整個人類進化至宇宙間眞正高等生物的層次。並獲享「南寧」所賜予的至高無上福祉。

——第二屆南寧委員會主席——

1

席進在他的農田裡倒進了最後一罐生長劑後，拍拍雙手，準備結束一天的工作。

這當兒，北方天際的一些異象引起了他的注意，他抬起頭來，望著地平線另一端慢慢出現的銀色飛行器，這些小小發著光的碟形物，在滿佈彩霞的暮靄中時隱時現。席進聚精會神地瞧了一會兒，他多麼希望能坐上那些發光的飛行器，即使一分鐘也好。然而他是個農人，按照職業分類，他屬於不可替換的第四十五級，除非奇蹟發生，他這一輩子就註定是個農人了。

席進想到這裡，不禁微微嘆了一口氣。現在天邊的異象消失了，這些飛行器大概已經穿出了大氣層，奔向茫茫宇宙的某一個目的地。天馬上就要黑了，席進打開農場上的太陽燈，立刻一片燦爛奪目的綠色植物呈現在他眼前，他往屋子的方向走去。

很奇怪的，屋子裡空無一人，席進逐一打開室內的燈光。她會去哪裡呢？他邊走邊想，這時候，他太太不在廚房裡準備晚餐，會在哪裡？於是他便坐在客廳的沙發上，點起一根煙，心不在焉地瞧著牆上的電視幕。

「席進！席進！」一個女人的聲音使他睜開眼睛。

「哦，妳回來了，」席進說，「我好像睡著了。」

「你一定想不到我去了哪裡，一定想不到。」

她是個姿色平常的中年女人，有一雙溫柔的黑色眼珠，瘦瘦的臉頰因興奮而泛紅。

「我猜猜看，是不是到福利商店買東西？」

「不對，不對。」

「要不然，妳就是去了伊東家裡玩電動遊戲？」

「也不對，我告訴你好了，我去了內政部。」

「內政部！妳到那裡幹嘛？」

「聽我說，席進，這輩子你最盼望什麼？」

席進坐正了姿勢，用狐疑的眼光打量著身邊勉強壓抑住興奮的太太。他們共同生活了二十年，她卻一直未能觸及他內心深處的一個神秘盒子。現在他的腦海裡浮起了一架銀白色的碟形物，它正在那裡，無拘無束地作著各種飛行特技，爬昇、俯衝、打轉、翻滾……

「我最盼望什麼？」

「一個小孩，」他太太忍不住尖聲叫了起來，「席進，我們就要有一個自己的孩子了，一個寶寶，一個可愛、活潑、蹦蹦跳跳的寶寶。」

「我的老天！妳到底在說些什麼呀？」

「今天上午，我接到內政部的通知，」她喘著氣說，「他們告訴我：我們申請了廿年的孩子終於批准下來了，你想想看……等了廿年……一個我們自己的孩子……」

2

一年後，席家的小寶寶終於誕生了。這一天適逢一年一度的「環球聯合紀念日」，全世界各個城市，都在舉行各種慶祝活動；園遊會、花車遊行和機器人展覽等。到了晚間，街頭到處燃放煙火，飛行器變換著五顏六色的色彩，並在夜空中作出各種隊形表演。

「聯合紀念日」乃是爲了紀念上個世紀的一位世界偉人——蒙其頓先生。當時，在他的領導下，一個代號「巨星」的實驗室，奇蹟般地發展了一種使各型核子武器失效的神秘能源「南寧」。這種能源的威力無窮，它能「吃掉」所有種類的能量。因此，沒有多久，全世界便團結在「南寧」的名字下，蒙其頓先生和一些國家的領袖們乃組成了一個「超國際委員會」，這個委員會成功地將世界各地的所有資料，包括：政治、經濟、軍事、人力、資源分佈和科技發展，納入「南寧」的管理系統。蒙其頓先生則在舉世的讚美聲中，榮任首屆主席，他的祖先據說來自瑞士，因此，人們公認主席的血液中含有和平的因子。此後，在蒙其頓和其後繼主席的領導下，一連串的改革完成了。藉著「南寧」的助力，傳統武器大部份被毀棄，油田被封閉（「南寧」比石油好上百倍），被污染的河川、湖泊、森林重新恢復生機，非洲、美洲、亞洲數以億萬計的劣質人口神秘地消失，資源取得和分配在最嚴密的控制之下。進入本世紀，一切物質環境達成目標後，委員會立即著手一項史無前例的計劃，並在「聯合紀念日」這天，由第三屆主席，透過密佈全球的通訊網，鄭重宣佈人類將開始邁入一個新的時代，一個和平、沒有歧見和紛爭的時代。

3

當醫生進入等候室時，天色已黑。席進正站在窗口，望著窗外出神。此際，擠滿人潮的大街上正在進行著多采多姿的慶典節目。

「席進，」醫生對著他的背影說，「恭喜你。」

「什、什麼？」席進像彈簧一樣轉過身。

「恭喜你，母子平安，而且是個男孩，」醫生說，「不過還得動個小手術，例行手術，你得等到明天才見得到他。」

一會兒後，席進坐在病床邊，握著他太太的手，輕聲說：「謝謝妳，是個男孩。」

「可是我們明天才看得到他。」

「沒關係的，我們先給他取個名字好了。」

「你給他取，」他太太柔聲說，「你是父親。」

「席德，對，我們的兒子就叫席德。」

過了一個星期，席進帶著母子倆出了醫院，回到家裡，繼續他們平凡、一成不變的農人生活。

當然，一如所有的父親，對席家這個唯一的後代，席進把自己的期望延續到孩子的身上。他希望席德能成爲一位橫越太空的星際飛行員。果然，不負所望，孩子到六歲的時候，經過教育部的一項「統一資格檢定」，認爲席德「有資格接受一級教育」，也就是說，未來他將有機會成爲委員會下的高級管理人員，如：工程師、醫師、飛行員、電子專家和部門官員等。如此，小席德便在教育部的命令下，進入「中央高級學院」接受一系列的養成教育。

中央學院位於中央城的郊區，景色優美、氣候宜人，從山坡上的校舍可以望見在陽光下閃閃發光的城市建築物。學院裡的學生不論年齡，按規定都必須住校。席進夫婦依依不捨地將孩子送入學院，然後熱切地期待著每月和孩子團聚那天的到來。

學校共有一千五百名學生，依照年齡分爲廿級，能夠讀完廿級的學生，保證未來的事業一定飛黃騰達。區域委員會的高級官員們就沒有一位不是此地的高材生。每年一度的「高級管理人員假期」中，在中央機場候機室裡，你可以見到一塊塊別在胸口上的閃亮的校徽。

於是，小席德就在這個完美的學習環境下，接受成爲優秀管理人員的一級教育，他的智慧和體能，在電腦精密的安排下，速度驚人地向前邁進。

轉眼之間過了十年，在這段日子裡，最高委員會宣布了幾項重要的成就。其中最主要的一項是「人民檔案」的建立。在新世界裡，每一個地區的每一位公民，都在中央安全部的超級電腦裡輸入了足夠的資料，並且尚有源源不斷的資料從火車站、酒吧、商店、渡假勝地流進了每個地區的區域電腦，再經過整理、彙總、刪減，最後進入中央安全部門。總而言之，「人民檔案」的建立，使得傳統的「人口計量法」成為歷史名詞。

十六歲的席德從新聞中獲知了這項改革。兩週後，一個「執行團」到學校來，在他的手背上打下AH五四八一這個編號，這是種類似整型醫師的皮膚縫合手術，釘上去的那塊方形銀色金屬片，就像從手背上長出來的新肌肉一樣天衣無縫。三個月後，委員會宣布廢止貨幣制度，任何人到任何地方購物或旅行，凡是需要付賬的時候，只要伸出手背在「登賬機」上碰一下，就什麼零錢、算賬的麻煩都沒有了。

自然，接踵而來的一連串改革，如：廢止有限的貿易制度和一度被准許的部份小型私人企業，以及將所有服務業納入集中管理的措施，造成無數區域性的騷動，不過沒多久就被效率驚人的安全警察平息了。然而，在此同時，又一個「反南寧」的秘密組織開始活躍了。

4

康造時教授佝僂著腰，搖搖晃晃地走上教室大樓，他的身後是一大片修剪整齊的草地，草地上點綴著數尊形狀怪異的金屬雕塑。他在臺階中央停下腳步，同時嘆了一口氣，感覺到微微的刺痛從足部關節傳了上來，這是上了年紀老人的正常生理現象，他今年八十七歲了，卻在學院執教了整整四十年，很難想像一個人能在同樣的地方待上四十年。想到這裡，忍不住又輕輕嘆了一口氣，轉過身，繼續登上臺階。

教室大樓是一棟五層樓的褐色龐大建築物，每間教室分別被一層隔音金屬牆所包圍，牆壁也漆成褐色。

門自動打開，教授踏進教室，把腋下的書本放在「終端機」的操作臺上，一面抬起頭說：「各位同學早。」

「教授早。」五名學生一起回答。

於是，教授坐了下來，按了一下面前的鍵盤，立刻一幅彩色圖案在他的背後的大銀幕上顯現出來。

「教授！」一名學生叫了起來，「那是前天的功課呢。」

「今天幾號了？」教授問。

「十八號。」

「啊！」教授又按了一下，銀幕上換了一幅圖案，「年紀大了，記性愈來愈不好。」

「上一堂課，我們講到廿世紀末期的社會結構，」教授說，「那個時候，可以說是一場大混亂，極大極大的混亂……」

第二排座位上的席德，撐著下巴，聚精會神地聽著。不知道爲什麼，他對「近代世界史」這個科目入了迷，從未錯過一堂課，有幾次甚至在課後，獨自回到教室，重新觀賞當天的錄影帶。

「在大亂中，光是成一家之言的哲學理論就有卌四種之多，實用主義、解析哲學、存在主義、社會主義、共產主義……大型的國際組織，如：聯合國、華沙公約、北約、世界石油聯盟、東南亞公約等等，則有六十四個。此外，五花八門的統治型態：民主制度、半民主、民主立憲、極權專制、共產、共產資本混合制，大約也有五十種……」

席德靜靜地聽著，現在銀幕上出現了一幕幕可怖的景象——歡呼、閱兵、戰爭、飢荒、醫院、政治人物誇大的嘴臉、慷慨激昂的演說、堆積如山的死屍、轟然大響的核子試爆，極盡恐怖、殘忍、荒謬之能事。究竟這是個什麼樣的世界？他想，和現在相比，毫無疑問的，那是個野蠻時代、黑暗時代。

「當時地球上有四十億人口，四十億活在毀滅陰影下，活在恐怖威脅下的人口……」

影片繼續播放，一具被肢解的人體，然後更多被肢解的人體……

「各種盛行的痲醉劑、鴉片、嗎啡、大痲、迷幻藥，提供了一個短暫、迷人的逃避世界……另外，還有上百種類似痲醉劑的宗教組織……現在我們將畫面固定在這個地方，這裡是蓋亞那，今天則是介子反應器的試驗場。當年那裡有一個叫『人民廟堂』的宗教組織，在一夜之間，這個組織裡的五百名狂熱信徒，居然爲了想進入天國，而集體自殺……」

這就是歷史，人類悲慘、瘋狂的歷史。席德將視線從畫面移開，不忍再看下去，同時發現其他人也在這麼做。

教授沉默了一會兒，搖搖頭關掉畫面。

「但是問題還不在此，」教授低沈的聲音勉強地喚回了大家的注意力。

「問題在於：沒有任何一種力量、一種制度或是理論來解決當時的困境。當時，一位著名的社會學家，對這種情況，作了清晰的描述，他說：我們目前所看到的是一個全面性的工業危機——一個超越資本主義與蘇維埃共產主義衝突的危機，一個把我們的能源基礎、價値制度、時空感受、認識論，以至於整個經濟都同時破壞的危機。呈現在眼前不折不扣的是一個全世界工業文明的瓦解……」

隨著教授的聲音，席德在腦海裡出現了一幅愈來愈清晰的圖片，當這幅模糊的景象在跟前逐漸地成形時，他驚訝地意識到，這幅影像竟然是「蒙其頓先生」，不錯！就是他，蒙其頓先生。在所有的公共場所、所有的辦公室、所有的工廠，蒙其頓的巨大照片總是掛在最醒目的地方，他炯炯發光的眼神，散發著深沉的智慧之光，線條分明的臉龐顯示了信心、堅毅和勇氣的德性。不錯！絕對沒錯，這是蒙其頓，偉大的蒙其頓，正如所有各級教科書上的記載，他就是那個恐怖、絕望的黑暗時代的一盞明燈，他引導了全人類離開了那場狂亂、窒息的惡夢。

這堂課終於在極度難受而不安的氣氛下結束。

「教授，」席德追上正要走出教室的老人問，「廿世紀的人類爲什麼如此愚蠢？」

「愚蠢？哦，並不。」

「那爲什麼、爲什麼要將自己的命運引到了瀕臨毀滅的邊緣？」

「那是種必然的結果。」

「可是『南寧』，假如『南寧』未曾出現的話……」

「也許會毀滅，也許不……」

「可是您剛剛說，人類正瀕臨於毀滅的邊緣，一定是蒙其頓先生解救了整個世界。」

「邊緣並未意味著結局，大混亂或許是大安定的前兆。蒙其頓改變了世界。」

「教授，爲什麼你說『改變』不說『解救』？」

教授不再回答了。席德目送著他的背影，默默地聳了聳肩膀。可能他的年紀大了，思維不免混亂。若沒有蒙其頓先生，沒有南寧，席德想，他幾乎不能想像那會是個什麼樣的世界，人類到今天也許還在自相殘殺，直殺到最後一人。他現在十七歲了，即將步入青年，但所受的教育使他自覺高於一般人。中央高級學院的畢業生絕對是新世界的精華，他的父母常以他向鄰人誇耀。席德邊想邊走回宿舍，馬上就到午飯時間了，他下意識地看看手背上的記號ＡＨ五四八一，ＡＨ是本區管理人員的起首字母，這個字母普遍受著社會的尊敬。只要他專心在學業上，有朝一日，他敢保證，他將進入「中央城」的管理部門；如果他表現良好的話，他還能獲享休假時漫遊太空的樂趣，這也是他身爲農人的父親的畢生心願，他樂於替他完成。

5

自從問了教授那個問題後，席德對白髮蒼蒼的老人發生了濃厚的興趣。於是，他就經常在黃昏時候，走訪居住在教職員宿舍的教授。那是一排排精巧的雙層建築物，面對著一條清澈的人工小河流以及遠處青翠、寧靜的山景。

在老人滿是藏書的起居室裡（很奇怪的竟沒有電視），他們建立了一種父子般的感情，當他的同學們正孜孜不倦地埋首於案頭，準備為新世界作一番貢獻時，席德養成了在教授家中消磨掉一整晚的習慣。席德總是幫著老人沏好茶，然後他們就玩著幾種有趣的古代棋，在壁上古色古香時鐘的注視下，時間彷彿突然倒退了幾十年。

有時候他們會進入儲藏室，教授從一個箱子裡搬出一些木頭雕刻品，或是一些佈滿時間刻痕的金屬飾物，一尊彌勒佛的雕像即包含了一段生動有趣的宗教故事，有時候，教授會提起一些教科書上遺漏的史料，但是每當席德準備更進一步深入問題時，教授便轉移了話題，彷彿談論那些是種禁忌似的。

「教授，」一個黃昏，席德忍不住問道：「你一直都是孤單單一個人？」

夕陽從窗外斜照進來，輕撫著老人滿佈皺紋的額頭。

「哈，席德，」教授輕笑了一聲，「我一個人已經很習慣了，現在又多了你。」

「可是，教授，一個人怎能辦到和外界完全隔離。」

「第一，他已經走到了一生的盡頭，」他的眼睛瞇成了一條線；「第二，他在這個鬼地方教『歷史』這一門註定要被淘汰的學科。」

「被淘汰，怎麼會？」

「在新世界裡，沒有人會對過去感興趣，因爲沒有時間回頭看。席德，歷史將變成一個需要時才去察考一下的檔案。脫離了實用的價値，任何事物都沒有存在的理由。」

「可是……」

「我們不談這些了，」教授打斷席德的話，「你現在功課怎麼樣？」

「學校要我專攻『資源分析』這一門。」

「『資源分析』這個只修到十六級嘛！」

「我成績不好，沒辦法唸二十級以上的學科。」

「你現在呢？」

「十三級，」席德回答，「再三年就可以畢業了。」

「眞可惜，」教授端起茶杯喝了一口，「只要你好好做下去，『資源分析員』也蠻不錯的。」

「我自己都搞不懂，教授，從去年開始，我就沒法子專心。」

「你跟其他孩子不一樣，」他停頓了幾秒鐘，兩眼灼灼地望著席德，「你有靈性。」

「靈性，那是什麼？」

「這是人類逐漸要消失的一種天性，一時也說不明白。」

席德疑惑地瞧著教授，覺得他像一座深淵，一座難以理解，滿佈謎團的深淵。在課堂中，任何問題一定找得到合理的解釋。高等教育不容許學生帶著任何疑問上床。他們要你儘量利用電腦去思考，它可以提出所有的答案，並且幫助你選擇最正確的答案。「直覺」、「預感」和「心血來潮」，在第十級的教育中，已經被證明是一種浪費、不合理、反科學的判斷，在高度進化的組織裡，錯誤的判斷，乃是最不可饒恕的罪過。

在一次簡單而有效的實驗中，他們讓他在一個狹小的封閉房間裡吞下一顆藥丸，據說這種藥丸能刺激腦部某處，並使他在短短幾分鐘後，產生了某種飄浮的幻覺。不！不是幻覺，他眞的看到自己在空中飛翔，他的腳底下是一片蔚藍的海洋，他甚至感覺到一陣強風迎面吹來，實實在在迅速衝擊而來的空氣分子，竟使得他的臉頰微微刺痛。事後，當他甦醒過來時，他們給他觀賞那一刻幻覺時的錄影。他親眼見到了，自始至終，自己都在那個小房間裡，張開雙手，像鳥類拍著翅膀一樣，作出各種滑稽的動作。

「我們寧可相信儀器。」實驗室老師最後下結論。

6

年輕的席德在嚴格、精密的知性教育中，具備了作為一個「資源分析員」所需的各種技術和專門學識。換句話說，他終於成為一名令人羨慕的「管理人員」。到了六月，他通過了「畢業考試」，和他同時入學的幾位同學，則順利地繼續向十七級邁進。他們和他握手道別，語氣中卻不帶一絲情感。

金儀生，學校的教務長在辦公室召見了席德。

「不要因你不能繼續深造而洩氣，」教務長安慰他，「蒙其頓先生說過，未來的新社會需要各種人才，就像一部起重機，並不只操縱桿才顯得重要，每個零件、每個螺絲釘同樣不可缺少。」

告別了教務長，席德走到康教授的宿舍敲了門。一陣咳聲自門後傳出。

「教授，你身體怎麼了？」

「有點感冒，不要緊，你快進來。」

「我來向你道別，」席德說：「我畢業了。」

隨後，他們坐在客廳裡，穿著睡衣的康教授像往常一樣替他倒了茶。

「時間過得可真快，我記得你這麼大的時候，」老人比了個手勢，「說來奇怪，我教了這麼多學生，卻沒有幾個肯來向我道別的。」

教授的眼眶慢慢湧現了淚珠，席德驚訝地注視著他。

「你怎麼了，教授。」

「我太激動了，」他抬起手擦乾了淚水，「席德，我想你在未來的日子裡會遭遇到許多意想不到的麻煩，我實在不該告訴你那麼多『從前』的事情。」

「不，教授，」席德說，「你讓我比較有『靈性』。」

這兩個字使他們一起笑出聲。

「好了，」最後老人說，「我沒有什麼東西送你，我的這些古董對你也沒什麼用處。不過，我有幾句話希望你能記住，在你離開學校後，不要跟人說起我們兩人間的事；還有你要隨時注意觀察，但是不要問問題，永遠和別人保持距離。如果有機會你可以來看我。好了，席德，你回去收拾行李罷。」

7

「資源分析局」是個二級單位，屬於「資源部」。

席德的辦公室面對著高聳入雲的行政大樓，這棟大樓不論建築的雄偉、外觀的華麗，毫無愧色地成爲整個中央城的標誌。席德經常踱到窗口，眺望著這座銀灰色的龐然建築。天氣晴朗的時候，一閃一閃的陽光，會在四壁間來回地跳動，散發著權力的魅力。從他的窗口，除了行政大樓外，看不到其他的景物。這是間小巧、設備齊全的辦公室，另外有兩位助理小姐，再來就是排列整齊、森嚴冷默的電子機械。這些機械包括一整套的收發系統和分析電腦。席德的工作主要是將當天從某處工業區收集來的生產數字，經過綜合、整理，再作成一幅分析圖表。這件工作由於必須運用多項機械的結果，便耗去了他大部份的工作時間。當他覺得有必要鬆懈一下情緒時，他會踱到牆角那台「飲料機」前，倒杯茶或是咖啡，再走到窗口，望著窗外似乎永不改變的景物，直到心底起了輕微的厭惡感，他就會回頭走向兩位助理小姐的辦公桌前，和她們漫無邊際地閒聊起來。

阿倩和森妮都是中級學院的高材生，長得一樣的嬌小玲瓏。她們喜歡談論學生的生活，好像除此之外，就沒其他話題。這個學院專門負責製造助理或秘書一類的事務人員，她們的專長是速讀、打字、統計和服從命令。與高級學院相比，除了學科的淺薄貧乏之外，管教嚴格多了（高級學院對課餘生活採取放任的態度）。今天，她們很驕傲地告訴席德：

半夜裡，勇敢的女生們如何翻牆溜出校門……但是從她們狡詐的眼神中，誰都看得出來，她們在吹牛。

「那麼晚了，妳們出去幹嘛？」席德忍不住問。到了晚間，除了特定的遊樂區外，街上再無行人，學生在馬路上蹓躂，更屬不可思議之舉。

「不爲什麼，我們就是想出去嘛。」

席德哦了一聲，結束了談話，走回辦公桌。低下頭，專心在他的報表上。當下班的音樂聲響起來，席德才抬起頭，把桌上的一些圖表收進抽屜，走到收發器邊，按上自動操作控制，再關上分析電腦，和兩位小姐互道再見，走出辦公室。

在電梯裡，另一位「資源分析員」林行叫住了他。

「走罷，咱們去喝一杯。」林是個瘦高個子，在局裡已經待了五年。

他們一起進入座落於大樓底層的酒吧間。酒吧這個時候已經擠滿了胸口掛著「資源部」職別證的職員。席德穿過人群，挨到櫃枱邊，叫了兩杯「青酒」，這種酒辛辣，後勁很強。服務生遞過酒杯的同時，推過來一個金屬小盒子，席德用手背在上面觸了一下，算是付了賬。

「我比較喜歡錢幣，尤其是那種舊式銅板，」林行說，「你抓一把銅板丟在櫃枱上，叮叮、噹噹、叮噹、叮噹，那種聲音眞是好聽。」

「廢除貨幣制度是種進步，」席德應道，「爭執時期已經過去了，現在談這些，一點意思都沒有。」

他們不再說話，席德把視線移向嘈雜的人群，有幾張男女混雜的桌子上，正鬧成一團，一個紅光滿面的胖子扯開喉嚨，咿咿啞啞地唱著一首流行歌。

「沒有過去，沒有未來，

我們只要現在。

沒有憂愁，沒有快樂，

我們只要冷默。

沒有爭執，沒有分裂，

我們只要工作。」

這首歌消失在一陣粗暴的笑聲後，席德收回了視線和林碰了一下酒杯。

「你覺得怎樣？」林說，「你來了將近半年，覺得怎麼樣？」

「還不錯，我不需要爲任何事操心。」

「你當然不需要操心，」他冷笑一聲，「有一天他們會讓機器人來取代你。」

「你喝醉了，林。」

「我不喝醉，我就沒辦法上床，」他一飲而盡，「看到那個傢伙沒有，他也在喝悶酒。」

「這種現象很不好，」席德搖搖頭，「會產生效率問題。」

「老兄，」林湊上臉說，「效率只有在高級部門才存在，我不相信你不明白。」

這是一種標準的工作倦怠症，席德想，也許林行已經到了休假的時候了。當然，根據書上的說法，在高度專業化的社會主，人應該被固定在某種最適合他的工作形式上，輕言改變，只會造成浪費。疲勞、倦怠是非常正常的生理現象，如何解除因此產生的效率問題，和重新調整使回到原來的工作崗位上，乃成了「教育部」裡的一個機構的主要工作。這個機構是「人格重整局」。

「你上一次休假離現在多久了？」

「老兄，」林行很奇怪地看著他，「我知道你的意思了，我不再跟你說這些。」

8

席德回到「資源分析局」的單身宿舍裡，這是位於大樓最上幾層的一間間蜂房式的，然而設備卻非常完善的公寓。有各種自動化設備，甚至你需要的日用品，只要按一下家用電腦的鍵盤，幾分鐘後，一條出口在壁上的輸送管，就會將你要的，一樣不缺地送到你面前。這種生活顯然優於席德父母的農人生活，他曾經帶兩位老人家來宿舍，他們深爲兒子驕傲的表情，使席德頗受感動。在新社會裏，這樣的親情殊爲少見，人們按照一定的步伐，投入既定的工作中，再沒有多餘的時間去關心別人。

席德並未褪去衣服，就一下倒在床上，那杯酒的力量正在增強。他兩手交叉枕著後腦勺，開始放縱自己的思想。林行的話使他有點不舒服，這幾個月來，他已經習慣了週遭規律化的一切，一次空氣中的反常震動，都會使他怔忡一下，他想起學校裏的那位老教授，他居然能夠挽回失去的時光。但是那有什麼用？按照自然律，這樣做只會降低前進的衝力。整個新社會在繼續前進之中，正如蒙其頓先生的一句話：「前進的速度將把問題拋在背後，靜止就是衰亡。」

就他所受的正統教育而言，除掉老教授的影響，他是整個前進社會中的一個動力，在這樣的情況下，根本不容許有任何個人意志存在，所謂「犧牲小我、完成大我」。每個因子朝相同的方向行進，才能產生作用，要是有任何一個因子的方向偏差，其造成的損害……

我不能再想了，席德模模糊糊地想著。

後來，他就睡著了。在朦朦朧朧中，一幅奇特、灰色的靜止畫面出現在眼前。它冷冷地注意著睡夢中的席德，那幅畫是一塊被棄置的農田（由於某一年的生產過剩），裸露的樹幹、乾裂的泥土和一口枯井。

這幅畫面一直陪著他渡過漫漫的長夜。第二天清晨，席德用力眨了眨眼睛，揮去了這個幻象，並未深思，心裏只覺得奇怪，隨後，便繼續他的平靜、一成不變的日常生活。辦公室裏沒有任何值得一提的變化，一切程序都在嚴密的控制之中，也就是說沒有發生任何技術上的問題。第三工業城產量分析：正常。第四工業城：正常。第五……兩位助理小姐正在討論著今早的一則大新聞：「最高委員會」宣布了一項值得慶賀的成就——生物實驗室成功地發展出由一個人體細胞，無需經過受精過程，而培養出新生命的方法。這項實驗預計將把搖搖欲墜的舊式家庭制度完全毀滅。在可預見的將來，人類的父母將是這個新社會，他不再有任何情感上的包袱。他可以大聲宣稱：「我愛我的組織，我愛我的社會。」而不會有任何情緒上的衝突。

一如這些助理，這一代的年輕人不再受婚姻之類的道德問題困擾。席德也是如此，他對於上一輩的生活方式雖較別人清楚，但是基本上，他仍然認爲（他的十六年知性訓練並不是一種浪費）：一個完美的社會絕對是一個理性的社會，而戀愛或是婚姻則充滿了非理性的成份。激情、幼稚的兩性關係和情緒不平衡，將被剔除於新社會的個人品格之外。

下班之後，席德直接回到宿舍，打開電視瞧著螢光幕上的娛樂節目。他已經兩個星期未曾上街了，反正街上除了幾處娛樂場所（公共酒吧、戲院和彈子房）也沒什麼可逛的，因此街上看不到開著交通工具閒盪的人。事實上，所有從前那些散居各地的生活資料場所（小型私營商店、餐廳和簡單的服務業）不是被淘汰，就是合併成一個更大的，劃一的服務中心，辦公室就在你居處的上下層，娛樂間、酒吧、餐廳也在同一棟樓。有些地方，譬如資源大樓，如果你願意你甚至可以一輩子不要跨出大門。當然爲了緩和一下單調的規律生活所產生情緒上的不平衡（這方面也已設想週到），新社會也允許你休假或者旅行一段時間，路線也替你作了最妥善的安排，任何不必要的浪費、迷路、住處的耽擱、時間的損失，也是種罪惡。

到了九點鐘，席德突然接到了父親打來的電話，說他母親染了點小恙，但是已經看過醫生，服了藥。席德於是告訴父親，他這個星期天回家，便掛上電話，繼續瞧著螢光幕。

現在電視上正在上演一齣歷史劇，劇中人是一群爭權奪利的舊世界人物；流血政變、不流血政變、革命、示威、暴動、賄選、貪污、企業化經營的智囊團、助紂爲虐的大眾傳播工具。所謂的民主國家只是一堆政治陰謀的綜合物，而共產國家則玩弄著複雜的階級鬥爭，其結果，很明顯的是一場烏煙瘴氣的戰爭。這齣電視劇除卻主題的陳腐嚴肅外，從頭到尾簡直就是一場滑稽戲。幸好終場時出現了一位劃時代的偉人（自然觀眾都看得出來，這位偉人是誰），結束了這場可笑的騷亂。席德在螢光幕後發出的快樂笑聲中，關上電視。然後舒適地坐在沙發上，給自己倒了一杯茶，從抽屜裡拿出一本過期的「資源通訊」，心不在焉地翻了幾頁。當他翻到最後一頁的「傑出員工」介紹時，他驚訝地發現林行居然榜上有名。文中列舉了林數年來的效率表現，並且很幽默地公佈了他的「年終效率獎」，除了一次北極旅遊外，還有一項很奇特的獎品——一具電子美女。看到這裡，席德不禁笑了一下，這種人造性伴侶售價昂貴，不是一般人買得起的。不過許多人寧願這個東西，也不願結婚。既然如此，林行好像什麼都有了，卻為什麼還悶悶不樂呢？

合上書本之後，席德嘆了一口氣，學校教育無法解答的問題慢慢地出現了。緊跟著，他的腦際浮起了中央學院那一段無憂無慮的日子，一會兒後，他便上了床。

和昨夜一樣，在睡夢中那幅奇特、灰色的靜止畫面再度出現，所不同的是，這次伴隨著一種沉悶的金屬般的聲音，它似乎重複著這麼一句話：「到這裡來，到這裡來，有個東西等著你。」

第二天清晨，席德坐在床上，尋思昨夜奇異的夢境。他知道夢在心理學上的解釋，但是這個夢甚是奇特而眞實，而且兩次夢境一模一樣。「超心靈學」在今天，已經有了一個頗爲完整的學說，人類的心靈力量基本上是一種「能」的形式，偉大的心靈學家范克強曾在廿年前作了一次著名的實驗，他讓一位自願者，接受一萬伏特的腦部電擊，當電流接通時，這位白鼠人的視線居然能穿透一堵牆而透視到裡面的一切。

那麼，這個夢境究竟要作何解釋呢？席德坐在床上想了一陣，卻沒有任何結果。

第三天的晚上，這個奇異的夢境和金屬般的聲音三度降臨。席德在半夜從床上驚醒。他披上衣服，離開床坐在沙發上，竭力回想整個夢境。最後，他拿起筆來將夢中所見景色畫在紙上，當他放下筆時，卻發現畫中所顯示的景象依稀有幾分熟悉的感覺，於是，他開始遍搜記憶，直到白天的到來。

9

星期天的上午，席德搭上開往第二農業城的電動公車，手上提著從日用品中心購來送給家人的禮物：一具精巧的刮鬍刀、一個超音波按摩器和一盒粉狀葡萄酒。沿途公路上的車輛比往常多了數倍，兩邊五顏六色的金屬建築物在陽光下燦爛奪目。當車子登上一條藍色的高架公路時，窗外的景色有了顯著的改變，沼澤、叢林、丘陵和荒涼的曠野交替變換，就是看不到任何建築物，偶而出現的幾種野生動物使得車上一兩個小孩興奮地叫了起來。席德閉上眼睛，打算小睡一下，但是三天來，一直纏繞著他的那個夢境又浮上腦際。

我知道了！席德幾乎叫出聲來，那個地方，夢中一再出現的那個地方，他記起來了，就在他家農場附近，繞過一座小丘，就是那個神秘的地方。那是處廢棄的農田，一次「土地改革」之後的殘留物，那是一次起因於農產品過剩的土地重劃，過剩的農產品造成了資源浪費的惡性循環。結果，在這次重劃後，部份農人轉業爲修路工人，據說還造成一次小小的工潮。

在家裡用過午餐後，席德告訴父母親說他要到田野上散散步，於是，他便走進午後的溫暖陽光裡，朝著那個一再呼喚他的神秘地方前進。

綠意盎然的農場上，整齊地覆蓋著一塊塊方形的玻璃纖維草，田埂上看不到一根雜草。一台精巧的電動收割機懶懶地躺在一座遮陽棚中。席德爬上小丘陵，再穿過一叢樹林，那處廢棄的農田赫然呈現於眼前。

他不由自主地放慢腳步，懷著緊張的心情走上前去。一種奇異的感覺，經由乾裂如蛛網的泥地，自他的腳底往上爬，這一剎那，那個金屬般的聲音，彷彿又在耳邊呼喚著他：「到這裡來，到這裡來，有個東西等著你。」

席德放眼四顧，除了片片龜裂的稻田和乾枯的樹幹外，沒有其他任何礙眼的「東西」，當他再度把視線投向這片神秘地，一個突起的圓狀物吸引了他的注意力。這就是了！那是座廢棄的古井，四週野草叢生；席德探進頭，果然發現井底的草叢中好像藏著某種東西，猶疑一陣後，席德爬下井底，當他上來時，手上多了一個方形鐵盒。

幾個科幻電影中的恐怖景象在他的腦際閃了一下，他的震駭和好奇同時達到了極點。於是他打開盒子。

那是一本書，很奇怪的一本書，席德叫了一聲。

這本書的書皮已經泛黃，像是某種動物皮革製成的，拙劣的裝訂技術，看來也不是這個時代的出版物。

席德瞠目結舌地坐在井邊，此際週遭一片寂靜，萬里無雲，四野狂野的景物彷彿蘊藏著一股呼之欲出的神秘力量。他翻開書。

「最高委員會真象」

——溫士頓——

我今年六十八歲了，這個年紀在醫藥發達的今天，根本算不了什麼。只是我患了一種病，自知不久於人世，也許只能再活三個月了。這是一種醫學界尚無以爲名的絕症。在他們宣稱制服了人類最後一個敵人「癌症」之後，這種病簡直成了一大諷刺。三個月，一個只剩三個月壽命的人，他該做些什麼？

這個答案，也許任何人都不相同。不過，就我個人而言，我很慶幸終於等到了一個不得不面對自己的時候。我想我有責任對自己的一生作一個最公正、最客觀的評價。更重要的是；我必須對自己說實話。

我在最高委員會的秘書處作了卅年的秘書，在這卅年中，親身參與了人類史上最後一次驚天動地的劇變，並且獲享這次劇變永不公開的秘密。假如不是得了這種可笑的絕症，也許這個秘密就將跟著我埋入時間的激流中。除了我，在參與這項行動的所有人，包括主席蒙其頓先生，再沒有人會經歷我這種所謂「人類退化的心智活動之一——良心掙扎的過程」。因爲在這次劇變中，我喪失了我的家人。本來，這種痛苦心境能夠以一種昇華後的理想作爲補償，也就是說，這段日子裡，我把懷念之情，移轉到「帶領全人類進入一個新時代」的偉大使命感裡，但是在這最後三個月，生命中的最後日子裡，我發覺我已經喪失了欺騙自己和欺騙別人的資格。我要說，我一定要說——

偉大的蒙其頓，將被後世敬若神明的蒙其頓，其實是個惡棍！是個騙子！是個瘋狂的理想主義者！而最高委員會則是個暴力、殘酷、滿手血腥的罪惡組織！

看到這裡，席德不由得合上書本，大大地喘了一口氣，好像受不了這麼一次強烈的震撼，過了一會兒，他才繼續下去。

我敢說，任何人在讀到這一段時，都會不由自主地移開眼光，或者在下意識裡作無言的掙扎。不過無論如何，請你務必耐心地讀下去；暴露一個根深柢固的謊言，或者摧毀一座難以取代的偶像，都可能造成一種近乎崩潰的心理現象。我自己呢？在說這些話時，甚至起了某種可笑的罪惡感。畢竟委員會和蒙其頓，在我一生中佔著重要的地位，而卻要在一夕之間，完全地否定這些，不僅是種罪惡，而且是種生命悲慘的幻滅。

我第一次見到蒙其頓，是在我進入秘書處一個星期後，那時是一九九七年。秘書處設於紐約，隸屬於「南寧委員會」，當時這個委員會外界並不清楚，連參議會也只知道這是直接對美國總統負責的秘書機構，具有官方和非官方性質。我在這之前，是「聯合國種族歧見委員會」的南非代表，南非是個遍地黃金、風景優美的國家，卻也是最受全世界指責的地方。然而其內部的眞實情況，外間並不能眞正了解，許多打著「種族平等」的大國，基本上卻是種族歧視最嚴重的地方。在一次激烈爭論之後，我對聯合國種族委員會的信心已經徹底消失。可以說，我已經到了「心灰意冷」的地步。因此，我便收拾好行囊，準備回國和家人團聚。就在這個時候，「南寧」裡的一個人找上了我，他問我對替他們工作有沒有興趣，這是我第一次聽到「南寧委員會」這個機構。

不知道爲什麼，我竟然被說服了（做做再說），於是我便留在紐約，並且在一個星期後見到蒙其頓。

我現在還能清楚地記得蒙其頓的模樣。因爲卅年來他的外貌一直沒有改變。

「我了解你們所遭遇的困擾，」他用慈父般的眼光看著我，那時他大約四、五十歲，臉色紅潤，五官的線條使人印象非常深刻，「但是這個問題，老早就被達爾文解決了。」

說話的同時，他以炯炯的眼光緊緊地吸住我的視線，非常仔細地觀察著我臉上的表情。跟著，他開始對「人類」這個名詞重新下了定義。卅年後的今天，我回想起這段話，竟不自禁地毛骨聳然起來。歷史上不乏如此的先例，某位巨人在某個時刻的言論，往往對整個社會造成可惜的影響，甚至一語而血流成河。

人類，蒙其頓說，姑不論其起源如何，他的最終目的，乃是成爲生物中的最高層次，因此，他的存在意義就在於不斷地排除進化過程中的種種障礙：生理衰老、心智退化、遺傳阻礙，爲要達到最後「完人」目標，任何代價在所不惜。

此種理論其實並無任何創新之處，許多人都說過，但是他們只是說說而已。我當時自然同意他的看法，世界人口壓力愈來愈嚴重，資源愈來愈貧乏，高度開發國家人口成長率受到控制，而低度開發國家則以倍計，如此，則產生所謂的「劣質人口」問題，任何文明的成就，絕對無法承受過度的人口壓力。這個問題，我們的祖先習慣以戰爭的型態來解決，方法很簡單，只要把戰場設在你屬意的地方。但是近代的核子戰爭一旦爆發，則無所謂戰場因素，首當其衝的必定是科技文明最進步的國家。一次這樣的戰爭後，浩劫餘生的人類極可能是亞馬遜河叢林中的土人，這些呲牙咧嘴的半白痴土人，對原本能夠遨遊太空的高智慧生物，實在是一大諷刺。

蒙其頓倒未說得這樣露骨，他剛開始時只是暗示罷了。就當時的世界情勢而言，已經到了一觸即發的地步。許多小國都各自擁有核子武器，並且抱著孩童玩鞭炮的心理，根本不知道這個東西會把地球作成碎片。因此，幾個超級大國開始耽心，深怕一次某個小國的冒失行爲，會引發世界性的核子大戰，美國早在十年前就已注意到可怕的問題。一個代號「巨星」的實驗室於是誕生了，經過十年的努力，終於發展出了一種稱爲「南寧」新武器，這是種神秘、可怖的裝置，它被架設在太空中，並且能神不知鬼不覺地引爆地面上的核子武器。

席德在此處停頓了一下，那麼教科書上所說的這種神秘有建設性的能源，實際上只是種引爆裝置罷了。

我是直到進入秘書處後半年，才得知「南寧」的秘密，當時秘書處共有兩百名職員，其中三分之一爲德國人，蒙其頓爲瑞典人（這個身份有點可疑）和少數的東方人，其餘則爲美國人，但很奇怪的沒有猶太人和黑人。至於委員會和執行機構的組織情形，由於職責保密的關係，我無法得知。我擔任的職務是——世界人種分析——這是複雜的工作，我需要收集上千種不同血統、文化的種族的資料，予以組織、整理、分析，然後評估，最後把這些結果呈送委員會。

我進入秘書處的第三年，第一枚核子彈在巴基斯坦引爆了，這個國家在一小時後，被聯合國宣佈爲「隔離區」。許多謠言從世界各個角落傳出來，但是沒有一個牽扯到「南寧」上，此後，陸陸續續地，每隔一段時間就發生神秘的核子爆炸案。世界陷入了極度的歇斯底里中，各國互相猜忌，聯合國呈半昏迷狀態，國際活動陷入停頓，此外，由於生態環境被攪亂，因此，天災、地震、海嘯、乾旱、瘟疫接踵而至。蘇聯人這當兒也到了近乎崩潰的邊緣。儘管他們一再指責這些災變美國人必須負責，但因缺乏足夠的佐證，美國人斷然否認。然則白宮對連續不斷的人類浩劫，究竟作何反應呢？當時最具代表性的紐約時報上說：「白宮呼籲，全體美國人在大混亂中應保持鎭定。」美國總統並不斷的出現在電視上，隨同一些高級科技顧問，他們對這些「核子小國」發生的災禍，斥之爲「技術上的嚴重過失」，認爲製造核子武器並不難，怎麼樣管理才是門學問。總統的身邊出現了蒙其頓。我記得他第一次對大眾發表的演說，那是一次動人的、令人振奮的演說；第二天所有的報紙無不競相轉載，並大加讚美。蒙其頓當時身爲「白宮科技委員會主席」。但是，根據我們秘書處的流言，總統可能已經受到他控制。蒙其頓宣稱：這些一連串的災變，可能是人類文明史上一個重要的轉機。某種來自宇宙深處的射線引爆了那些隨地亂放的核子武器。這是人類亂加使用這種毀滅性武器的警告。至於災區的情形，雖然我們對身受其害的老百姓感到惋惜和沉痛；然而，我們每個人都有責任瞻望未來，都有責任繼續人類未完的使命。在這個時候，蒙其頓適時地加入他的「人類史觀」。隨後，他描繪了一幅災區重建後的美景：爆炸把整個土地翻了一面，也就等於賜給了我們一塊嶄新的充滿希望的土地。

如此，我們所要做的事，只剩下清除地上殘留的輻射塵，於是人類便可以重新開始了。接著他鄭重地向大眾公佈了「南寧委員會」這個組織，並且宣稱這個委員會乃是「人類未來幸福的源泉」，此後，委員會的組織日漸擴大，並且逐漸取代了聯合國的地位，蒙其頓的權力也愈來愈大。他將被污染過的土地回復生機，並集合一批批逃亡在外的當地人士（這些都是當地的菁華階級，有政府官員、教授、工程師、醫生、富豪等），按照蒙其頓的構想，重建家園。

10

天色漸漸暗了下來，一度咄咄逼人的景物，開始顯現了柔順沉靜的面貌，輕紗似的夜幕自四面八方降下。坐在井邊的席德輕輕合上書本，讓自己沉入這個神奇的白日和夜晚交替的時刻。

當這次無比震撼遺下的心靈眞空狀態逐漸褪去之後，恐懼、迷惑與不安像潮汐般地迅速逼上身來。他的第一個念頭是：這本書要不是個陰謀、就是個狂人寫的無聊東西。如此充滿希望、完美的新世界絕對不可能按照溫士頓的這種說法，是由一個瘋狂、血腥的陰謀創造的。溫士頓這個人必定是個無聊的、患有妄想症的瘋子。

於是，席德站了起來，大大呼了一口氣，朝回家的路上走去。

「席德，」在餐桌上他父親關心地問：「你是不是身體不舒服？」

「沒什麼。」他回答。

半夜裡，席德從床上坐了起來，因爲他實在睡不著，他的腦子裡亂成一團，像個馬戲班子，這種舊社會的娛樂團體，現在已經不存在了，你偶然只能在書上或是錄影帶上得知有這麼一個東西，當然還有其他的一些東西，譬如溫士頓寫的這些胡說八道的東西，都消失了。爲什麼？因爲新社會裡被許多合理的、智慧的、實用的東西塡滿了。那麼人呢？那些消失的十分之九的人口呢？那些億億萬萬跟你一樣長著腦袋、兩隻眼睛、一對耳朵的人呢？溫士頓提出了一種解釋，教科書提出了另一種解釋。溫士頓提出了一種胡說八道的解釋，教科書提出了合理的並且是證據充分的解釋，不！不是解釋，是實情。但是，一定有某種原因，使這個人費盡心血地寫了這樣一本書，甚至還在死後半個世紀藉著一個夢來告訴我。

席德坐在書桌前，面對著那本書，繼續尋思這件神秘不可理解的事。過了大約一刻鐘，席德忍不住翻開這本書。

溫士頓接著非常詳盡地敘述他在委員會裡的幾項主要工作；同時列舉了一連串的數字，這些數目字提高了這本書的可信度。溫士頓提到了這個稱爲「太平洋之光」的小島，也就是席德隸屬的第十區域委員會的前身。在六七十年前，南寧摧毀了島上的一切後，曾經制定了一項重建的計劃。這個計劃預備在島上建立五個工業城和三個農業城（他說對了）。不過，也有某種僞造的可能，他只需將時間篡改一下。這是個重要的疑點，席德一邊讀著一邊將可疑之處記在紙上，但是並未想到應當如何處理，他只是記下來罷了。另外有幾個疑點是：那個召喚他的奇特夢境，會不會是某種人爲的陰謀，假如是的話，爲什麼會找上他這樣一位無關緊要的小人物呢？再者，這整件事究竟有什麼目的呢？一個超越時空的控訴怎麼會發生在他的頭上呢？

接著，溫士頓提到了蒙其頓如何成爲世界的超級巨星；在處理了俄國大部份地區和美國的一部份地區後。「南寧」毀滅性角色開始轉變了，它的另外一種功能就是能迅速和澈底地消除地面的輻射塵，並且重新獻給你一塊乾淨、從未被人類髒手碰過的處女地。於是，蒙其頓帶著他的工作團，有如「出埃及記」裡的摩西，出現在每一塊「奇蹟地」上。終於有一天，爲了作業上的需要，或是劫後餘生者需要的某種型式的精神象徵，一個超國際委員會就在歡呼聲中誕生了，而蒙其頓也就順理成章地榮任了首屆主席。

這本書的最後幾章敘述了溫士頓的家庭和他覺悟的心路歷程。然後，在書的末頁上，溫士頓寫下了一句話——我的靈魂祈求人類的寬恕。

一陣柔和的音樂聲從「家庭電腦」那裡飄送過來，席德知道天已經亮了，他離開書桌，拉開窗帘，清晨柔和的陽光，使他疲倦的兩眼微覺刺痛，他失眠了一個晚上。

11

一如往常，資源分析局的所有機器很準確地運轉著。但是，席德的內心裡卻起了某種程度的變化。他慢慢地走出了替他安排好的完美的「工作生活」，他開始懷著好奇、疑惑和警覺心去接觸外界的事物。

一個星期天的下午，席德前往暌違已久的中央學院，那些幽雅的校舍、清新的花園、與世無爭的學子，不斷地勾起了他溫馨的回憶。

康造時教授替他開了門，他驚訝地注視著這個業已長成的學生。

「教授，」在那間老式的客廳裡，席德說，「我很想念你。」

老人點點頭，替他倒了一杯茶，席德注意到那雙微微顫抖著、滿佈著老人斑的手掌。

「你現在是個眞正的大人了，覺得怎麼樣？」

「很難說，很多事情還沒經歷過呢。」

「不用急，」教授坐在他對面，用慈愛的眼光打量著他，「工作怎麼樣？」

席德於是開始敘述他在資源分析局的工作，老人不時地點點頭。

當席德說完之後，老人只笑了笑，算是作了結論。然後他站起來，要席德到後園裡看他種的花。

「有一天，這些美麗的植物都將絕跡。」老人邊走邊說。

「爲什麼？」

「審美觀念正在轉變之中，將來的人只會把眼光停留在太空景物或是科技產品上。」

「哦。」

他們駐足在一叢盛開的玫瑰花前。

「瞧這些花開得多動人，」老人說，「我可是花了不少心血來栽培它們呢。」

「教授，爲什麼不使用『生長劑』，幾個星期後，你就能見到滿園子的玫瑰。」

「那不一樣，這些花和人類一樣都具有生命，席德你懂不懂？任何生命體，絕不能用速成的方法，加速它的生長。」

「怎麼不行，一個人的壽命有限，爲什麼要花費那麼多的時間在學習過程中？」

「你到我這把年紀就會知道，我有時候會後悔因急躁而錯過太多的東西。」

席德似懂非懂地哦了一聲，他們繼續走，在一株長相奇特的松樹下，教授停下腳步。

「席德，你不會是來找我閒聊的，對不對？」

席德點點頭，隨後就開始把最近發生的一連串事情，從連續三天的夢境到內心不可解的那些疑惑，鉅細無遺地向教授傾訴。

時間在席德的敘述中一分一秒地過去。教授非常專心地聽著，故事結束時，他低聲說：「席德，我們到屋子裡去。」

在起居室裡，面對著從窗口斜射進來的黃昏餘暉，老教授表情嚴肅，他注視著年輕人純潔、困惑的臉說：

「你竟在這個時代、這個世紀遭遇到這種事，假如有所謂命運的話，那你就是受了它的愚弄。一個發生在上個世紀的劇變，根本毫無牽連上你的理由。你的出身、你的背景、你的一切，根本就夠不上溫士頓選擇的標準。倘若眞有溫士頓這個人的話。那麼他實在是個十足的糊塗蛋。他嘔心瀝血地穿越時空，尋找他的贖罪代表，卻找到你這麼個單純、無辜的大孩子，實在是個不幸的笑話。

溫士頓所敘述的那些事，大部分我毫無所聞，不過有一部分，我能夠以自己的經歷證明它具有某種程度的眞實性。這一部分，我想對你應該有所幫助，有多大的幫助，我不知道。也許整個事件的結果只是個無害的惡作劇，或者不過是對你上了一堂歷史課。這個時代的人對歷史不感興趣，主要原因是：它已經成型，一種成了型而正向巔峰邁進的文明，歷史對它毫無用處可言，尤其在今天這樣一個超科技文明的時代，再沒有人有回顧過去的時間。對百分之九十的人來說，他們今天所面對的問題，絕對無法從歷史中得到任何解答。未來的挑戰超過了人類幾千年來的總和。廿世紀初，美國人福特製造了第一輛T型車時，原始人的穴居壁畫對他而言，頂多是種無害的、有趣的閒談資料罷了。同樣的，馬克思的政治理論，在送入我們的電腦中，將被斥爲無異於孩童們的塗鴉。歷史學演變到了今天的地步，並非某些人的缺失，而是種套用一下專門術語，是『歷史的必然性』，我在學院教了四十年的歷史，只得到了一個結論：它甚至比文學還缺乏實用價値，而今天，文學的命運呢？不過，現在說的這些都是題外之話，我打算跟你說說我親身的遭遇，這個故事也許能對那些發生在你身上不可能的事，提供一點說明。

六十年前，這是多麼漫長的一段時間，當時我只有廿七歲，留學美國哈佛大學，我正在準備歷史博士的考試。這是個繁重無比的任務，功課壓得我幾乎喘不過氣來，根本無暇顧及外界的事物。不過，我從偶而獲得的片斷資料，知道當時整個世界正陷入極度的混亂和不安中，好多教授和學生離開了學校，從此再無下落。有些同學在一夕之間，失去了故鄉的訊息，在宿舍裡哭泣。在此情況不明下，學校當局要求我們這些外籍學生，不要受到影響，安心在自己的課業上，因爲到那個時候爲止，美國本土還沒有受到影響，如此，我就在這種混亂的局勢下，通過了博士的考試，之後，受聘爲歷史系的助理教授。

助理教授的課程非常輕鬆，幾乎是種實習性質，因此，我便有較多的時間去瞭解外界的事物。那個時候，國際情勢已經到了不可收拾的地步，透過歷史的眼光，這是我的專長，一種文明全面崩潰的前奏已經開始了，世界陷入瘋狂、激盪的情緒之中，暴亂、天災、集體性精神錯亂，上百種奇形怪狀的宗教，一夕之間興起，街頭出現無數揹著十字架或是手持神像的狂熱信徒，每每有人在夜半中突然地高呼：『末日來了！末日來了！』一次佈道大會往往聚集了數萬人，搥胸頓足的佈道家使群眾陷入了歇斯底里的境界，許多人自焚、許多人自釘於十字架上。與此同時，一種『享樂主義』的狂熱追隨者也愈聚愈多，於是淫亂、敗德，甚至亂倫的行爲到處盛行。就在這個毀滅的邊緣，我接受了『南寧委員會』的徵召，他們告訴我，我的家鄉被稱爲『太平洋之光』的小島，已被澈底摧毀。我和一些倖存者，因此肩負了重建家鄉的艱鉅任務，我們都將接受重建工作所需的各種技術訓練。幾天後，我到某處類似兵營的地點報到；當時那裡已經聚集了數十萬我的同胞，這些人都是我族人中的精英，事實上也只有他們有資格和能力逃出災區，除了外交官和僑民外，他們的身份是：留學生、軍官、政府官員、科學家、工程師、醫師、律師、教授、富豪、影星，以及一些海員等。

此後，我們便陸陸續續地遣送回國，我被編入最後一批回國的名單中，當我上岸時，島上已經建造好一些較簡陋的建築物，精力充沛、滿懷希望的新社會的前鋒們，來回奔馳於起重機和混凝土管間，充滿理想和宗教熱忱的新清教徒們，埋首於千頭萬緒的計劃和圖表中。我也被分派於和我所學毫無關連的水壩建築工程裡。我當時和其他人一樣毫無怨言，工作、建設、重整家園——我們的腦子裡只容得下這些事。其實，世界依然在激變之中，溫士頓的說法可能沒錯，然而對我們而言，劇變已經過去了，我們面對的只有一連串向前的挑戰，此外，沒有別的。」

教授一口氣說到這裡，不得不停頓下來，他的兩頰充血、喉嚨發苦，他的年紀不允許他繼續興奮下去。席德聚精會神地傾聽著，以致於未曾注意到窗外已經漆黑一片。

「那麼教授，溫士頓對於蒙其頓的指控，很有可能是真的了。」

教授端起一杯茶，慢慢啜飲著，過了一會兒，他才回答：

「很有可能，席德。當時流傳著好幾種說法，甚至有的荒誕離譜到了極點；有人認爲蒙其頓是魔鬼的化身，有人則認爲他是基督再世，準備給一個末日大審判。不過我聽到了幾位好朋友的看法，他們都是國際間的知名學者，他們認爲就劇變本身而言，似乎有種因果律的存在，也就是說某種可察覺的計畫性行爲。當南半球發生爆炸後，緊接著一定是北半球，顯而易見的，在同一地區的連續幾次爆炸，必將嚴重地擾亂整個地球的生態平衡。不過，到底我們只是說說罷了，誰也不想去深究這件事。我則忙著參與建造本地第一座最現代化的水壩，雖然我對這一行並不專門，但是我從同事的嘴中得知，這座水壩的設計圖是有史以來最進步的一張，其他的建設，大體上也是如此，這樣，我就把將近廿年的時光耗費在這些建設上。當所有的城市，一座行政中心、五座工業城、三座農業城將近竣工時，他們才想到我，和我所學的歷史，他們是首屆的『區域委員會』，其中百分之九十的委員皆由南寧總部派來。而這個時候，本島的人口已經接近一百萬，因此時世界各地的劇變都已平息，許多散居各地的同胞也陸陸續續地回國，於是學校就有了學生，我便重拾教鞭，在中央學院教歷史。然而，我發覺歷史課程愈來愈不受重視，不僅僅由於學生對浩劫的餘悸而不願輕啓回憶之門，甚至委員會也在有意地予以忽視。只不過幾年時間，許多科系的學生便不用修習這一門課。學生對他們修習的專業科目，由於教學得法、設備完善而到了前所未有的著迷地步，好些新的發明和創造，受到當局的刻意宣傳和鼓勵，外太空的一次微小成就都能在人們的心中激起甚大的漣漪。但是，就在這個極度專業化的開始時期，一批反專業的人士也聚集了起來，他們也曾邀請我參加，卻被我拒絕了。因爲我了解這種進化的必然性，絕無任何力量可以阻擋。這些人組織了一個地下團體，他們甚至弄到了武器，並且打出了『專業化即愚民化』的口號，可是不幸的，絕大多數的人已經對革命、鬥爭、政治爭執喪失了興趣，他們情願去看一場『麥哲倫星雲』的科幻電影，或者舒服地躺在電子按摩椅上，也不願聽任何『恢復心靈生活』和『人不能變成蜜蜂』這一類的演講。因此，顯而易見的，這次革命沒多久就給撲滅了，一部份人跑進了山區。委員會對這些漏網之魚也不予追究，他們寧願傾全力在加速新社會的發展上，到廿年前，第三屆委員會宣布改選成功時，全球的十個區域委員會都已步上了軌道，再也沒有人能對如此嚴密、科學、效率的組織構成威脅了。」

教授說完這段話後，客廳頓時陷入一片寂靜中。有很長的一段時間，兩個人都默然無語。最後，教授的聲音打破了寂靜。

「席德，我們去吃飯罷！」

飯後，席德和教授互道再見，回到資源分析局的宿舍裡，腦中空空洞洞的。教授未曾給他任何明確的指示，不過給了他一個人名，這是教授從前的學生，這個人也許能告訴席德那個曇花一現的革命組織的一些事。

席德躺在床上，從口袋中拿出了這張紙條：

第三工業城，管理處電力分配員杜群。

12

林行灌進最後一滴青酒，便靜等著從肚子裡升起的那一團酒氣。這種感覺多麼舒適！腹部熱呼呼的，像有一隻溫柔的手在體內輕撫你的內臟、按摩你的器官、搔弄你的腦袋，最後使你不自禁地發出愉快、滿足、淫蕩的「喔！」的一聲。

勉強睜開矇矓的兩眼，林行看到了坐在角落中的席德，由於時間不早了，此刻酒吧間只有三成座。

「唉呀……老：老兄！」他踢倒了幾張椅子，最後趴在席德面前的桌子上。

「你怎麼喝成這個樣子？」席德皺了皺眉頭。

一會兒後，在林行的房間裡，席德扶著他躺了下來。

這是個亂七八糟的房間，東西到處亂丟，壁上塗著五顏六色的油彩，一個披頭散髮的裸體機械美女，躺在浴缸裡嚇了席德一跳。

他在浴室找到一塊濕海綿，一瓶薄荷香精。他將海綿設置在林行的額頭上，香精對準他的鼻孔噴了幾下。

「噢！」林行呻吟著，「謝謝你，席德。」

「你好好躺著，」他說：「我想我該回去了。」

「等一等，席德，你想不想知道我爲什麼喝成這個樣子？」

「我不想知道，我不干涉別人的私生活。」但是他停下了腳步。

「見鬼的酒！」林行用力拍著頭，撐起上半身：「你請坐下，席德，我被調職了。」

「調職？」

「他媽的，我去年還拿了效率獎，只不過今年表現稍差點，他們便調我職。」

「誰是他們？」

「人事局的那批傢伙，還有誰？」

「爲什麼對你這樣？」

「他們認爲我的忠誠度有了問題，他媽的。」林行恨恨地說：「局子裡那一個不發牢騷的，每天作一樣的事，又不是機械人。」

「調職也不錯嘛，可以換個環境。」

「你知道什麼，席德，你該去看看外面的世界。」

「外面的世界？」

「我當初剛從學校出來，也跟你一樣，」他的怒氣正在消退之中，語氣也回復了正常，「認爲天下最好的事莫過於一切都替你安排好，工作、生活、未來，一切都給你計畫好，你所要作的，就是輕輕抬起腳，愉愉快快地走過去。外面的世界根本不存在，對你惟一有意義的，只是資源分析局。」

「哦。」席德內心說，那有什麼不好。

從教授那裡回來後，席德就一直在思考著新社會的種種。林行認爲他根本不曉得什麼是外面的世界，那就錯了。事實上，從溫士頓的著作和教授那裡，他懂得比誰多。充其量，林行只是個半調子。他頂多對「工作倦怠」比別人敏感罷了。如同機器的磨損，工作倦怠也是不可避免的。新社會對事也有一套重整的辦法。一個月後，他就能獲得兩個星期的休假，他將被指令到某個休假區，事實上除了教育部的「人格重整局」誰也不曉得休假的確實地點。從休過假的同事口中，他知道那一定是個意想不到，充滿刺激的旅程，甚至還有讓你搭乘太空船作月球之旅的可能性。「重整」這個名詞取得不錯，高級管理人員的「重整」甚至包含著獎勵的意思。那麼究竟是什麼原因使林行作了這種「外面世界根本不存在，對你有意義的只是資源分析局」的結論呢？

「告訴你，我將被調往農業城，和那些笨蛋農人生活在一起。」

「農人並不笨，」席德說，「我父母親就是。」

「對不起！」林行道了歉。

「我想我該回去了，」席德說，「你好好睡一覺。」

席德走到門口時，林行又叫住了他。

「我忘了告訴你，爲什麼我每天喝成這個樣子？」

席德回過頭，注視著坐在床頭的林行。

「前些時候，我的一位同學，他在『資源維護局』作資料處理員。有一天，他在一次意外中，摔斷了腿，住進醫院，本來是有工作代理人的，但是這個人不巧出差去了。那怎麼辦呢？我正好那一天有事去他的辦公室。因此發現了一個恐怖的事實：沒有人在辦公室裡，但是工作比他在的時候進行得還順利，因爲有一部電腦，管理處送來了一部電腦，替代他的工作。當然這只是我大量喝酒的一個原因……」

席德沒有繼續聽完，就把門關上，往自己的房間走去。

13

過了幾天，林行離開後。接任他的是從第一工業城調來的一個人，他叫哥舒，是個歐亞混血種，中級學院畢業，由於表現良好而昇任這個職位，據說他連續拿了他那個單位五年的最高效率獎。另外資源部還有幾個這一類的「越級竄昇者」，因自卑或是某種嫉妒心理，他們自成一個小團體，一起喝酒、一起嬉鬧，傳言中還說他們互相交換機械伴侶。

哥舒的辦公室就在席德旁邊，他長得瘦瘦高高的，手上滿是汗毛。對人過度的謙恭有禮，說話總帶著諂媚的尾音。他的兩位助理小姐，喜歡到處散播他的趣事。她們在背後叫他「鄉巴佬」，說他對分配給他宿舍的設備大驚小怪的。

在分析局的餐廳裏，哥舒總是和他點頭致意。有一次哥舒還替他拉過來一張椅子，這種討好的舉動使得同事們都投以詫異的眼光。

「這是什麼東西？味道這麼香。」哥舒嘆了一口氣。

這句話使鄰桌的小姐們咕咕笑了起來。「這是卡達，一種太空食物，含有最純粹的蛋白質。」席德解釋。

「啊！」哥舒嘴裏發出嘖嘖的聲音，「在我們那裏就吃不到這種東西。」

這次的笑聲更大。哥舒的臉不由得紅了起來。

「不要理她們，」席德說，「她們欺生。」

下了班後，席德帶著他參觀資源分析局的各個部門，逛了一下福利商店、酒吧、健身房和電影院。並在彈子房裏和他玩了一局。席德驚訝地發現哥舒的技術實在高超得離譜。哥舒解釋說，在他從前的單位裏，最受歡迎的娛樂就是打彈子。隨後，席德又問了些工業城的情形，哥舒高興地有問必答（他簡直把席德當成他的守護神），並且保證如果席德到工業城出差，他的朋友一定可以使他盡興。

此後，哥舒便經常走進席德的辦公室，有時候請教些技術上問題，有時候閒聊幾句，直到那個「竄昇者」的小團體找上他時，他們的關係才慢慢地疏遠。

這是席德不自覺地和外界接觸的開始，哥舒的出現，使他對外面的世界有一個較具體的看法。

一個星期後，席德被召喚到分析局長的辦公室。

局長的辦公室佈置豪華，四面的電視壁不時地變換著風景圖案，席德站在接待室裏觀賞著牆壁上出現的一幕瀑布。「席德，」接待室的另一扇門自動打開，局長的座椅經由特製的鐵軌上滑了進來，「那是尼加拉瓜瀑布。」

「好漂亮的地方。」

「不過，那裡不是你的休假地點，」局長是個滿臉紅光的中年人，也是中央學院的畢業生，因爲在他的胸前別著閃亮的徽章，「你的休假指令已經發下來了，我們的『公務電腦』剛剛收到教育部的命令，拿去，這是你的休假令。」

席德打開那紙命令。

巴西、沙士馬城、三天後、八時卅分、中央機場。

席德用詢問的眼光瞧著局長。

「那個地方，我去過一次，比尼加拉瓜好多了。尼加拉瓜是下級單位的休假區。席德，這是你第一次休假，是吧？」席德點點頭。

「不要想任何事情，盡興地去玩兩個星期，」局長神秘地笑了一下，「你近來表現得不錯，對哥舒的友善態度值得嘉許。」

他好像什麼都知道。

席德目送著局長隱入牆壁裡，然後離開接待室。

14

飛行器以高速航向北方天際。圓桶形的機艙裡裝載了十幾名乘客。兩位「協調部」的官員，一位「工業部」的系統分析師，和一位面色冷峻，穿著黃色制服的教育部職員，這幾位都在中途下機。其餘的八位乘客，六位男士、兩位女士，來自區域委員會的各個部門。每個人胸前都配戴著中央學院的徽章，因此，他們一上機便分成幾組攀談起來。

席德的鄰座是位年約卅歲的瘦高個子，棕髮黑眼，穿著一身旅遊用的灰色輕便服裝。他是「技術發展部」的一名程式設計師，此刻，他正口沫橫飛地對著他的兩位聽眾，敘述他在太空旅行的一次奇遇。

「在失重狀況下，你會有一種奇異、神秘的超意識經驗。你會突然地憶起你兒時的一次遺忘經驗。當你飄浮在空中時，那種感覺就好像正陷入一堆有一百公尺厚的棉絮裡，你一直下沉、下沉、下沉，但是最後，你會發覺擔心碰到什麼東西或是摔斷了腿完全是多餘的。於是你鎮定下來，毫不費力地放鬆四肢。這時候，你閉上眼睛，讓你的眼睛去感覺四週的虛無，你的腦袋也是。過了一會兒，便會有一幅奇特的景象跳上你的腦際，在那個時候，我看到自己一歲的情景……」

聽眾又增加了幾位，他們將座椅旋轉一百八十度，面對著這位「太空旅客」。

「你怎麼能上那裡去？」一位女士問，她大約卅歲，姿色不錯。

「我到太空站去出差了三個星期。」設計師驕傲地說。

「哇！」哪女人叫了起來，並拋給他一個媚眼。

「快告訴我們太空站的情景。」另外一位熱心地追問。

席德起身離座，走向駕駛艙。他想，這傢伙一定在吹牛，也許他只不過參觀過太空艙罷了。

飛行器駕駛是位膚色黝黑的年輕人，他回過頭，朝席德笑了一下。席德走到他背後，望著窗外的天空。現在飛行器正進入一大片雲朵裡，那些雲在眼前像霧氣一樣迅速地分開。

「沙士馬就在這些雲底下。」駕駛說。

飛行器降落在沙士馬機場的跑道上，一輛標示著「教育部」的紅色遊覽車已經等在那裡。席德和其他乘客魚貫地進入遊覽車，車上一位教育部的官員和他們一一握手，然後高聲宣布：「歡迎諸位到沙士馬！」眼光掃過每一張興奮期待的臉上，「我是沙士馬娛樂區的招待員，我叫卡拉漢，負責機場到娛樂區這段路的服務工作。」

車子迅速駛上一塵不染的街道，卡拉漢看了一眼窗外，滿臉笑容地繼續說，「不過，我們不准在市區下車或者逗留，娛樂區離這裡還有一段距離。」

沒有人發問。每個人都了解這種情形。在「中央城」的街上，偶而也會出現教育部的紅色遊覽車，這些車子都鑲著茶色玻璃窗，你根本看不清裡面坐了些什麼人，也從未見到有人從車上下來。

離開市區後，車子進入山區，在兩邊斷崖的一個關卡上，停了下來。兩名帶著武器的警衛上了車。其中的一位手持小型「傳眞機」一一核對每位乘客的相貌，另外一位則請他們伸出手，檢查手背上的「身份號碼」。

一切都沒問題，八位旅客便帶著行李下了車，和卡拉漢及司機互道再見後，步行通過關卡。在那裡另一輛遊覽車等著，席德上了車，發現座位上多了陌生的兩男六女。一位金髮、貌如天仙的美女，伸出手來，對著他說：「我是一三四號珍，叫我珍就可以，是您的嚮導。」

「我叫席德。」他受寵若驚地回答。

他這一生還不曾遇見過如此嬌媚動人的美女。他的眼波碧綠如水，滿佈親切的笑意，就好像異地重逢的老友一般。此外，她的穿著打扮，也令席德砰然心動，畢竟他是個發育正常的年輕人，辦公室的那些小姐比珍差多了，卻也偶而會進入他的睡夢之中。不過中央學院的畢業生，終究要比一般人懂得自制。雖說新世界並不禁止年輕人談情說愛，但是辦公室的緋聞倒是很少見。對這一代的年輕人來說，「性」的神秘感已被徹底的揭開，他們知道性其實只是種純粹的生理作用，像食慾一般，肚子餓了就知道需要吃東西。上個世紀，「愛是性的昇華」這種觀點，對他們而言，等於是小學生上的公民課。曾經有一個時期，街頭偶然邂逅的男女，只要互相對了眼，便可以「性交」一番，事後絕無任何道德或情感上的困擾，假如你願意，你可以繼續保持親密關係，或者第二天便如陌路人。以致於到了今天，人們對「性」已經到了懶得提起的地步，他們需要，卻不當作一回事，「性犯罪」更屬不可思議之舉。

珍穿了一身銀白的緊身網球裝，胸部高聳、臀部渾圓、粉紅色的美腿，都使人屏住呼吸，捨不得移開視線。

「我知道你是席德，」珍依偎到他的身邊，一種玫瑰般的誘人香味，進入他的鼻孔，「我還知道你在竹竿區的資源部工作對不對？」

「妳們的資料眞是詳盡。」珍抓過他的手，放置於她的腿上。

車子沿著遍植椰子樹的海灘前進，藍天、沙灘、波濤、陽光，好一副夏日美景。然而車內卻沒有人注意到，他們都被鄰座的嚮導們迷住了。

「我當然需要知道這些資料，」珍撒嬌地說，「我需要知道你的飲食習慣、嗜好、睡眠、喜歡談的話題，這樣才能好好服侍你嘛。」

我的天啊！席德在心裡叫了一聲，這些女人不僅僅充任嚮導而已，難怪同事們在談到休假時，全都不自覺地陷入一種回憶的迷惘中。

「根據我的經驗，你從沒到過這種地方，是不是？」

「這是我的第一次休假。」管它的，席德在心裡說，反正什麼事都有第一次。

15

「沙士馬遊樂區」專門爲高級管理人員休假而設。佔地極廣，各種餐、飲、遊樂設施、球場、泳池、沙灘、花園一應俱全。所有建築物採用了南美熱情、奔放的風格，牆上則畫滿了印地安人的鮮艷壁畫。在風光旖旎的樹蔭下，在燈光朦朧的咖啡座裡，在旋律醉人的舞池中，隨處可見一對對服飾可人、笑容可掬的男女。這些休假人員來自世界十大區，儘管髮色、皮膚、容貌各不相同，但在舉杯齊誦新世界的榮耀聲中，使用同一語言，宣洩了他們感激和歡欣。

短短兩週中，席德好似墜入了一個五光十色、紙醉金迷的夢境。他經歷了各式各樣、難以想像的感官的刺激。珍在床第之間，使盡了渾身解數，讓他嚐到了每種肉體所能達到的最高境界。

在一次夢幻般的高潮後，珍說出了她的身世，她是個孤兒，從小就在「特種學校」接受教育，這個學校用盡各種方法，使她成爲一朵芬芳醉人玫瑰，他們用生理機械使她的身材趨於完美，用藥品使她的皮膚有如蜜脂一般。各種學科教她「性愛的技巧」、「談話術」、「風度學」和「男人的心理反應」等專門知識。此外，她還得兼習舞蹈和歌唱。最後他們告訴她，她這一生的最大目標，就是在使別人快樂，同時自己也快樂，她的世界就是這個遊樂區，外面的世界對她毫無意義可言，她從接待過的男人口中，知道了那個世界，那個規律化、單調乏味、人爲了工作而不是爲歡樂而生活的悲慘世界，她當然不感興趣，她在這裏好快樂、好滿足，她願意一輩子待在此地。

席德瞇著眼睛，靜靜地聽著珍嬌柔的聲音，她的無邪和歡欣毫不做作。在這種感恩情緒的衝擊之下，珍離開了床舖，緩慢地，獻祭似地舞動著她的赤裸胴體。

「我是天堂中的一朵玫瑰，」她開始唱了起來，

美艷、嬌媚、人見人愛的玫瑰
她沒有悲傷、沒有煩惱
她只要快樂。
我是天堂中的一朵快樂玫瑰
無憂無慮，人人稱羨的玫瑰
她沒有過去、她沒有未來
她只要現在。
世人啊！愛我罷，愛這朵歡欣的玫瑰
讓她的歡笑充滿你的世界
讓她的歌聲陪伴著你渡過漫漫的長夜……

於是，席德便在她甜美、快樂的歌聲中，滑入夢鄉。

第二天，珍帶著他參觀遊樂區裏的幾個特區，這些地方不同於其他餐飲設施，門禁較嚴。在一個古羅馬式的競技場上，擠滿了情緒激動的觀眾，他們在一場人獅的爭戰中，飽餐了血腥的盛宴。

「殺掉它！殺掉它！你這狗養的……」

「殺呀！殺呀！把它剁成肉醬……」

「給它一刀！再一刀！千刀萬刀！剁成肉醬……肉醬……」

尖叫聲、嘶喊聲、咬牙聲從每個張大的喉嚨中爆發出來。珍緊握著雙拳，半蹲在座位上，眼睛瞪著競技場，眼珠子像要凸了出來。鄰座的一位黑髮美女，除了拚命慘叫外，還用手拚命扯著自己的頭髮。

「啊……啊……」席德在這種氣氛的感染下，也不由自主地喊了起來。

競技場中這時一片凌亂，血流滿地，被獅子肢解的軀體，東一塊、西一塊。結果很明顯，那頭獅子大獲全勝，現在牠正低著頭在嚼一根腿骨，牠不時地歪扭著下巴，好像小孩子啃棒棒糖一樣。看臺上的觀眾停止了叫喊，一邊咒罵，一邊將手上的飲料瓶往場中丟。

席德帶著珍離開競技場，沒走多遠，珍拉著他進入路旁的一座花園中。

「我等不及了，」珍喘著氣說，那幅血淋淋的場面，使她興奮莫名。

「可是旁邊好像還有人呢。」

「管它的。」珍急急地褪下褲子，躺了下來，「來嘛！席德，來嘛……」

當他們終於安靜下來，互擁著躺在草叢中時，附近同時傳來幾種叫聲。

兩個人不禁相視一笑。

「還眞藏著不少人呢。」珍說。

「那頭獅子吃掉的人究竟是誰呢？」席德問。

「那些都是半白癡輻射人的後代。」

「什麼是輻射人？」

「你不知道？」

「是不是受到輻射線感染？」

「差不多，不過這些人都是他們的後代，智商很低，畸形，醜得要死，」珍說，「跟那些動物一樣養在後面的山洞裏。」

「准不准參觀？」

「誰喜歡去看那些噁心的東西。」

此後幾天，他們還去逛了幾座類似的地方，一處賭場和一處性樂園。在這個樂園裏，展覽了各式奇形怪狀的性遊戲，有人獸交媾、同性交媾和令人瞠目結舌的性虐待。

到了晚間，則是花樣繁多的狂歡會，有許多人交換伴侶、或是玩集體雜交的遊戲。席德拒絕了幾種這類的邀請，珍因此頗爲高興。當他們不得不說再見的時候，珍送給了席德一件小禮物，那是個銀質的小神像。

「這是個古老宗教的護身符，妳怎麼會有這個東西？」

「人家送我的。」

「哦，謝謝妳，」他衷心地說，「我會想妳的。」

「不，」她搖搖頭，「我們這一生再沒有機會見面，你最好不要想我。」

她幫著他掛上那個小神像。

「它會保護你，」她又恢復了歡娛的神色，「席德，再見！」

16

回到原來的工作崗位上，席德變得更加沉默。珍在他的內心裡佔據了重要的地位，他常常會在夜裡想起她，想到她，他的內心就會感到微微的刺痛。飛行器只要六個小時便能到達沙士馬，僅僅六個小時，他就能將她擁入懷中。但是他也知道，這只是個妄想罷了，他這輩子再也沒機會見到她了。橫在他們面前不光是這堵距離之牆，而是整個新社會的制度、組織和體系，他永遠無法穿越的障礙。林行和其他許多人可能也都有相同的經驗，有時候，他會覺察到同事臉上出現的短暫恍惚神情，他們一定也跟他一樣，隱隱約約地覺得一定有什麼地方出了問題。是整個社會制度？還是個人意識的不成熟？

他踏入新社會已經將近兩年，在這些日子裡，他經歷了許多不可解的遭遇，別人想像不到的事都給他碰上了。更糟的是，教授和溫士頓對他的影響，使他自覺異於常人，他不能善加利用新社會明確、簡單的邏輯推理去處理日常生活，他無法像別人一樣，把對珍的感情合理化──珍如同分析局的分析儀，是刻意設計來重整你的「人格」，好繼續從事你的工作。人和機器都須重整，因爲世上沒有保證能永久使用的東西。如此說來，珍就是你的潤滑劑，再不然就是你的活人機械美女。你需要她，就跟你需要食物、需要睡眠、需要娛樂一樣。倘若，你對她產生了感情，那麼這種感情乃是源於需要，而不是任何非理性的東西。每個人從頭到尾都是各自獨立的個體，他們只能各取所需，所謂「心靈的結合」，只是種無用的抽象觀念罷了。結合？怎麼結合呢？再沒有任何東西比心靈更獨立更完整，那兩個心靈如何結合呢？他現在想她，渴望跟她在一起，乃是因爲她滿足了他肉體和精神上的需要。她的技巧使他得到了感官上前所未有的滿足，她的美貌使他得到了視覺上無比的愉悅，她的柔情蜜意使他忘卻了任何形式上的煩惱。然而，她的心靈呢？她知道什麼是愛嗎？她的字彙裡有「心靈」這兩個字嗎？

席德躺在床上翻來覆去的。他渴望什麼人能回答這些模糊的形上問題。他的知性教育，嚴格說來，只是種技術性的專業教育。在學院裡，學生根本沒機會接觸到與他所學無關的知識。某種專業知識已經足夠一個人傾畢生之力去追求。誰還會有多餘的時間去討論諸如：生命意義、生活態度、價值觀，這些毫無實際用途的抽象觀念。正確說來，新社會是個經過嚴密計劃、科學分析、電腦作業設計出來的一個整體。你的生活態度、你的價值觀，必須要社會給你定義，脫離了常軌必定會造成損害。一個古老的口號頗能解釋這種情形——自由就是以不妨礙他人的自由為自由。這個口號洩露了新社會的天機，只是前人的解釋有了偏差。事實上，沒有任何一種形式的自由不會妨礙到別人的。

我現在對人的定義產生了懷疑，席德想，我這樣做的時候，已經妨礙了新社會對人所下的定義，而這就造成了對其他人的傷害。古人對人的定義通常是這樣下的——人是追求自我存在意義而存在的生命體——但是在新社會裡就不一樣了，「每個人都是這部永遠不停運轉著的機器裡的螺絲釘，而一個螺絲釘除了想到自己是個螺絲釘外，絕不能有其他的想法。」這句話是書上說的，而且聽來頗有道理。假如我問自己這麼一個問題，我為什麼存在？答案一定有一千種，而可能沒有一個是正確的。在以前，一個人可以為他的神存在，為一個理想存在，甚至單純地為存在而存在。但是在今天，宗教已經被否定，而沒有一個理想能比得上「建立人類永久的樂園」來得完美，而這樣的理想決不能是柏拉圖式的。那麼歷史上最完美的人類樂園的構想，有那一個比得上「新社會」的？

席德翻了個身，頸下某個堅硬的金屬物，使他中止了腦子裡的胡思亂想。是那條銀質項鍊。他抬起手摸著這個小神像，一面想著「基督教」這幾個字。老教授在歷史課上曾經提到這個宗教，它是人類文明史上影響最廣最大的宗教。在它的極盛期，全世界有一半人口信仰它。很難想像人類會對一個模糊的形象崇拜到這種地步。然而即使如此，基督教也沒有辦法解決人類的苦惱，它的部份科學、反進化的觀念，到了廿世紀末，第三次工業革命開始時，成了它的致命傷。

我不能再想下去了，席德離開床，給自己倒了杯水。已經午夜兩點了，他站在時鐘前發了一陣呆。然後，在突然的衝動下，他穿上衣服，打開門，走進寂靜、燈光柔和的甬道裡。他繼續往前走，經過一扇扇緊閉的房門，到了電梯間，席德按了開關。

在電梯的一面鏡子裡，席德看著自己的容貌，那是一張疲倦、亂亂的頭髮，空洞、呆滯的眼睛，好像剛從酒吧間出來的醉鬼，但是現在酒吧早已打烊，不僅酒吧，這棟大樓的其他娛樂場所也都已關門。也許他可以離開大樓，到街上什麼地方去，總有那種地方罷。

電梯門打開，席德走向大門，他的腳步聲在光可鑑人的地板上敲出「得得得」的聲音。一面金屬牆壁映出了他的影子，使他覺得像是有什麼人在角落裡窺伺著，於是他加快腳步，離開「資源大樓」。

這是個秋天的涼爽夜晚，有一點點風，席德兩手插進褲袋裡，瞧著面前空蕩蕩的馬路。路燈泛著藍色的光芒，使陰影後的龐大建築物顯得既陰森又恐怖。席德沒有勇氣跨過那條可以同時容納二十輛並行汽車的馬路。於是他便沿著人行道漫無目的往下走。

在一個十字路口，一輛警車停在他身邊。一位警員走出來，和顏悅色地問：

「先生，這麼晚了，你怎麼一個人在這裡走？」

「我睡不著。」

「能不能讓我們看看你的身分？」

席德伸出左手。

「AH五四八一。」那個警員對另一個說。隨後回過頭向席德敬了個禮。

「對不起，這是例行公事。」

過了幾分鐘，車內的人說：「AH五四八一沒有問題。」

警車離去後，受了這次打擾的席德，腦袋清醒多了。他繼續往前走，直到發現自己竟站在一條運河前。他坐在防坡堤上，茫然地注視著映著一閃一閃星光的河面。

日子一天一天的過去，席德養成了半夜散步的習慣。一個星期總有幾天，他會在河堤上坐一兩個鐘頭，想著一些摸不著頭緒的問題。

終於有一天，局長把他叫進辦公室。

「席德，這三個月來，我們發現你不能專心在工作上。」局長審視著他說。

「對不起，局長，我被某些問題困擾住了。」

「這樣的情形，我也有過。而且我相信這裡的人在第一次休假回來後，都會有短暫的恍惚現象，這是合理且可容忍的。不過，我們發現你並非只恍惚了一個星期，你已經持續了三個月。」

「我知道，可是……」

「原則上，這種事我們讓個人自行解決。我們稱它爲『人格成熟的過渡期』，你的情況卻超出了常軌，我們不得不替你想辦法，」局長頓了一下，嘆了一口氣說：「電腦建議你換一個工作環境。」

17

第三工業城位於島中部的一個大湖邊，隸屬於第十區域委員會的工業部。全城共有居民廿萬，主要工業產品爲紡織、鋼鐵、塑膠和其他幾種輕工業。

城市管理大樓高二十層，面對著迷人的大湖。席德的辦公室位於第十二層，是資源分析局的分處，只有十多名職員，主要工作是收集城裡每項工業的生產數字，經過初步整理，再傳送至中央城的總部。

分處的職員只有席德爲中央高級學院畢業生，因此，過了一段時間後，同事們才先後地接受這位不愛說話，整天若有所思的年輕人。

席德的辦公室和總部比起來，實有天壤之別，沒有助理小姐，沒有咖啡機，沒有自動調節的色彩牆壁，連工作使用的電子機械都顯得死氣沉沉。不過幸好他的窗外有著一大片取之不盡的湖光山色。席德大部分的時間都站在窗口，呆望著面前的景致。

就他所受的最高級專業訓練而言，分處的工作簡直輕而易舉，不久之後，便有幾位同事來請教他一些職務上的小問題，席德的耐心和微笑很快地就贏得了他們的友誼。在分處不比中央城，由於皆屬中級學校畢業生，對他們而言，此生最大的成就乃是進入中央城的總部，由是對於單調工作所產生的不滿和倦怠，以及在高級管理人員間常見的冷漠和敵對，在這裡都較少見。席德的來臨，對他們而言，無疑的是種意料之外的驚愕。因此，起初雙方都顯得有些手足無措，甚至分處主任，這麼位笑口常開的胖子，都以猜疑的眼光跟隨著他的一舉一動。

終於有一天，胖子主任走進席德的辦公室。

「席德，」他審愼而防備地注意席德的表情，最後發現對方根本毫無想像中的敵意，才鬆了一口氣，「晚上在我家裡舉行個小酒會，歡迎你來參加。」

「謝謝你，主任，」席德溫和地說，「我一定去。」

當晚在酒會中，席德第一次感受到工業城生動、活潑、明快的生活方式。他好奇地注視著週遭的一切：無拘無束的談話，簡單隨便的穿著，大灌黃湯，大叫大嚷，爲女生爭風吃醋。胖子主任帶了一位動人的女郎，到席德面前。

「我替你們介紹，這是蓮蓮，在統計部門作事。蓮蓮，這是席德，高級學院畢業生。」

「哇！」蓮蓮驚嘆出聲，「眞沒想到。」

酒會結束後，他們一起離開。

「我住在統計局單身宿舍，」蓮蓮手指著前面，「就在那個方向，走十分鐘就到了。」

馬路上除了偶而掠過的警車外，沒有其他車輛。管理處的宿舍全部集中在步行不超過廿分鐘的範圍裡。

「單身？」

「我沒有父母，」她說，「他們原來是第二工業城氫氣工廠的職員，在一次意外中死亡，你呢？」

「我父母住在農業城。」

走了一段路，蓮蓮拉著他的手，坐在路旁的一張鐵椅上。「今晚夜色眞好，」她說，「出來散步的人不少呢。」

席德沉默下來，這個地方和冷峻、森嚴的中央城完全不同。在路邊明亮的燈光下，坐著一對對情侶，和一堆堆聚在一起聊天的年輕人。在中央城的夜晚，街上幾乎看不到行人。每個人都躲在他們的小天地裡忙著自己的事情，所有的夜間活動全由中央電視台的螢光幕包辦，你只要舒服地坐在沙發上，就能參加各種遊戲或者參與電視討論。如果你想散散心或是喝杯酒，頂樓的花園和樓下的酒吧間都在你電梯可及之處。但在這裡，由於電子設備較差，許多人不得不以人際關係來打發他們的時間。

「席德，我能不能問你一個問題？」

「妳說好了。」

「你怎麼會到這裡來？」

「我的工作效率有問題。」

席德的坦誠使她覺得有點不好意思。

「我從沒到中央城，聽說那裡像天堂一樣。」

「也許。」席德聳聳肩膀。

「你們要什麼就有什麼。」她又加上一句。

這次席德沒有回答。他們站了起來，往蓮蓮家的方向走去。那是一棟方形、整齊的公寓式建築，在門口，她說：「席德，你要不要上來坐坐？」

「謝謝妳，」席德說，「不過太晚了。」

直到一個月後，席德才接受她的邀請，當晚他便上了她的床。

「席德，你覺得我好不好？」躺在身邊的蓮蓮問。

「不錯。」席德有點洩氣地回答，在前一刻他想到了沙士馬的珍。

「跟中央城的女孩比呢？」

「我不知道。」

「不相信……」蓮蓮撒起嬌來，「不相信……不相信……」

「眞的不知道。」

「我聽說那裡的女孩一個個像蛇一樣，而且吃藥。」

「聽誰說的？」

「我辦公室的同事說的，他們說高級幹部有辦法弄到興奮劑。」

「他們怎麼知道？」

「他們也是聽人說的。」

席德哦了一聲。在此地充滿了許多中央城的傳言，一些同事問過他，但是對他的答案總是抱著半信半疑的態度。工業城的幹部如果不是爲了公事，根本不准去中央城，至於探親則很難批准。

「他們還說你被調到這裡，是種懲罰，不過遲早你還是會被調回去的，對不對？」

「我不知道。」

「我眞想去中央城。」

「爲什麼？」

「我在這裡待膩了，」蓮蓮嘆了一口氣，翻了身，赤裸的背部對著席德，「永遠是一個樣子，吵吵鬧鬧，一個樣子，我眞想離開這裡……」

18

直到三個月後，席德才有機會離開「管理區」，到大湖另一邊的「鋼鐵工廠區」，因爲在那裡的一部電腦發生了問題，某個記憶磁帶發生腐蝕現象，他奉命去那裡督導修護。

在工廠區的大門前，席德出示了通行證。之後，被帶至警衛室，一位穿藍色工作服的中年人正等著他。

「席先生，你好，我是生產統計處副主任，歡迎你來。」他們坐上一輛小型電動車。

「這地方警衛眞嚴。」席德說。

「最近發生了一點事。」副主任回答。

席德不再追問。車子經過一棟棟高架建築物，有時候從裡面傳出震耳欲聾的敲打聲，有時候透出熊熊的火光。

車子在一棟燒毀的建築物前慢下速度，在那裡正有一群人比手劃腳的。

「看看那邊，」副主任說，「又是他們幹的好事。」

「他們是誰？」

「地球防衛軍。」

「地球防衛軍！」席德驚噫了一聲，「這是什麼東西？」

「你沒聽過？」他奇怪地問，「你們管理處怎麼不知道？」

「我剛到任不久。」

「那就難怪。地球防衛軍大概是一群精神不正常的工人組成的，他們最喜歡作的事就是燒建築物，還好並不傷人。」

「爲什麼取這個怪名字？」

「誰知道。」

到了一棟銀白色的金屬建築物前，他們下了車。

「這種建築物他們燒不掉。」在電梯裡副主任說。

電梯門打開，他們走近統計處的辦公室。

這是間大辦公室，許多人走來走去。牆上掛著一大堆圖表。分析儀、傳眞機、資料處理電腦，雜亂無章地散處各個角落。從各種機器，傳出各種噪音，空氣中充滿緊張、效率的氣息。在一張擺著電動打字機的桌子後，一個女孩站了起來，這是副主任的助理，她領著他們往前走。三、四個人圍在那部發生問題的大電腦前。

「管理處的人來了，」副主任說，「修得怎麼樣？」

「不只一個地方腐蝕了。」那個人頭也不抬地說。

「到下班前，」副主任回頭對席德說，「我會聯絡管理處，要他們准你多待一天，你晚上睡我家裡好了。」

很快到了黃昏時候，他們隨著下班的人群，走出統計處。「住宅區在工廠旁邊，只要走十分鐘，」副主任說，「你最好別上這枚通行證，以免警察找麻煩。」

住宅區緊傍著大湖邊，夕陽的餘暉使湖面上的建築物倒影拖得長長的。

「我們這裡的住宅，當然比不上管理處的宿舍，不過合成纖維也有好處，它看起來比較活潑。」

大街兩旁整齊排列著五顏六色的兩層建築物，每棟房子門口都有一塊小小的草坪，有些還種了矮灌木。

「工廠區共有數千棟住宅，」副主任接著說，「每人都能分配到一棟，不過職位較高的，房子較大，設備也較好。」

「兩層樓房看來舒服多了，」席德說，「有時候我討厭坐電梯。」

「我家快到了，時間還早，我們先到附近的酒吧喝一杯好了。」

「你一個人住？」

「不，我有太太，我們結婚廿年了，她在福利商店做事。」

「沒有孩子？」

「沒有，一直都沒批准。」

他們邊走邊談，路上都是下班的工人，有些勾肩搭背的，嘴裡還唱著歌。

一個漂亮女孩，從對面走來，他們同時瞄了她一眼。

「晚上更熱鬧，你等著瞧好了，」副主任說，「酒吧到了。」

酒吧裡擠滿了下班的工人，副主任皺著眉頭，帶著席德擠向吧枱。

「我跟太太好希望能住在管理區。」副主任舉杯說。

席德喝了一口酒，這是種味道苦澀品質低劣的酒，「有沒有青酒？」

「我的天！」副主任說，「那種酒，我這輩子只喝過幾次，那是在廠長家裡。」

「那些人在幹嘛？」

「他們在玩電子遊樂器，討厭的傢伙，我實在受不了，我們喝完就走罷！」

他們離開時，一個工人正扯開喉嚨，高聲地唱著那首流行歌。

沒有過去，沒有未來

我們只要現在

沒有憂愁，沒有快樂

我們只要冷默

沒有爭執，沒有分裂

我們只要工作……

在副主任漂亮的亞克力餐桌上，席德嚼著一塊牛排。

「這是紐西蘭牛排，你多吃一點。」女主人殷勤地說，她是個身材矮胖、眼睛細小的中年女人。

「和美高興極了，」主人說，「我們很難得款待從管理區來的貴客。」

晚餐後，主人帶著席德上街，太太則藉口頭痛留在家裡。夜幕已經低垂，街上的燈光卻亮如白晝，行人熙熙攘攘。席德滿懷好奇之心，張大著眼睛，注意著週遭的一切。這些新社會最下層百姓的生活，對他而言，簡直眞實得近乎虛僞。你雖然能偶而從電視上看到一些片斷的報導，一個慶典活動什麼的；但和他們作面對面的接觸，那種感覺卻又不同了，某種具有感染性的興奮、喧嘩或者突然間無意義的叫嚷，都彷彿有形之物，不管你願不願意地敲擊在你身上。

「這些人從不知思想爲何物，」副主任躲開一個想用肩膀撞他的小夥子，「整天只知道胡鬧。」

「他們下了班後，就在街上遊蕩。」

「是呀！要不然他們幹什麼？」

席德想想也有道理。對工業區的工人而言（農業區又是另外一種生活型態），生活簡化得只剩下兩個重要部份。

第一部份是專業工作的訓練。他們自孩童起，就被教育部分發至技術學校就讀，直到成人。這種學校只傳授單一而有限的專門課程，學生們所受的知性訓練，實際上只是種技術的延伸。一位甫出校門的電匠，新世界包羅萬象的電機知識已夠他們鑽研一輩子，當然再無餘力也沒有必要對其他知識發生興趣。第二部份則是工作之餘的私生活，這一部份則以放縱他們的本能爲主，工人們在花樣繁多的物質生活中，獲得渴望、追求、滿足的樂趣，至於心靈生活，由於這方面專門知識的封鎖，工人們根本缺乏這類的抽象字彙和觀念來發現他們的空虛。他們也被允許從事繪畫或是演奏音樂，但充其量也只得停留在單純的顏料塗抹或是樂器彈奏而已，工人們根本無能也不想進入較高的藝術領域。

現在席德他們置身於一場街頭演奏會中，這是個四人的小型樂隊，演奏著簡單的四重奏，許多觀眾圍繞著他們，在每節樂曲停頓的地方鼓著掌。

「他們最大的期望就是能到中央城的電視台演奏，」副主任對席德說：「我們每年都舉辦一次音樂比賽。」

「他們自己作曲嗎？」

「不，樂譜都是教育部發的。」

他們走出人群，有幾個人好奇地看了席德胸前的通行證一眼，卻只出於好奇而已，沒有其他表情。在一家酒店前，他們又進去喝了一杯，同時玩了一下類似撞球的電子遊戲，由於席德技術的拙劣，第一局只玩到一半，副主任便覺索然無味。

「我們去另外一個地方，」有點醉意的副主任說：「非要讓你盡興不可。」

「什麼樣的地方？」

「高級場所，眞正的高級場所。」

轉入另一條街，一塊巨大的霓虹招牌呈現眼前。

「柯柯酒吧？」

「柯柯是老闆的名字，他是此地有名的富豪。」

富豪這兩個字令席德深覺詫異，大概這種人也只有這裡才有。金錢在中央城所能享有的特權幾乎沒有。而自從廢除貨幣制度後，一個人頂多只能購買日用品，而這些日用品對高級管理人員而言，根本不缺乏。

「富豪？」不過他還是忍不住問了一聲。

「這傢伙有錢得要死，他家裡佈置得像皇宮，而且擁有五六個情婦。」

「他那來這麼多錢？」

「開酒吧和賭場，還有其他玩意。」

「哦。」原來工業區還有這種地方存在。

酒店佈置得甚爲豪華，地上舖著厚厚的地毯。吧枱旁邊搭了一座小舞台，有幾個穿著短褲的女生在上面扭著屁股。他們找了個靠近舞台的位置坐下。副主任扔一個小銅板到舞台上，那幾個小女生扭得更厲害了。

「騷貨。」他喃喃地咒罵了一聲。

「這裡怎麼還使用錢幣？」席德問。

「沒有這個能賭博嗎？」副主任說，「委員會不得不特准，不過也只限在『工廠區』使用，『管理區』就不行了。」

這個時候，一個穿著大紅襯衫的胖子走上前來，老遠就聽到他的笑聲。

「副座，你沒把我忘記啊？」

「什麼話，柯柯，這位是席德，管理區來的。」

「稀客，稀客，」胖子伸出手來，「歡迎光臨小店。」說著一屁股坐了下來。

「席兄，您在那一部門高就？」

「少打人家主意。」副主任說。

「我在資源分析處。」

「好單位，我在商品處有幾位朋友，」柯柯說：「金祈、李士林……」

「我不認識他們，」席德說，「我才到管理處不久。」

「那沒關係，」柯柯有點失望，「沒關係。」

「柯柯，」副主任說，「席先生第一次到我們這裡來，你有什麼表示？」

「那還用講，」胖子說，「走，我們到包廂去。」

包廂的簾子動了一下，柯柯帶了兩個衣著暴露的女孩進來，手上還提了一瓶酒。

「這是卿卿和露露，還有這瓶從管理區弄來的紅酒，」他說：「我後面還有點事，失陪一下。」

柯柯離開後，小小的包廂裡頓時熱鬧起來，席德起先有點手足無措，不過才一會兒，他就隨遇而安了。

「副座，」席德問：「他怎麼弄得到這種酒？」

「他神通廣大，他能從管理區帶東西進來，」副主任摟著露露說：「席德，不管那麼多，我們喝酒，卿卿，敬他一杯。」

酒過半巡，他們被簾子外的一陣爭吵聲引起了注意，跟著簾子又被打開，一個帶著酒意、怒氣沖沖的中年男子衝了進來，柯柯慌忙地搶上前。

「好啊！原來你在這裡。」

「有事好說嗎，老許……」胖子著急起來。

「是你，」老許看到露露身邊的人，「副主任，你眞夠朋友。」

「有話好說，有話好說，大家都是朋友嘛。」胖子柯柯不停地重複著這句話。

「那是誰？」席德忍不住問。

「他是警務處的官員，」副主任皺著眉頭，「他喝醉了，眞糟。」

那位警官鬧了半天，終於確定他的目標應該是面前的這位年輕人，於是，他一把抓向席德背後的卿卿。

「你幹什麼？」席德擋住他。

「你是什麼人?」警官好像清醒了些,停止了動作,把臉孔湊向席德面前。

「他是管理區來的官員。」柯柯說。

「那個區來的,我才不在乎,這裡是工廠區不是管理區,」警官橫了心,「把手伸出來,我要查你的身份。」

「他是管理區來的沒錯,」副主任不禁也生了氣,「你難道沒看到他的通行證,開玩笑也有限度。」

「我不管,把手伸出來,我不相信通行證。」

這眞是無理取鬧,席德想,不過他還是伸出左手,把手背湊向他的眼前。

「AH五四八一。」警官一個字一個字唸著,當他唸到最後一個數字時,他的酒也醒了。「A……」警官喃喃地說,好像受了驚嚇,「你是中央官員?」

「我的天!」胖子叫了出來。

席德默默地站著,他從沒想到手背上的身份記號,在這裡竟有這麼大的用處。

「好了,這是誤會嘛,」副主任拍拍警官的肩膀,他現在滿面笑容,「老許,說你多喝了,你不信,快跟這位長官陪個不是。」

警官呆了半晌,方才期期艾艾地說:「對,對不起……長官……」

「沒關係。」席德的臉上出現一副莫測高深的笑容。

19

翌日，席德告別了副主任夫婦，乘著小艇，滑過一平如鏡的湖面，回到湖對岸的管理區。他在辦公室裡轉了一圈，和同事們閒聊了幾句，便回到他的宿舍。

這是排緊鄰管理大樓的五層建築物，他住在第四層，從他的窗口可以望見大湖的一角，以及樓底廣場的游泳池和網球場。此刻，游泳池裡空無一人，碧綠的池水上漂浮著一只救生圈。不遠處的網球場也是如此，只有一個佝僂著腰的管理員，他好像在修理那面網。席德的視線在那人的身上停留了一會兒。隨後他離開窗口，邊走邊脫掉上衣，這是個春末的晴朗上午，屋裡有點悶熱。他打開空氣調節，從冰箱裡倒了一杯果汁，坐在沙發上，靜等著黃昏的到來。

管理處要到下午三點才下班，到時候，樓下的公共設施便會熱鬧起來，嘈雜的嘻笑聲會在成馬蹄形的建築物牆壁上迴盪，再從窗口飄進他的耳朵。

席德換了個姿勢，幾乎是倒臥在沙發上，昨夜的狂歡，使他的頭部隱隱作痛，工廠區究竟是個什麼樣的地方呢？那裡的人究竟是那一種人呢？他想到胖子柯柯、警官、跳舞女郎和街頭樂隊，這些人究竟在幹什麼？他們根本不是書上或是中央城電視上所報導的那種乖乖的、按時上下班的老百姓。他們會爭吵、玩弄小陰謀、賭博、搞些罪惡勾當，也許，這就是林行所謂的「外面的世界」，林行現在不曉得怎麼樣了，跟著他又想到珍，以前的痛楚慢慢消失了。時間眞是奇怪的東西。珍逐漸隱退到一層夢幻般的紗幕後，而他現在正站在這片紗幕外，一個截然不同的世界已經在他眼前顯現出來。他不再是那個低垂雙手，兩膝並攏，坐在辦公桌後的中央學院的畢業生，他現在是個成熟、世故的成年人，正確地說，他已經開始了解這個隱藏在電視機和教科書後的新世界。然而，他的了解究竟是怎麼一回事呢？

席德整個人躺在沙發上，閉著眼睛。窗外適時傳進來一陣年輕人的叫嚷聲，幾分鐘後，叫嚷聲此起彼落，間雜著跳水的聲音。

按照書上的描繪（公民課本第一章），席德繼續想著，新社會是人類文明史上最進步、最完美的社會型態。在這個社會中，人人都受到適合於他們智商和性向的教育，並獲得最公平合理的工作機會，同時在他們那一階層中享受足夠的物質報酬和升遷希望。以中央城的管理人員爲例，他們有最好的工作環境，最合理的工作時間，最適合他們身份的物質享受，和每年一次的休假來發洩他們過剩的精力。在工業城，他們的物質享受也相同，只是品質程度不同，當然質的差異乃是刺激較低層上進的有效因素。那麼心靈呢？新世界並不排除心靈滿足的重要性，但是他們拒絕所有抽象的形上學觀念。

事實上大多數的形上學觀念只是由一堆晦澀、曖昧的名詞組合而成，就拿宗教來說，如果一個神能明白地顯現在人類面前，那麼新世界就允許你有宗教信仰。但是幾千年來，所有的神祇都只能在書上出現，而這些書沒有一本不是出於平凡的、自以爲是的人類之手。因此，顯而易見的，心靈的滿足絕對不是超現實的，人們僅可從愛情、婚姻、食慾、性和人際關係中獲得這些東西。

既然如此，這些工業區的工人們，爲什麼不能滿足於這個既定的新社會秩序中，爲什麼還具有上個世紀人類的那種不成熟個性呢？

一個答案慢慢地浮上席德的腦際。

「人類的基本天性。」這個答案使席德感到震驚。一個完美的生活環境竟不能消除人類的這些劣根性：貪婪、欺詐、冒險、墮落，爲什麼？爲什麼？

門鈴聲使他從沉思中醒來。那是蓮蓮，她容光煥發，穿著一條短褲，露出修長健康的大腿。

「席德，你在幹嘛？」

「我在想點事情。」

「有什麼好想的，走，我們去游泳。」

「我身體有點不舒服。」

「哼，」蓮蓮不高興起來，「去了一趟工廠區就搞成這個樣子。」

「妳也去過？」

「才不呢，不過，我可聽多了，那個腐化的地方。」

腐化，就是這兩個字。不錯！蓮蓮說的不錯，眞的不錯。最完美的東西就是最易腐化的東西。僅僅半個世紀，這個世界即將趨於完美的時候，卻已經從它的根部腐化了。

「好吧，蓮蓮，我們去游泳。」

當他們從泳池上來後，他的女友說：「晚上，我在電力局的朋友有個酒會，我們去那裡怎樣？」

在管理區這類小型的酒會總是不斷。席德已經習慣了，在中央城，人們已經不流行作面對面的接觸。在自己的客廳裡，藉著高度的資訊器材，他們就能坐在螢光幕前參與各項活動。席德就曾經當過一次電視抽獎的評判員，而他根本就不知道舉辦比賽的地點。

「隨便你。」席德說。

那是蓮蓮的一個女朋友在她的宿舍裡開的小型酒會，只有十一、二對男女參加。飯後，他們跳起舞來，蓮蓮今天顯得特別興奮，她不斷地發出高亢的笑聲。一個小夥子請她共舞，蓮蓮用眼角向席德示意。他點點頭，便坐在角落裡看著客廳中婆娑起舞的男女。

「眞是個活潑的女孩。」坐在他身邊的一個中年人說。

席德禮貌地偏過頭，微笑了一下。

「我叫杜群，」過了一會兒中年人說：「在配電處。」

「我是席德，」他們握了手，「我好像在什麼地方聽過你？」

「不可能。」那中年人的眼睛露出警覺的神色。

「我想想看，」席德遍搜記憶，「對了，康造時教授……」

20

他們再度碰面，是在不久後的一次帆船比賽中。那是個晴朗的星期天，在管理區和工廠區之間的湖邊搭起了一個大看台，樹蔭和遮陽棚下擠滿了興高采烈的市民。這是第三工業城舉辦的每年一度的帆船比賽。席德坐在管理區的官員席上，觀賞著開幕典禮的進行。典禮首先由管理處長致開幕一句，接著由中央城蒞臨的高級官員致賀詞，其中包括教育部的娛樂司長以及內政部的幾位官員，致詞完畢後，比賽開始，在一片喧嘩聲中，湖面上滿佈著五彩繽紛的帆船，人們蜂湧地擠向湖邊。坐在席德身邊的同事也一個個跳下看台。最後只剩下席德和幾位年紀較大的官員留在看台上。

「你不到湖邊去加油？」杜群突然出現在他的身旁。

「哦，是你，杜先生，」席德和他握了一下手，「我不喜歡湊熱鬧。」

「我也一樣，」他說，「你想今年誰會奪得冠軍？」

「我不知道，你說呢？」

「去年紡織工廠區獲得，今年很難說。」

一陣沉默，席德把視線投向湖上，但是隱隱約約覺得杜群正從側面注視著他。

「席德，」這個聲音彷彿來自別外一個世界，「你怎麼會被調到工業城？」

「什麼？」

「沒什麼，」聲音回復了正常，「我只是覺得奇怪，很少有中央官員會被下放的。」

「我表現不好。」

這麼坦率的回答，使杜群楞了一下。

「在我之前，我的同事林行也被調到農業城。」

「林行，這個名字我聽過，他父親是一艘星際太空船的指揮官。」

「星際太空船？」

「但是那艘船在前年失了蹤。」

「哦，」席德想，原來是這麼一回事，「爲什麼失蹤找到原因沒有？」

「我不知道，」他搖搖頭，「很多事情我們沒有必要知道。」

自此之後，杜便經常到席德的居處造訪。他們談起學院裏的情形和中央城的種種，有時候甚至通宵不眠。席德暗暗覺得奇怪，好像杜正企圖挖掘他內心深處的某些東西，杜對他和老教授相處時的一言一行，不厭其煩地盤問著。杜告訴席德，他也參觀過教授的古董和聽過他說的歷史故事，但他認爲教授心裏還埋藏著許多不爲人知的秘密，對此，席德只是微笑不語。

一個晚上，杜群說了自己的遭遇：

「我的雙親也是農人，不過他們很早就過世了。我六歲進入高級學院就讀『電力工程』，我讀到十五級。那是卅年前的事吧，那時候新社會還有點混亂，因此學校的管理較爲嚴格，學生每三個月才獲准回家一次。由於我父母早逝，我總是待在學校裡，無法了解外界的變化，只偶而從同學口中得到一點片斷的消息。當時，大眾傳播除了電視還有報紙，我不知道最高當局後來爲什麼停止發行報紙，因爲所有的新聞完全受控制，你只能看到具有『建設性』的報導，不過，我從同學口中聽到，外面好像開始了一場大整肅。後來，教授也告訴我，他那個時代也發生過一次同樣的事，那一次整肅也波及學院，一些同學和教授也在這個時候失了蹤，然而並沒有人深究。如此，我就在學院裏安安靜靜地讀完了我的課程。畢業後，更進入工業部的『電力工程』局工作。至於我和康教授發生關係，並不是我對歷史特別感興趣，乃是因爲當同學放假回家時，我一個人待在學校無處可去，而教授也是孤孤單單的一個人。」

杜說完他的故事後，兩眼注視著席德，好似等著他發問。

「那麼，你怎麼會被調到工業城？」席德忍不住問。

「這事說來話長……」

這時候，蓮蓮走了進來，打斷他們的談話。她告訴席德說某人舉辦了個酒會，希望杜也一起去。最後三個人便離開席德的宿舍，去了另一棟樓。

在那個酒會裡，由於人數眾多，他們只好拚命灌酒。到宴會結束時，蓮蓮已經醉得迷迷糊糊的，席德送她回去後，回到自己的居處，卻發現杜群正倚在門口等他。

「喝得還不過癮，對吧？」杜輕拍著他的肩膀，「老弟，到我那裡喝一杯怎樣？我那裡有青酒。」

也許席德真的喝得不過癮，或者是那瓶青酒的吸引力，他們一起走向杜住的地方。

那是棟巷子裡的老式兩層樓房，既濕潮又陰暗。杜解釋說，除了他，其他人都搬進馬路邊的一棟新式大樓，那裡有著最現代化的電氣設備。不過，他習慣了老房子的一切，經過他幾次的奔走，才免除了被拆除的命運。

杜帶著席德參觀了每一個房間，有幾種器具席德從未見過。在一間舖著厚厚羊毛地毯的閣樓裡，他們停下腳步。這個小房間裡擺了張小床，兩個大書櫥，和一張搖椅。杜打開一盞舊枱燈，昏黃的燈光，使屋子裡的時光彷彿一下子倒退了幾十年。

「你那來這麼多書！」席德問。

「我在一處地窖中找到的，」杜坐在搖椅上，「來，我們喝一杯，這是青酒，從中央城走私來的。」

他們的酒杯在空中碰了一下，席德喝了一口，端著酒杯站起來，走到書櫥前。

「這些書都是三、四十年前，還有出版業的時候印的，除了幾本消遣小說外，其餘都是專業用書。現在這種資料都製成微縮影片，並不怎麼重要。」

「你都在這裡消磨時間？」

「我對電子遊戲沒什麼興趣，頂多去一下酒會看看人，」杜看著他說：「你剛才是不是問我，爲什麼會被調到工業城來？」

「如果你不想說……」

「沒有關係的，」他揚揚酒杯，「現在比從前好多了，人們可以自由交談，可惜談話的內容越來越貧乏，直到有一天，你會發現不同行業根本無法交談。」

「很有可能。」席德同意他的看法。

「是這樣的。當年我從學院畢業後，跟所有年輕人一樣懷著憧憬和抱負進入工業部。那時候，工業部長爲莫昭，他是所有部長中最年輕的一位，我所以要提他，是因爲他對我被調至此處要負完全的責任。那時，新社會在第二次整肅後，慢慢安定下來，開始步入軌道，許多機會在等著肯上進的青年。而第一屆區域委員會委員已經擔任了三、四十年，沒有一位不是老邁不堪。在此種情況下，要求改選的呼聲漸漸昇高。我們這些剛步出校門的年輕人更是充滿了熱忱和幹勁，因此全力擁護才四十出頭的莫昭部長，打算爲他拋頭顱、洒熱血。如此，過了三年，一件驚天動地的大事發生了，最高委員會主席蒙其頓逝世了，享年一百歲整。不久後，接任蒙其頓的第二屆主席葛庭光下了道命令，要求十個區的區域委員會重新改選，其中年齡超過八十歲的強迫退休。區域委員的選舉，並不是全民投票，由於中下層百姓根本不清楚管理階層的一切，所以投票權只能賦予各部門的幹部。於是在我們的全力支持下，莫昭順利地當選了區域委員，是當時最年輕的委員。」

席德聽得入了神。廿幾年後的現在，莫昭成了區域委員會的主席，同時亦爲最高委員會的委員。他的照片掛在中央城的每一間會議室裡。但是對他的過去，誰也不得而知。在新社會裡，最高決策機構的區域委員會，雖然握有絕對的權力，卻永遠退居幕後。他們不需要和民眾接觸，他們透過無數的電腦控制各個部門，和偶而透過螢光幕向百姓說說話。

那麼，主席莫昭原來還有這麼一段過去。

「莫昭順利當選後，當然我們這批有擁戴之功的人也或多或少地得了些好處。我呢，我如願地昇任了工業部電力工程處主任，管理三個城的電力事務。哦，那個時候眞是年輕氣盛呢。莫昭當時在他的官邸裡也常接見我們。但是這種情況未能持續多久。莫昭終於明日，他並沒有和部屬作直接接觸的必要，他只須透過通訊電腦指揮就夠了。於是，從此以後，莫昭本人好像從我們面前消失了。當他要下達命令或是聽取報告時，一部安裝在我們家裡的電視就會叫了起來。出現在螢光幕上的總是穿同樣的衣服，保持同樣的表情。直到今天，他在螢光幕前的模樣，在我看來幾乎和廿年前一樣，沒什麼改變。現在回頭再說我當上主任之後，可以說是意氣飛揚、前程無限光明。並且在第二年，獲得畢生的第一次休假，那時候教育部的『人格重整局』剛剛設立，我是第一批休假的官員，我的休假地點是在澳洲的辛辛城，你聽過這個地方嗎？」

席德搖搖頭，同時注意到杜逐漸放光的眼睛。

「辛辛城，那個仙境般的地方，我此生此世都忘不了的地方。因爲在那裡，我遇見了黎安娜，我的女神黎安娜！我魂牽夢繫的黎安娜！她的純潔、她的美貌、她的一顰一笑，至今仍出現在我的睡夢中。在我們相處的一個月中，我們的心靈一天比一天的接近，一天比一天的契合，終於到了一種無可言喻的地步。一個月的假期很快地過去了。我依依不捨地回到了中央城。此後，便日日奔走於重獲黎安娜的熱望中，我幾乎求遍了所有有關的人士，尤其是教育部，雖說當時各部門的門禁並不像今天這麼森嚴。結果一點用都沒有。最後，我不得不找上莫昭，那是在一次莫昭從螢光幕後詢問我某件電力方面的問題。他一出現，我就立刻哭泣著求他幫我這個忙。當時，莫昭好像被我感動了，我看到他點了點頭，然後消失在螢光幕後。」

杜陷入甜蜜回憶的表情開始消退，代之而起的是一種仇恨、痛悔的神情。

「直到半年後，我才見到黎安娜。那是經由他的細心安排，我們在中央車站的候車室裡匆匆碰面。據黎安娜說，莫昭在半年前的某一天突然飛到辛辛城，區域委員能隨時到任何地方，並且指名要見她，然後她被帶到中央城，成爲莫昭的女人。這一次的會面只持續了十分鐘，最後分手時，黎安娜要求我忘掉她，並好好活下去，我的心碎了！此後，我便日日喝酒，沒有一天不喝得醉醺醺的，直到他們把我下放到這裡爲止。」

屋子裡好像突然間陷入一種哀愁的雲霧裡，席德同情地望著眼中的中年人。

「故事說完了，呵。」杜群勉強地笑了一聲。

他們沉默了一會兒，杜又替他倒滿了一杯青酒。

「你呢？」杜問。

藉著幾分酒意，席德把珍的事告訴他。

「這只是你提不起勁的一個因素對不對？杜注視著他說，「一定還有其他的原因。」

席德對於杜的精明感到驚訝，他考慮了一下，說：「你爲什麼對我有這麼大的興趣？」

杜知道他問的是什麼。

「從我第一次見到了你，我就對你發生了興趣，」杜沉吟著，同時審愼地觀察著席德的每一個表情，「我一直都在注意你，你清醒、冷靜的眼神，你警覺地和其他人保持距離，你無時無刻不在留心週遭的一切。最後，我得到了一個結論；你和我一樣，內心藏著某種重大的秘密。」

「什麼秘密？」席德問。

「這個秘密使你不同於其他人，」杜站起來，走到窗口，「但是你也會因此感到不安，你環顧四週，卻找不到任何可以傾訴的對象。我在離開中央城時也有這種感覺，我的理想和意義在一夕之間被砸得稀爛，更痛苦的是，我爲一個謊言奮鬥了那麼久。」

杜走回席德的身邊，以熱切、誠摯的眼光看著他。

「我是惟一值得你信任的人。」

席德明白了。杜並不是逢人便說他跟主席莫昭的仇恨。他現在想起老教授提到杜群這個名字時的表情。那張滿佈皺紋和老人斑的臉帶著哀傷和關切。也許老人能夠預見這兩名最親密學生的未來。

「我曾經告訴老教授我的困擾，他跟我提了一下你的名字，他認爲也許你可以……」

「爲什麼不早點來找我？」

「我曾經迷惑了一陣子，」席德搖搖頭，「畢竟我在中央學院受了十六年的教育。在我剛踏入新社會時，我覺得一切都很完美，我的生活、工作、娛樂、思想根本一點不需費力，都被安排得好好的，這不就是歷代智者所描繪的天堂嗎？但就在我打算毫不反悔地投入這部運輸不停的大機器時，一件奇怪的事情發生了……」

「什麼事？」杜緊張地問。

於是席德便開始述說他如何發現溫士頓著作「最高委員會眞象」的事。杜聚精會神地聽著，臉上表情陰晴不定，時而微笑、時而沉吟，但是並沒有中途打斷他的敘述。

「想想看，這件事給了我多大的衝擊，」席德最後說，「我發現了任何人都不敢相信的說法：偉大的蒙其頓是個惡棍、是個騙子、是個瘋狂的理想主義者。而最高委員會則是個暴力、殘酷、滿手血腥的罪惡組織。」

「姑且不論你從一個奇特的夢境找到這本書，這件事多麼不可思議。席德，你相信溫士頓的話嗎？」

「起初我自然抱著懷疑的態度，我認爲這本書要不是個陰謀，就是個妄想狂寫的無聊東西。」

「後來呢，你怎麼樣處理這件事？」

「雖然理智告訴我，這種事可不能全予置信，不過無論如何，我的內心起了某種不可察覺的變化。我開始走出了我的『內在生活』，懷著好奇和警覺去觀察外界的事物，終於在一個星期天，我忍不住去找老教授。」

「他怎麼說？」

「他認爲溫士頓這個人費盡心血地穿越時空，尋找他的贖罪代表，沒想到卻選上我這麼個單純、無辜的大孩子，實在是個糊塗蛋，」席德輕笑了一聲，「不過教授認爲溫士頓的指控頗有眞實性，因爲各地核武器的引爆好像是種有計劃的行爲。他還提到當時的反南寧地下組織。」

杜帶著同情與了解的眼光，聽著席德繼續敘述著他對整個制度的迷惑和不安、休假和珍對他的那些影響，以及對工業城下層百姓的觀感。

「新社會並不如表面上那個樣子對不對？」杜說。

席德點點頭。

「好，我現在帶你去一個地方，你可以知道更多的事，你有資格知道這些。」

21

是這棟樓房的地下室。杜群持著手電筒帶著席德穿過一根根裸露的排水管和抽氣管中，停在一台生了銹的大變壓器前。

「這是老式的緊急發電設備，現在都廢棄了。」杜摸索著牆壁上的一個隱祕凹洞按了一下，一陣低低的軋軋聲響了起來，那是一扇門。

「這是從前設計的『核子防護室』。」杜領著席德走下台階，門在背後自動關上。他們置身在一個小小的金屬房間裡，杜打開燈，室內立刻大放光明，席德看到了幾台陳舊機器和一張掛在牆上的小銀幕。

「你坐在這裡，」杜操作著一台老式放映機，「讓我們先看看一段影片。」

室內漆黑下來，銀幕上顯現了一幅幅的畫面。

「那是印度一個省的核武器爆炸情形，從空中拍攝的。」爆炸結束，地面上的建築物被夷平。鏡頭接著往上移，背景慢慢變黑，最後停在一個車輪般的東西上。

「這是什麼？」

「那是太空站，上面有U.S.A.的標誌，看到沒有？這是日本一個商用人造衛星不小心拍到的。」

「突出的那個巨型圓盤是什麼？」

「那就是『南寧』。」從那座圓盤出來一束眩目的光芒，「它正在引爆地面上的核武器。」

席德瞠目結舌地注視眼前的景象。

「我們再看看這一段影片。」

銀幕上出現一群拿著自動武器的群眾，人們正在攻擊一棟建築物。這當兒，影片的左下方開來了一輛灰色的裝甲車，它從頭部伸出一支針筒狀的東西，緊跟著是一陣閃光。

「使用『雷射』武器，十秒鐘就撲滅了這一次反『南寧』的暴動。」

杜關掉放映機，在黑暗中席德聽著他威嚴、不帶情感的聲音。

「這段影片只證明了你已經知道的那些事，新世界建築在血腥的屠殺上。但是，根據歷史記載，任何革命都要流點血，建立一個新制度，或多或少要犧牲掉一些人。假如這個新的制度還算不錯的話，那麼算舊帳，除了能滿足一些人的道德感外，根本於事無補，」

席德點頭同意他的看法，「不過問題並不在於這些消滅人口的血腥手段上，問題是……」

說到此處，杜停頓了一下，再度打開燈。亮白的光線下，顯現了席德年輕、充血的面頰。

「你聽過『地球防衛軍』這個組織嗎？」

「聽過，在鋼鐵區，好像那是個專門惹是生非的組織。」

「沒有幾個人了解防衛軍的眞義，」杜嘆了一口氣，「我就是『地球防衛軍』第三工業城的指揮官。」

「啊……」

「說來誰都無法相信，這個組織在最高委員會之前就已經存在了。至於你說的『惹是生非』的那批人，乃是防衛軍的外圍份子，他們只是被我們利用的一些無聊、發洩不滿的下層百姓。眞正防衛軍成員，散處在中上層階級裡，而且掩護良好，然而由於人才難求，加上幾乎沒有人願意接納我們的說法，防衛軍的成員正在日漸減少之中，」杜又嘆了一口氣，「現在你一定充滿了疑問，『地球防衛軍』究竟是個什麼鬼東西啊？防衛什麼？地球到底要防衛什麼？防衛外星人嗎？」

杜好像在欣賞著席德臉上無比驚異與迷惑的表情，過了一會兒，他站起來，從抽屜裡拿出了一疊照片，「你先看看這些照片。」

席德接過來，這是一些顏色泛黃、年代久遠的照片。

「怎麼都是一些飛行器？」

「不錯，不過當年他們被稱爲『飛碟』。」

「這是時候拍的？」

「至少半個世紀前。」

「我的天！」席德叫了一聲：「跟現在的飛行器多麼相似。」

「這些照片是幾位太空科學家收集來的，他們就是『地球防衛軍』的創始人。」

「你是說，他們認爲外星人想入侵地球？」

「他們已經入侵了。」

「這怎麼可能？」

「我們有理由相信，『南寧』是他們搞的把戲。」

「太不可思議了。」席德站起來，先是溫士頓的眞相、老教授故事、杜群的遭遇，最後是這個難以置信，神話般的「地球防衛軍」。

「你坐下來，席德，仔細聽我說，」杜的聲調變得低沉而充滿情感，「我現在要向你揭開這個人類文明的最大奧秘。爲了搜集這些有關的資料，我們防衛軍犧牲了許多人。但是他們的犧牲非常値得，他們不顧一切，甘冒萬險，有時候僅僅爲了找尋一段文字，就輕易地奉獻了自己的生命。這些資料的影印本，我這裡都有，等一下，你再仔細看看。」

杜指揮開始述說他的「人類文明史觀」時，屋子裡的空氣彷彿突然地凝結起來，週遭靜寂無聲，四壁反射著明亮的沉默的燈光，有如千百隻冷冷盯著你的眼睛，一陣冷顫從脊骨上升起，席德被一種毛骨聳然的氣氛吞沒了。

「在以前，人類的歷史有數種解釋，其一爲『宗教史觀』，認爲人類的發展，乃是神對全宇宙尚未解開之謎的設計的一部份；第二種爲『政治史觀』，認爲偉大的帝王、君王、立法者，以及軍人才是歷史的決定力；第三種是『英雄史觀』，其與政治史觀密切相關，因爲一般觀念中，歷史上的英雄都是出自偉大的君王、帝王、將軍、立法者、建國者、改革先驅以及革命家；第四種爲『思想史觀』，認爲思想乃是歷史進展的主要原因，而社會的特質條件，實質上是由這些偉大激發性思想所導致完成的；第五種爲『經濟史觀』，認爲商品和勞務的生產支持著人類的生活，同時也與商品和勞務的交換共爲所有社會發展與社會結構的根本。

可是我要說，我現在要說：所有這些觀點，都只是從有限的資料中，找尋出某種可能的解釋而已。那麼眞相究竟是怎樣呢？人類的起源和未來究竟是怎麼一回事呢？這個萬古之秘，現在就要被揭露了。

在很早很早以前，地球還只是個被閒置一旁，無聊發楞的小土堆，在那上面爬滿了各種莫名其妙的動物，如果沒有任何外來的干預，那麼非常明顯的，這些動物將至今保持他們原始的模樣。例如非洲叢林的猿猴、獅子，不論時間如何久遠，不論『物種進化理論』

多麼高明，可想見的，幾萬年前和幾萬年後，這些猿猴還是猿猴，獅子依然是獅子。今日的螞蟻和百萬年前的螞蟻完全一樣。當所有的物種完全停頓不前時，如果沒有外來的干預，爲何獨獨只有其中的一支猿猴——人類，以驚人的速度向前推進。那麼，什麼是外來的干預呢？

在宇宙的一端有一個星球，上面居住著一種有智慧的生命。幾萬年前的某一天，這個星球派遣了一隊太空船去執行橫渡銀河的某種任務，其中的一艘由於機器故障或某種不可知的因素，而迷失在地球上，當外星人走出太空船時，發現他們正降落在一個景色幽美卻原始得令人失望的星球上，而他們的飛行器卻已損壞到難以修復的地步，加上他們的太空船隊已經放棄了搜尋生還者的希望，正在回返家鄉的途中。迷失的外星人在求救無望的情況下，只好回頭朝著腳上站著的這個可笑地方想辦法，幸運的是，這個原始的星球居然孕育了無數種生物和蘊藏了豐富的礦產。然而憑他們這些有數的倖存者和幾種進步的科學儀器，根本無法立刻創造出一個能使他們回返故鄉的高度工業文明。那麼怎麼辦呢？在經過了數次的討論後，一個龐大、耗時極長、近乎完美的計畫確立了。這個計畫的第一章就是——從頭開始。他們挑選了幾種猿猴，並在這些渾渾噩噩的動物腦部動了手術。於是一種有計畫的突變發生了，簡單的『智慧型態』進入了第一支『人類遠祖』的心靈，此後懂得思考、判斷、畜牧和製造工具的眞正人類誕生了，並隨著生態環境改變而遷徙、建立部落，最後散佈於世界各地；並且因應本身的特殊條件而發展各自的地區文化，人口繼續增加，文明繼續發展，到了一個程度時，由於人口接觸頻繁、生存環境重疊等現象，鬥爭行爲便發生了，初期的鬥爭產生建設性的刺激，外星人也許有計畫地、不被察覺地引起了這些刺激，譬如在某個重要人物的潛意識裡加進了一些適用的觀念，當刺激累積達到爆發點時，戰爭便發生了，雖說戰爭不免帶來災禍、人口減少、物質破壞，不過戰爭也達到了新陳代謝的間接目的。爲了降低戰爭所造成的過度破壞性，外星人便在各地製造了不同型態的宗教和一些類似宗教的理想主義，當然這也是透過少數著名的智慧人物，這些被選擇的地球人，往往在一夕之間想出了足以影響後世的超凡理論。我們可以舉出許多種歷代的『改變歷史的論述』作爲證明，這些理論產生的過程往往是極爲神秘而不可理解的。譬如許多宗教家聲言他們重要的創見大多是在睡夢中受到神的啓示，某些重要的科學家也常解釋他們的發明來自某種類似『意外』或是『神來之筆』或是『心血來潮』的靈感。如此，一次重大的戰爭過後，極有可能便是一次重要的文明躍進。時間繼續前進，外星人有時候爲了解決一個問題，或是僅僅爲了觀察記錄，而出現在某個時代的某一點上，當時目睹的人類便在他們的歷史書上記載：『神祇造訪』或是『天空出現異象』或是『太陽神站在西邊的天際』或是『上帝發出鳴雷般的聲音引領著摩西通過紅海』等等。到了近代，由於人口日多，流動性增大，於是各具特色的文明便各自達到了成熟期，如『希臘文化』、『埃及文化』、『伊斯蘭文化』等。在這許多種成型的文明交融或是互相激勵下，近代文明的動人面貌就產生了。在這個時候，外星人也隱於幕後，居於操縱的地位，他們製造了地區性的鬥爭和促成了幾種重要因素如血統、語言、宗教、習俗的結合。並選擇具有代表性和較具發展潛力的民族，幫助他們完成某一項文化上的成就，如近代工業文明的先聲『產業革命』或是藉著培根促成的近代的科學革命。跟著第一次世界大戰爆發了，這次戰爭加快了幾個進步國家的工業化速度。緊接著是第二次世界大戰，這次戰爭的規模較以往都要大，造成的傷亡和破壞更是驚人，但是也使得第二期工業化達到了巔峰，戰後的三、四十年間，其在科技上的成就也超過了歷代的總和。然而一個大問題發生了，工業化到某個程度上，世界性的戰爭將造成同歸於盡的後果，與此同時，人口壓力、生態的惡性刺激以及理念的混亂，都朝向全球性的毀滅終點。在這個時候，為了避免給地球人更大的刺激，外星人便停止出現，他們設計了『南寧』。我們有理由相信，蒙其頓並非地球人，接著『南寧』便開始扮演所賦予它的角色，地球上如期地消失了十分之九的劣質人口和十分之八的次級建設。於是『末期工業化』便登場了。這次工業化不比前三次，這是一次經過最完美的設計和最精密控制的工業化，它的目標是建立一個純粹的高度機械文明。這個文明將逐一地製造出取代人類的機器，根據一項可靠的資料，目前全世界的人口正在逐年降低之中。我們調查出一些被淘汰工廠的工人，發現他們突然間神秘地消失了，以及一些被機器取代的技術人員，他們也同樣地下落不明。這種情形如此的恐怖。我們相信，要是地球人不趕緊想辦法的話，那麼總有一天，這一天為期不遠了，整個人類都將從地面上消失，地球上只剩下一間由外星人或是機械控制的高級工廠，這些工廠將有能力製造出他們需要的橫渡銀河的工具。我們認為外星人並沒有他們教給地球人的那些『道德』、『人性』或是『善意』觀念。對他們而言『人類』充其量只是種會製造機械的『母機』罷了。而我們不過是實驗室中的一群白鼠。這是一個亙古的最大騙局，人類存在的意義則是個差勁的笑話，而上帝的意旨就是——事情辦完時，拍拍屁股走路。」

杜停頓下來，目注著受到極度震駭的席德，他緩緩地喝乾杯中的酒，繼續說：

「我們不甘心，我們雖然是被製造出來的工作母機，但是我們絕對不甘心就這樣被『使用後丟棄』，這就是地球防衛軍必須存在的理由。」

整個房間在杜的尾音後寂靜下來。他們彼此以哀傷、絕望的眼光對視著。許久之後，響起了席德翻閱那堆陳舊文件的單調聲音。這些都是防衛軍歷年來的調查報告，席德的臉色不斷在燈光下變幻著。

最後，翻閱聲也靜止了。

「我願意加入你們。」席德一字一字地說。

第二天，席德在同一個地方見到了防衛軍在第三工業城的「核心同志」，他們來自不同的單位。其中一位從對岸乘著小艇像走私者一樣偷入「管理區」。

在同志們的旁觀下，席德完成了簡單而隆重的「入黨儀式」。儀式後，杜指揮官在席德的小指上套上一枚透明的假指甲。

「這片指甲能使你在被捕，吞下兩秒鐘後便徹底破壞所有的腦細胞，這是只有我們核心同志才配享有的犧牲榮譽，」指揮官說，「外圍同志就沒有資格參與我們的機密，他們大部份都只是些起哄、找點刺激的小夥子，我們只在需要的時候，才利用他們。」

「請問指揮官，我目前的任務是什麼？」

「目前你只要伺機而動，或者注意一些有不滿意向的同事，你並不必負吸收他們的責任，說服別人加入防衛軍非常困難，你只要報告就行，其他工作我們來做。還有我們認爲你被調到工業城是暫時性的，你還有可能回到中央城去。這點很重要，中央城的安全比此地高明百倍，我們犧牲了不少同志。」

「爲什麼中央城防衛森嚴，而工業城卻差這麼遠？」

「第三工業城可能也在他們淘汰的名單之內，」指揮官笑了一下說，「譬如鋼鐵區，當鋼鐵不再需要時。例如所有鋼鐵建築物都完成了，或是發明新的合金取代了需用大量勞工的鋼鐵業。那麼鋼鐵區就可以消失了。」

「有個問題，我想請教指揮官，」席德問，「區域委員會是不是已經被人控制了？」

「很有可能，雖然我們還無法滲入最高部門，但是據我們觀察，區域委員十年內沒有一個在公共場合露過面，電視上出現的影像可能一直都是同一捲影片。」

「那麼主席莫昭呢？」

「我敢說他是第一位被調包的人，因爲自從那一次中央車站的事後，我再也沒見過黎安娜或聽到她的消息。」

22

一年之後，防衛軍席德終於被調回中央城，資源分析局長在接見這位老部屬時，端詳著面前這位年輕人的臉孔，那是一張少有的堅毅成熟的臉，兩眼飽孕智慧之光。局長輕嘆了一聲，說：「歡迎你回來分析局，我們讓你接替哥舒的職務。」

「那哥舒呢？」

「我們發現他不能勝任那個工作。」

席德回到他的宿舍裡。他隨意地觸摸著原先屬於哥舒的這個房間。想到這一年裡發生的種種情形，覺得冥冥中好像有種神秘的力量使他經歷了這些奇特的遭遇。他現在是防衛軍的一員，身負拯救全人類的重責大任。這個任務成功率近乎零，而且前途佈滿了難測的危險。從杜指揮官那裡，他知道了整個新世界結構的大概，這些事本來只有受過政務訓練的高級學院畢業生才能明白。而他愈了解，就愈覺得事態沉重。新世界的上層嚴密得幾乎無懈可擊。握有無上權力的最高委員會，總部設於紐約，委員會的廿位委員，一半為常任，一半由分佈於全球十個區域委員會的主席兼任。區域委員會則共有委員十六名，其中八名為常任委員，另八名為部長兼任。這八個部是：內政部、資源部、安全部、教育部、工業部、農業部、協調部和科技發展部。每一部門的中層結構，皆採嚴格的層級制度，每一層級的官員和上級單位聯繫，一律經由電腦系統，所有的行政命令也一律由電腦頒發。例如：資源部官員可以由螢光幕上窺知，其下級單位如分析局的全部會議實況；而分析局的官員則對於其上級單位的作業根本無從得知。他們奉命不得接觸上級和其他旁屬單位，由於資訊器材完全取代了所有面對面的接觸，因此，任何形式的階級鬥爭根本不可能發生。當一支革命軍衝進某個部門裡，將會發生如此奇怪的情形，他們將面對一堆複雜而神秘的儀器而不知所措，他們想發布一項佔領命令，卻不知如何下手。他們想找到一位高級官員卻不知道他是誰？住在那裡？即令炸毀整個部門亦於事無補，因為此時安坐家中的高級官員，可在客廳裡參與一項緊急的電視會議，並透過無線電通訊網，調兵遣將，撲滅革命軍。於是，在新世界中革命的定義等於是：以相同數目和相同技術的專業人員，在同一時間佔領所有的機構。

第二天，席德專程到學院去探訪老教授，但是裡面的人告訴他，教授已經在半年前去世，他的遺物都已送入焚化爐，骨灰則放在「西屋大樓」裡。席德到了這棟五十層高的建築物，坐上電梯，在第廿三層一格格鑲在牆壁裡的抽屜中找到了教授的名字，他默默地在那裡站了幾分鐘，覺得自己好像站在一個大書架前，死亡頓時成了種可笑、毫無意義的夢魘，於是，他便頭也不回地走出這棟大樓。

這個星期天的下午，席德在城市公園蒙其頓的銅像下，見到了防衛軍的聯絡員，他們小心地確認了彼此的身分後，便沿著湖邊的一條小路走去。此時，湖邊正聚集了一群年輕男女在玩著遙控的玩具船。那些五花八門的電子機械在湖面上劃出了一道道的波紋，並且互相追逐著。

「我奉命告訴你，今天晚上在農業大樓三層酒吧間第十二號遊戲室裡參加會議，這是你的識別證。」那是一張仿造的農業部職員識別證。席德放進口袋裡。

「我只負責第一次聯絡，到時候有人會告訴你在中央城的任務，」那個人伸出手，「再見，祝你好運。」

酒吧裡全是農業部的職員，席德經過了一群群嘻笑著的男女，走進第十二號遊戲室，門口站了一個人，伸手攔住他，「對不起，『阿卡遊戲』人數已經滿了。」

席德說出了密語。這個人便讓他進去，隨後把門從背後關了起來。房間裡圍坐了六個人，在一面鑲在壁上的電視幕顯示了「阿卡遊戲」這幾個字，這是種分成兩組玩的類似太空爭霸戰的團體遊戲。遊戲者坐著按面前的鍵盤，銀幕上便出現各種奇形怪狀的武器，互相追逐攻擊，其中伴隨著使人神經緊張的音樂，常常有人玩得滿頭大汗而不自覺。席德和每位同志點頭招呼，於是會議便在「阿卡遊戲」的嘈雜聲中開始。

首先坐在右首上方的一位中年人站起來說：

「我現在向諸位同志介紹我們第五行動組的新血，資源分析員席德。」

席德欠身爲禮。

接著組長一一介紹其餘的六位成員：除了組長本身爲內政部福利局的中級官員和副組長爲工業部的低級辦事員外，其餘五位包括：一名馬路清潔大隊隊員、兩名垃圾處理中心技術員、一名教育都某間酒吧的管理和一名城市巴士的司機。

席德觀察著他的「革命夥伴」，不免微覺洩氣，這些人正心不在焉地聽著組長同志長篇大論的介紹詞，一邊放手在鍵盤上亂按，於是阿卡電視幕上出現了一幕幕可笑的奇景，不斷的爆炸聲和互撞的閃光，使那位馬路清潔隊員張大著嘴巴，無聲地獰笑著。另一位巴士司機則瞇起眼睛，打量著席德，好像還在懷疑這個人爲什麼在這個時候出現。「第五行動組已經成立了五年，在這段日子裡，我們收集了許多有用的情報，計有：中央城娛樂區的藍圖，和科技發展部的所在。當然我們也損失了幾位同志，不過爲了人類的未來，他們的犧牲是必要的。今天我們很高興加入了席德同志，他曾經在防衛軍最偉大的革命理論家杜先生那裡受了一年的薰陶……」

席德第一次聽到杜被尊重爲偉大的革命理論家，心裡不免覺得奇怪。

組長結束演講後，那位辦事員接著說：「報告組長，我們一直向上級要求的精密武器，怎麼還沒有下文？」

「總部一向認爲武力暴動是最後的手段。」組長和顏悅地解釋。

一個低低的咒罵聲，從席德身旁響了起來。

「宗旋，你有什麼話說？」宗旋是那位清潔隊員。

「我認爲理論固然重要，但是沒有實際行動，光談理論有什麼用？」

「我們來聽聽新同志的意見好了。」

席德考慮了一下說：「我想，我們防衛軍目前還不宜輕舉妄動，因爲憑我們的實力，還只能佔領幾個不重要的機構。」他本想告訴他們武力根本是不可能的事。

「可是，我們可以藉著行動來喚起全民的覺醒，」垃圾處理員憤然地說，同時用力敲著鍵盤，螢光幕上傳來幾聲巨響，「我等待這一天，已經等了十一年，十一年來，我一直待在那個臭氣薰人的垃圾堆裡，不比你們學院的畢業生，生活舒適，整天高談闊論，我不願一輩子待在那個地方……」

組長揮手制止了他的抱怨。

「這件事我會向上級反應。」

會議結束後，組長請席德到酒吧間喝一杯，他們靠在吧枱的一個角落。

「如果不給他們一次發洩的機會，」組長嘆了一口氣，「我想遲早會出事的。」

「可是杜指揮官跟我說過……」

「你難道還看不出來，席德，他們根本不聽『外星人入侵』的那一套。」

「我的老天！」

「防衛軍除了少數的核心同志外，其餘的同志都只爲了對工作的不滿或是私人原因才加入的。」

「那革命怎麼可能……」

「只好聽天由命了，」組長說，「他們甚至對你我不滿。」

「那怎麼辦？」

「我們必須打入上層結構。」

「這件事太難了。」席德說。

「總部派你來行動組，實在是個錯誤，」組長滿懷歉意地說，「我們除了抱怨之外，根本無事可做。」

23

對滿腔熱血的席德而言，行動組實在不是適合他待下去的地方。他們的集會等於是個牢騷發表會，他們的工作沒有任何展望，由於加入防衛軍見識到更高級的生活而心懷嫉恨，並對偉大的防衛軍理想嗤之以鼻。不過根據杜的理論，當推翻領導階層的初期，只有這種不用大腦的群眾才能發揮半瘋狂的革命衝力，而到了末期，仍然只有他們對革命果實的熱情才能安撫惴惴不安的百姓。杜認為一個崇高的目標只對革命團體的上層階級有用，歷史證明，下層群眾根本不清楚你計畫建立的新秩序，他們只能記住幾句簡單的口號，諸如：「打倒地主」、「打倒腐敗的官僚」，至於一旦打倒之後怎麼辦呢？則不是由於無知就是不感興趣。因此，革命成功之後，這些人無疑的都將成為新社會進步的障礙。那麼推翻最高委員會究竟有幾分把握呢？杜的答案也很令人洩氣，毫無把握。新世界的安全部是有史以來最進步、最有效率的組織。歷來著名的一些安全組織：俄國的格別烏、希特勒的蓋世太保和美國的中情局，他們都只採用傳統的「間諜對間諜」的作法，往往將一件容易解決的問題，由於作業上的迂迴曖昧，搞得極端複雜。但是新世界的安全部作法則有所不同，由於他們絕大部份都是學有專長的學者和專家（決非電影中常見的戴墨鏡豎起衣領的特務），他們從不在街上跟蹤你，也不在你家裡裝竊聽器，他們無一不是溫文爾雅、謙恭有禮，永遠不會匆匆忙忙地跑去平息一次暴動，或是手忙腳亂地去抓革命黨。因爲他們採用了「計畫暴動」或是「計畫叛亂」，也就是說他們絕不坐視暴亂在那裡自然醞釀、自然發生。由於具備嚴密的資訊系統以及抽絲剝繭的電腦分析，因此當分析結果顯示某一地區在某一時刻，有可能達到暴亂發生的程度時，他們便搶先製造暴亂，或者製造一個小誘因引發暴亂，如此，一切反叛行動便成了可預期和控制的。這件事實在可怕，席德想起杜的話，同時對自己的處境作一檢視，發現情況非常令人擔心。到此爲止，他自己和身邊的同志，一直都暢行無阻，連一點小麻煩都沒有，安全部好像只是牆上一個不相干的影子，但是他知道他們一定在某個地方，冷靜地、胸有成竹地等著你。

三個月後，席德接到新的指令，離開行動組。同樣的那個聯絡員告訴他到總部報到。總部設在一間地下室裡，在此地席德見到了防衛軍在中央城的指揮官，他是個年約半百，瘦削、眼神凌厲的老人，他端詳了席德一會兒說：

「我在幾天前見了杜指揮官，這才發現我們把你調錯了單位，行動組是個起不了什麼作用的外圍組織，你告訴他們眞實的身份沒有？」

「提了一下。」席德回答。

「這眞糟糕，」指揮官說，「不過還有辦法補救，你以後可要小心些。」

屋子裡尙有兩個遠遠坐在辦公桌後翻閱文件的人。

「你看得出來，」指揮官將視線投向他們，「我們的核心同志並不多。」

「杜指揮官也這麼說。」

「所以我們不能輕易損失任何一位核心同志。你認識林行嗎？」

「林行？我們還同事過呢。」

「他現在是農業城的核心同志。」

席德輕嘆了一聲，他該想到一個被下放、滿腹牢騷的中央官員，當然是防衛軍的最佳吸收對象。

「如果沒有任何特殊情況發生，」指揮官最後說，「你每週選一個時間，到資源部的酒吧間找侍者阿臺，有什麼問題你可以託他轉達，你認識阿臺嗎？」

席德點點頭，他當然認得那個人，那個人臉上老是一副僵硬的笑容，很有耐心地站在吧枱後，預備隨時聽客人長篇大論的酒話。

「有特殊情況的時候，總部自會派人去找你。」

24

兩個月後，去敲他房門的就是那個阿臺，席德揉著惺忪的睡眼，訝異地望著那張僵硬的笑容，彷彿覺得自己正在酒吧間裡。

「明天中午時候，你到河邊去，有人要見你。」阿臺站在門口說。

「可是……」

「那個人認得你。」

第二天，席德用過午餐後，一個人離開資源部，走向河邊。時值正午，馬路兩旁的建築物反射著刺眼的陽光，偶而有幾輛汽車，無聲無息地掠過馬路。街上行人寥寥無幾。席德坐在河邊的一張椅子上，瞧著腳下清徹碧綠的河水，腦子裡胡亂地想著一些事情，他實在有點羨慕那些無憂無慮的同事，他們下了班後便恣意地嘻鬧一番，沒有煩惱，至少沒有像他這種煩惱。「無知就是幸福」他突然想起這句話，便竭力地在腦子裡搜尋這句話的出處，就在這時，有人拍著他的肩膀。

「席德，」這個人原來是指揮官，「你好。」

隨後，指揮官告訴他，一件十萬火急的事情發生了。從他所獲得的情報顯示：中央城的協調部將在幾天後，頒布一道命令，關閉在第三工業城的一處「鋼板切割場」。

「有三百名技術工人即將遭遇到消失的命運，」指揮官語氣沉重地說，「你到過工業城，知道那裡的情形，而且這是件很緊急很重要的任務，席德，你願意去嗎？」

「我願意，」席德回答，「可是我怎麼離開分析局呢？」「記得你上回修理的那部電腦嗎？」指揮官嘴角牽動了一下說，「這次它壞得更厲害了，非你去不可。」

第二天，席德果然接到出差的命令，他隨身攜帶了一份名單，那上面詳列了三百名協調部認爲再沒有利用價值的低級技術工人，這些人一輩子只學會了一件技術：切割鋼板。他們從早到晚蹲在地上，用雷射槍細細地劃著那些鋼板。如果沒有任何變化發生，他們本可以和其他專業人員一樣，安安穩穩地度過這一輩子。然而，現在情況有了改變，新世界的建築大部份都已經完成了，鋼板的需求量已經大爲減少，或者某種取代他們的「鋼板切割機」已經發明了。如此，這三百名工人就像過時生鏽的三百根鐵釘，註定要被扔進焚化爐裏。他們不可能再有其他的命運。拯救他們，似乎是地球防衛軍的神聖使命呢。可是我們究竟該怎麼做呢？開一間工廠容納他們嗎？

席德坐在前往第三工業城的高速火車上，兩旁景物飛快地掠過他的眼睛，他的腦子也和這些景物一樣飛快地轉動著。

倘使他未曾獲悉「外星人計劃消滅地球人」這個大秘密，那麼他極可能安安穩穩地坐在他的辦公桌後，犯不著去管外面世界的變化。就他所受的知性教育而言，並不包括「良心」這個東西。那麼「良心」到底是什麼？你隨便問一個學院畢業生，他就會告訴你，「良心」就是1＋1＝2，就是把一件事做得最科學最有效率的那種心智活動。如果你去問一隻蜜蜂，想不想按照自己的個性去生活，牠一定會笑你，因爲牠的個性就是做一隻毫無怨言的蜜蜂。從前國家主義盛行的時代，「犧牲小我，完成大我」這句口號被當作最神聖的道德律；但是那時候，人們只是說說罷了，現在新世界卻徹徹底底的把它付諸實施。

當天晚上，席德在工業城管理區見到了杜指揮官和其他的核心同志。情況甚爲緊急，杜表情凝重地在小室裏來回踱著。

撤出三百人談何容易，除非奇蹟發生，但是奇蹟只在宗教書上才有。

「那些人現在情況如何？」指揮官問一名同志。

「他們有整整一星期無事可做，已經有人坐立不安了。」

「有沒有派人散播謠言？」

「有，我們派了一些外圍同志告訴他們，所有人將被遣送至北極。」

席德疑惑地看了杜一眼，杜回頭輕聲地解釋：「沒有人相信『將被消失』這種說法。」

「他們的反應是寧死也不願去北極。」

「管理區有什麼反應？」

「沒有，不過從其他工業城調來了安全部隊，在工廠區外面日夜廿四小時警戒著。」

「這就麻煩了，」杜搖著頭，「這些笨蛋，什麼都不懂，就只想把事情鬧大。」

會議繼續進行，最後達成這樣的結論：防衛軍最多只能撤出卅個人。選擇的對象是具有較強反社會傾向的技術工人。由於時間緊張，撤出工作定於明日午夜進行。

「席德，你的任務已經達成了，」杜說，「撤出工作頗具危險性，你不用參加。」

「不，我加入防衛軍後，一直都沒什麼事做，這次我一定要參加。」

杜想了一下，說：「好吧！不過我們希望你隨時能為大局著想，畢竟中央城的工作比撤出幾個技術工人重要多了。」

「我會的，」席德說，「可是要撤到那裡去呢？」

「山區裡，」杜指揮官回答，「我們的武裝部隊都在那裡。」

25

夜幕低垂時，他們五個人乘著小艇，靜悄悄地越過湖面，到達對岸。他們穿過一處小徑，在半途中躲過了幾次安全部隊的巡邏，終於進入燈火明亮的街道。

在嘈雜的人群裡，沒有人注意他們一眼。最後，他們走近一棟不起眼的房子。有四位同志已經等在那裡。握完手後，那位年長的同志對杜說：

「指揮官，我還是贊成來場暴動，好歹給他們弄個雞飛狗跳的。」

「不能這麼做，你知道外面有多少安全部隊？何況這是總部的決定。」

「既然如此，我就不再多說了，」那個人聳聳肩膀，「指揮官，我們的人已經預備好了。」

「好，」杜說，「這是我們的撤出路線，在這個地方，我們有一輛車等著，那是農業城的一輛運豬車，可以載我們一程。」

「這幾位都去？」那個人又問。

「我和席德去就行，其他人負責掩護工作。」

跟杜來的另外三個人和屋裡的兩個人迅速地交談後，行了個禮，魚貫地離開。

現在，屋子裡只剩下階級較高的四個人，杜環顧了四週說：

「我不需要說明這次任務多麼危險。到了明早，此地一定佈滿安全部隊。我們務必按照時間表來行動，一分一秒都失誤不得。我們預定在晚間十一點，步行到運豬車的地點，午夜一點鐘抵達會合地點，到了那裡，游擊隊便會帶他們進入山區，在旅途中我們一定要保持警覺，這三十個人，都是些愚蠢、像兔子般易受驚嚇的老百姓。」

「指揮官，我們現在可以走了吧？」

他們一起出門，在街上繞來繞去，最後進了街尾的一棟屋子，裡面正是那三十個準備撤出的工人，他們都攜帶著一個大背包，年輕的臉上滿是哀傷之色。

「我們誓死效忠防衛軍。」領頭的人輕聲唸著。

「我們誓死效忠防衛軍。」所有人齊聲說。

杜回了個禮之後，站到他們面前，以低沉有力、堅定不移的聲音說：

「諸位同志：今天我非常榮幸地站在你們面前。在這個歷史性的一刻，能夠和諸位共襄盛舉，實在是我畢生最大的驕傲。歷史必定會記載這一次偉大的革命行動。我們的後代子孫將會稱諸位爲：工業城的三十位革命志士……」

席德靜靜地聽著杜這一番兼容鼓勵和欺騙的演講詞，嚴格說起來，這是由「使命」、「神聖」、「偉大」、「理想」、「光榮」這類名詞的堆砌物。大體上和電視幕上的說教差不多，只是換了個立場罷了。

席德把視線投向「三十位革命志士」的臉上，發現他們哀傷、迷惘的臉龐，慢慢浮起了一層興奮、激動、憤怒的紅暈。席德覺得奇怪，這麼簡單、平常的演說詞，竟然輕易地在這些革命志士的身上造成了如此迅速的效果。

指揮官的聲音抑揚頓挫，迴盪在四壁之間。他不時地揮舞著雙傘，每一個動作、每一個音節、每一個手勢都恰到好處。極可能，他也陷入了自己所編織的幻境裡。

演說結束時，留下一陣短暫的寂靜，緊接著暴起一陣如雷的歡呼，杜皺著眉頭，揮手制止吵鬧聲。

「保持肅靜，保持肅靜，」指揮官的喊聲得到了預期的效果，「現在諸位同志請檢查一下隨身的行李。」

「報告指揮官，錢要不要帶？」有一個人問。

「在山區裡，不使用鈔票。」

「報告指揮官，能不能帶瓶酒？」

「行李裝得下，也可以。」

杜很有耐心地回答這類五花八門的問題，有些可能有用，有些則是孩童的囈語。到無人再發問時，杜看了看手表說：「訊號馬上就要響了。」

一分鐘後，從遠處傳來一陣淒厲的警報聲，那是火災警報。原來所謂掩護工作就是放一把火，有許多急促的奔跑聲，經過門口。

防衛軍的所有人員，秩序井然地朝屋後走，到了後院，指揮官揭開一塊石板，那是一條地道。

「這條地道老早就存在了，」他回頭對席德說，「它通到外面。」

他們在黑暗中隨著手電筒前進。一路上沒有人說話，過了大約半個鐘頭，他們爬出了地道，發現正置身於一處叢林中。

他們繼續走，在登上一處丘陵後，回頭望了望腳下的工廠區，現在那裡正被一片火光所籠罩。

「要是在白天，這場火只需十分鐘就能撲滅，」杜陰沉沉地說，「我們找到了磷。」

越過丘陵後，一條在夜色下顯得灰亮的公路出現在眼前。「我們靠著這條公路走，」指揮官回過頭說，「大家加油，再過一個鐘頭，到達會合點，就有車子坐。」

路上非常平靜，除了幾次虛驚外，幾乎沒有任何干預。一個鐘頭後，果然望見遠遠公路邊停了一輛貨櫃車，指揮官用手電筒和對方打了訊號。然後，每個人秩序井然地進入貨櫃車，車門關上後，席德陷入一片漆黑中。

「這一段路不准有人說話，」指揮官的聲音從他的鄰座響起，「要經過兩個檢查站，聲音不能讓外面聽見。」

「指揮官，」席德忍不住問，「和山區的人會合後，我們還趕得回來嗎？」

「趕得回來，」杜說，「前幾年，我也出過一次相同的任務，不過規模沒有這次大。」

車子無聲無息地前行，在黑暗中，好像有人睡著了，並且發出打呼聲。席德閉上了眼睛，靠著身旁那個人的大背包，腦子裡出現了一幕幕亂糟糟的景象，會議、大火、演說、逃亡。過一會兒，他也沉入了夢鄉。

26

一種奇異的、在什麼地方聽過的金屬般聲音將席德從睡夢中喚醒。他掙扎了一下，張開眼睛，四壁突然反射來的強光，使他的眼睛微微地刺痛。他抬起手，擋住這陣光芒。

「我在那裡?這是什麼地方?」他喃喃自語。

眼前的光芒慢慢微弱下來，席德放下手掌。現在他看清楚了。他正坐在一張裝有扶手的沙發上，這張沙發孤零零地佇立在房間的中央，這是一間四壁鑲嵌著平滑如鏡、銀白色金屬的房間。光線則來自天花板的一片發光金屬，沒有門、沒有窗，四週一片潔白明亮。他不知道此刻究竟是什麼時候了，是白天抑或夜晚？他也不知道究竟發生了什麼事情。也許這是一場夢，他用力搖了搖頭，眼睛閉了一會兒，當他再度睜開眼睛時，情況並沒有絲毫改變。這絕不是夢，圍繞著他的每一件東西，冷冷的金屬壁、滿佈妖異氣氛的房間都是眞實的。

疑惑、不安和恐懼迅速地襲上身，席德嘗試著從座椅上起來，卻發現四肢竟然不聽指揮，他只得頹然地放棄了站起的念頭，維持他原來癱在椅子上的樣子，靜等著任何事情的發生。

也許過了一個鐘頭，或者更久，那個金屬般的聲音，再度將他從恍惚的狀態中喚起。

「席德，你醒來了。」這個聲音來自面對他的一堵牆。

席德的身體顫了一下，他睜大著眼睛，注視著牆上正在顯現的奇景。燈光慢慢地微弱，突然地，那堵牆變成了一面碩大的螢光幕。電視裡，一個人背對著他坐在辦公桌後，那個人穿著一身他從未見過的灰色制服。在席德吃驚的注視下，那個人連同座椅忽地轉了過來。跟著鏡頭緩緩拉近，這張臉慢慢放大，直到占據了整個螢光幕，這是幕極爲恐怖的景象，席德頓時毛骨聳然起來。

他面前的這張臉龐由於過度放大的緣故，毛孔、皺紋、嘴角的唾沫，清晰可見。當它終於固定在幕上，原本灰色的背景逐漸漆黑，那個人的臉色也因此成了一片死灰色，整個五官顯得既虛僞又呆板，好像一張揉皺了的舊鈔票上的人像，在那上面惟一顯出生氣的是那雙眼睛。席德把視線從他臉上移開，避免接觸到他銳利的眼神。

「席德，知道你在那裡嗎？」

一個答案迅速地掠過他心頭，但是他搖搖頭。

「你在安全部。」這張臉依舊沒有顯出任何表情。

席德雖然在心裡猜中了這個答案，卻還是被嚇了一跳。

「怎麼會？我怎麼會……」

「在這科技文明達到顚峰的新世界，」金屬般的聲音繼續說，「一個歷史上最進步、最新、最有效率的安全部門，竟然被一群群眾所忽視，眞是不可思議。席德，雖然你聽過我們的存在，但畢竟你還抱著懷疑的態度。由於，你能見到的無非是些態度和善的安全警察，他們最多只是檢查一下你的身分號碼，即使你們防衛軍在公園裡的情報活動，好像也沒有引起任何注意，甚至你和同事們在公共場合對當局的牢騷、抱怨，也未曾引起任何反應。於是這就給了你一個錯覺，你會認爲，即使安全部眞的存在，充其量也只不過是個不管什麼事的三級單位。」

席德沉默不語。

「然而，在委員會屬下的八個部門中，安全部是其中組織最龐大、最嚴密、最有效率的單位。在一般人的觀念裡，一個政府的安全措施，無非是一些特務、地下工作人員、竊聽、訊問的綜合性活動罷了。但是在新世界，『安全』的定義全然不是如此，不是，因此，你用不著擔心會被鞭打、電擊或是遭受各式各樣的嚴刑逼供。我們對這種過時的作風毫無興趣，因爲我們是無處不在、無所不知。」說到這裡，這張臉忽然笑了一下。

「你現在心中一定充滿了疑惑，有許多問題要問，對不對？」

席德點點頭，由於這張臉曾經笑了一下，整個房間的氣氛好像緩和了一點。

「其他人怎麼樣了？」他問。

「你們乘坐的那部貨櫃車是我們安全部派去的，它並沒有載著你們到會合地點，而是到中央城。」

「這裡是中央城？」

「你以爲會是那裡？」那張臉說，「順便告訴你，你正在行政大樓。」

行政大樓！這是他站在自己辦公室窗口就能看到的中央城象徵。這棟樓房不僅僅容納了最高權力機構區域委員會，而安全部也居然在此。

現在情況慢慢地明朗，席德的腦子重新恢復了生機，剛才的那種驚愕與混亂已經一掃而空。他必須振作起來，他明白地知道自己的處境，他被捕了。其他的同志可能也都一樣，但是爲什麼不把他們關在一起，也許安全部還打算從他身上弄點東西。倘若一如這張臉所說的，安全部知曉一切，那麼和他作這樣一次談話根本毫無意義，他們儘可能將他扔進監牢裡或是什麼地方。一定有某種陰謀，也許他們想問出防衛軍的總部，到目前爲止，總部可能還安然無恙，這是最後的希望，他必須振作起來，小心應付目前的困境。

「你是誰？」

「我還以爲你永遠不會問我這個問題呢！」這張臉又笑了一下，「我是安全部副部長。」

「我的同伴呢？」

「他們不再被新世界需要，因此處理起來就容易多了。」他說話的口氣，好像在說一堆零件。

「那麼廢除鋼鐵切割場這件事是眞的？」

「不錯，席德，難道你同情他們？」

「他們也是人。」

「哦，防衛軍把你的腦子洗過了。」

「我沒被洗腦過，」席德傾身向前，無比誠懇地對著那張臉說，「請你聽我說，這是個亙古大陰謀。」

「噫？」

「請你仔細聽我說，副部長，外星人已經入侵地球了，最高委員會已經被他們控制，並且正在有計畫地消滅地球人。」

副部長並沒有預期中的驚愕表情。

「席德，這是你們防禦軍的偉大革命目標，對不對？」

「副部長，你一定要相信我，請你相信我，否則就太遲了。」

電視幕上的大眼睛和席德的眼睛互相對視著。

「我們原想讓你抱著一個偉大而崇高的理想離開新社會，因為我們對你負有某種責任，」這對眼睛好像露出同情之色，「你是新社會的高級專業人才，不比工人和農人……」

「副部長，你一定要相信我……」

「不，席德，你中毒太深了。雖然我們需要負一部分責任，不過我們也一直給你機會，我們讓你接觸下層階級，我們讓你明白防衛軍只不過是些烏合之眾，杜的革命理論只是瘋子的狂想罷了。但是，你卻一直在鑽牛角尖，你故意忽略了新世界的整體運轉，你只揀你喜歡的那一部分鑽，你只注意到某些零件的小毛病，你聽到酒吧中偶而洩露出來的不滿和抱怨，然而，你卻未曾注意到絕大多數的人大部分時間都是生活在和平、安詳、不虞匱乏的生活中。你看到過公園裡嬉鬧的年輕人，你看到過帆船比賽中歡樂的人群，這些人的興奮歡欣絕對不是僞裝的。這些你都看到的，但是你不去想它，你反而去故意誇大一兩個人正常的工作倦怠症，你對少數被機器取代的工人抱著一廂情願的同情心，卻對整個文明不停前進的成就視若無睹。於是，你就輕易地相信了防衛軍這種荒謬可笑的革命理論。席德，我們對你感到失望。」

他不相信，席德悲哀地想著，沒有人相信地球人正走上滅亡的厄運。

「我剛剛說過，我們原本沒有必要和你作一次這樣的談話。你反叛了新世界，而我們從頭到尾就知曉了一切，並不須要偵訊你，只要把你丟給執法部門。然而我們對你有責任，我們認爲應該再給你一次機會糾正你的思想，重新回歸新社會。」

「你們企圖從我這裡套出防衛軍的總部，對不對？」

席德偷偷地瞄了一下自己的小指，也許到了「自殺」的關頭了。

「我們將你的小指甲拔掉了。」

老天！現在一切都完了，席德抬起頭來，眼露悲痛絕望之色。

「防衛軍總部在哪裡，我們早就知道了，我告訴你那個地址……」

說的一點都沒錯，然而席德沒有反應，他正被一種絕望的情緒所包圍。

我早該料到的，席德想，他們趁我昏迷的時候，對我施行催眠術。那麼這次談話不啻是場貓捉耗子的遊戲，也許他們打算將它攝製成一裸身教育性的影片，片名可以是「一位反叛者的覺醒」。

「我現在告訴你，不論山區或是城市，防衛軍的一舉一動，我們都很清楚。」

他在說謊，他在唸台詞，席德想。

「你心裡一定覺得奇怪，爲什麼我們要讓防衛軍繼續存在，不斷地製造問題。這個答案很簡單。防衛軍是個永恆的釣餌，只要人類未曾進化至完美的階段，那麼它就必須在，而且按照我們的計畫存在。我們相信人類的腦子裡有兩種矛盾的意識，一種服從制度，一種反抗制度。但是通常在一個嚴密的組織裡，前者很容易就使後者隱而不見。然而反叛並未消失，對一小部分人而言，這種意識會使他們變得更小心、更狡滑。組織愈是嚴密，反叛意識就愈可怕。我們一向了解此種情況的嚴重性，因此，我們絕不讓反叛行爲由意識醞釀而至於成熟，我們主動地、適時地誘發它們，這就是防衛軍必須存在的理由。同時，我們也給防衛軍定了個荒謬可笑的革命理想，譬如，「外星人入侵地球，防衛軍解救地球」，由於群眾往往是盲目的，所以我們不能輕易地冒這個險，我們不能讓防衛軍有崇高的、吸引群眾的目標。當他們抱持這種荒謬的口號企圖舉事時，將會發現根本無法鼓動群眾，他們不是深信不疑，就是絕對不信，沒有會因一時衝動而附和的中間群眾。這就是防衛軍能一直存在，一直在替我們作新陳代謝的工作，卻一直不能有什麼大作爲的理由。」

他又在說謊，席德想。

副部長停頓了下來，注視著席德，彷彿在觀察他的表情。「你心裡一定認爲我胡說，或者是在施什麼詭計對吧？我剛剛已經告訴你，本來我們根本不需要跟你說這些，安全部對你的所作所爲比你自己還清楚。席德，新世界的嚴密結構並不是你和一般人所能想像的。如果你能安於工作，不出什麼問題，或許有一天，你也能爬到我現在這個地位，那時候，你就能明白這一切；包括權力的秘密、生命的意義以及人類未來的美景。席德，使我們決策者能夠心安理得地忽視鋼鐵切割場三百名工人的存在，並非由於你想的那種奇怪的理由『外星人入侵地球』，這眞荒謬！在你出生的前一年，最高委員會曾經宣布了一項史無前例的計畫，這個計畫稱爲『零』，其目的在使整個人類進化至眞正高等生物的層次。

聽起來好像是種神話。但是，事實上我們已經很有成效地進行了廿年。這個計畫打算以每十年減低十分之一的速率，淘汰程度較低的人口，這種人壽命短暫，工作能力也比不上機器，他們所犯的最大罪行，就是對整個人類正在進化這個事實毫無所覺。相反的，我們的『生化部門』，在這幾年有了驚人的突破，他們獲知了『人類可以長生不死』的訊息，也就是未來的地球將被一批精選的、高智慧、不朽的人類所統治。而由於不朽，未來的人類有無限的學習時間，因此，屆時社會將沒有階級之分，那是個歷史上眞正平等的社會，像神祇一樣的人類，高高地踞於寶座上，統治著許許多多，溫順聽話的機器子民。我們也不再像低等動物一樣爲了延續後代而生存，我們就是後代，無窮的後代。我們是永生的上帝，而新世界就是個實實在在的天堂。我們還能到文明程度較低的星球上傳播福音，我們也能成爲宇宙的播種者，駕著我們的太陽馬車，永永遠遠地遨遊在星辰之間。」

席德驚訝地注意到：副部長臉上因激動而慢慢浮起的紅暈。

過了一會兒，席德忍不住又問了一句，「可是，爲什麼你們要找上我？」

「在你出生的時候，我們實驗室發明了一種裝置在頭腦裡面的『思想輔助器』，這是一小片特殊晶體，它能直接收錄或發射訊息至你的腦部。這個成就使得我們興奮異常，以爲如此就能完全掌握未來人類的思想，並教育他們。於是我們首先將它裝置在嬰兒的腦部，也許嬰兒不會產生成年人強烈的『排斥』現象。但是不久之後，我們失望地發現它的效果並不如預期，除了你，其他幾名嬰兒都夭折了。終於我們停止了這個實驗，我們將你和這批儀器，交結一群心理學家，讓他們作一些「潛意識」、「理性」、「判斷力」這類性質的研究。此後，透過這個輔助器，他們讓你從小就接觸到這兩種矛盾的世界，一種你身處的高度科技文明和另一種業已消逝的舊世界的心靈世界，於是自然地你便對歷史發生興趣，同時對新世界的制度感到懷疑。到你畢業後；進入分析局後，心理學家們給你一個更大的衝擊，他們召喚你去讀那本書，溫士頓的『最高委員會眞象』。席德，你記得連續出現三天的奇怪畫面嗎？那絕不是『超心靈現象』。」

「什麼！」席德幾乎從座椅上跳起來，但隨即強迫自己冷靜下來。他不停地在心裡對自己說，所有這些都是外星人的把戲，他們從他催眠中得到的資料，編了這麼一套動人的故事，這一定是外星人的圈套，可怕、邪惡的圈套。

「席德，」副部長大聲說，「難道你還不覺悟？」

席德抬頭來，激動地看著這張臉。

「我不相信，從頭到尾，你說的每個字我都不相信。」

房間頓時沉默下來，螢光幕上的那張大臉龐也恢復了原來的死灰色。

良久良久，副部長發出一聲長長的嘆息。

「席德，爲什麼我沒辦法說服你？」

「你可以用各種方法處理我，但是你永遠騙不到我。」

「難道你竟然以爲我也是外星人？」

「不錯，你就是，」席德忽然喊了出來，「你就是可惡、無恥的外星人，你們打算逐步地消滅我們，你們創造了我們，創造了文明，但是你們沒有權力毀滅這些創造物，你們不能把我們看作實驗室中的老鼠……你們沒有權力這麼做……你們不能辦完了事情，就拍拍屁股走路……」

那張臉在他的叫聲中，慢慢地消失。那面牆重新回復了原來的模樣，室內再度明亮起來，好像未曾發生過什麼事。在空蕩蕩的房間中央，席德孤零零地坐在椅子上，抱頭痛哭著，這是一種絕望的生物所能發出最淒慘的哀號。

27

「這大概是今天最後一個了，」坐在控制機旁的人對另一個站著的人說：「最近可是處理了不少人。」

那人哦了一聲，同時把視線投向那個鐵灰色密閉的金屬房間。

「我真想換個工作，」坐著的人說，「每天要汽化幾個人實在無聊。」

「好了，」站著的人說，「你把裡面的氣體抽掉，把門打開。」

門打開後，這個人走進空蕩蕩的汽化室裡，出來的時候，手上拿著一塊方形的銀色金屬片。

「AH五四八一，」他輕聲地唸著，「AH五四八一；是個中央官員呢。」

當代名家

慈悲的滋味

2004年9月二版　　定價：新臺幣250元

著者　黃凡
發行人　林載爵

出版者　聯經出版事業股份有限公司
台北市忠孝東路四段555號
台北發行所地址：台北縣汐止市大同路一段367號
電話：(02)26418661
台北忠孝門市地址：台北市忠孝東路四段561號1-2樓
電話：(02)27683708
台北新生門市地址：台北市新生南路三段94號
電話：(02)23620308
台中門市地址：台中市健行路321號
台中分公司電話：(04)22312023
高雄辦事處地址：高雄市成功一路363號B1
電話：(07)2412802
郵政劃撥帳戶第0100559-3號
郵撥電話：26418662
印刷者　世和印製企業有限公司

叢書主編　顏艾琳
校對　沈抱樸
封面設計　翁國鈞

行政院新聞局出版事業登記證局版臺業字第0130號

本書如有缺頁，破損，倒裝請寄回發行所更換。　ISBN 957-08-2750-5 (平裝)
聯經網址 http://www.linkingbooks.com.tw
信箱 e-mail:linking@udngroup.com

國家圖書館出版品預行編目資料

慈悲的滋味 / 黃凡著 . --二版 .
--臺北市：聯經，2004 年（民 93）
336 面；14.8×21 公分 .（當代名家）

ISBN 957-08-2750-5(平裝)

857.63 93015141

當代名家系列

●本書目定價若有調整，以再版新書版權頁上之定價為準●

白水湖春夢	蕭麗紅著	300
千江有水千江月(長篇小說)	蕭麗紅著	280
不歸路(中篇小說)	廖輝英著	220
殺夫(中篇小說)	李　昂著	200
桂花巷(長篇小說)	蕭麗紅著	280
法網邊緣	黃喬生譯	380
狂戀大提琴	利莎等譯	350
海灘	楊威譯	350
台北車站	蔡素芬著	180
回首碧雪情	潘寧東著	250
臥虎藏龍：重出江湖版	薛興國改寫	180
多情累美人	袁瓊瓊、潘寧東著	250
夕陽山外山：李叔同傳奇	潘弘輝著	250
八月雪：三幕八場現代戲曲	高行健著	150
靈山	高行健著	平320 精450
一個人的聖經	高行健著	平280 精400
周末四重奏	高行健著	150
沒有主義	高行健著	250
變色的太陽	楊子著	200
紅顏已老	蘇偉貞著	170
世間女子	蘇偉貞著	180
陌路	蘇偉貞著	220
臨水照花人	魏可風著	250
窄門之外	張娓言著	250
綠苑春濃	林怡俐譯	280
尋找露意絲	西零著	180
天一言	程抱一著	280
讓高牆倒下吧	李家同著	平180 精250
陌生人	李家同著	平170 精250
鐘聲又再響起	李家同著	200
人面魚	劉心武著	300
羽蛇	徐小斌著	300
超越信仰	奈波爾著	380

聯副文叢系列

●本書目定價若有調整，以再版新書版權頁上之定價爲準●

(1)鹽田兒女	蔡素芬著	180
(2)邊陲的燈火	楊蔚齡著	180
(3)散文的創造(上)	瘂弦主編	150
(4)散文的創造(下)	瘂弦主編	150
(5)飛翔之光——聯合報文學獎1994卷	瘂弦主編	250
(6)人生是一條不歸路	王邦雄著	170
(7)紅顏男子	李岳華著	150
(8)天下第一村幹事	陳介山著	120
(9)未來世界	王小波著	140
(10)讓高牆倒下吧	李家同著	170
(11)新極短篇——全民寫作(一)	陳義芝主編	180
(12)我寫故我在——聯合報文學獎一九九五卷	瘂弦主編	250
(13)陳瑞獻寓言	陳瑞獻著	130
(14)膜	紀大偉著	180
(15)每個人都有大智慧	趙衛民編	160
(16)站在巨人肩上	瘂弦、陳義芝編	220
(17)扶桑	瘂弦主編	200
(18)真女人紀事	陳義芝、黃秀慧編	150
(19)新極短篇——全民寫作(二)	黃秀慧主編	180
(20)美麗新世界——聯合報文學獎一九九六卷	瘂弦主編	250
(21)雙身	董啟章著	200
(22)眾神的花園	瘂弦主編	380
(23)大漠魂	郭雪波著	150
(24)人生散步	瘂弦主編	140
(25)向時間下戰帖——聯合報文學獎一九九七卷	陳義芝編	250
(26)陌生人	李家同著	170
(27)橄欖樹	蔡素芬著	180
(28)閱讀之旅（上卷）	陳義芝編	200
(29)閱讀之旅（下卷）	陳義芝編	200
(30)智慧100	聖嚴法師著	200
(31)人與海：台灣海洋環境	賈福相著	240
(32)迴旋	張讓著	250
(33)默	杜修蘭著	180
(34)沉雪	李晶、李盈著	200

(35)台灣現代小說史綜論	陳義芝主編	480
(36)華年放異采——聯合報文學獎一九九八卷	陳義芝主編	250
(38)看海的人	賈福相著	250
(39)台灣文學經典研討會論文集	陳義芝編	420
(40)惡寒：第廿屆聯合報文學獎中篇小說評審獎	張惠菁著	220
(41)金色海灘：第廿屆聯合報文學獎中篇小說評審獎	樊小玉著	180
(42)新的寫作時代——聯合報文學獎一九九九卷	陳義芝編	250
(43)消失的海岸	孫寶年編	250
(44)二十世紀文學紀事	鄭樹森編著	280
(45)李喬短篇小說精選集	李喬著	250
(46)再現文學垂天大翼——聯合報文學獎一九九九卷	陳義芝編	220
(47)藍色運動：尋回台灣的海洋生物	邵廣昭等著	280
(48)時代小說（上、下）	蘇偉貞主編	500
(49)聯副插畫五十年	陳泰裕主編	精380

聯經出版公司信用卡訂購單

信用卡別：　□VISA CARD □MASTER CARD □聯合信用卡

訂購人姓名：＿＿＿＿＿＿＿＿＿＿＿＿＿＿＿＿＿＿

訂購日期：＿＿＿＿＿年＿＿＿＿＿月＿＿＿＿＿日

信用卡號：＿＿＿＿＿ ＿＿＿＿＿ ＿＿＿＿＿ ＿＿＿＿＿

信用卡簽名：＿＿＿＿＿＿＿＿＿＿(與信用卡上簽名同)

信用卡有效期限：＿＿＿＿＿年＿＿＿＿＿月止

聯絡電話：日(O)＿＿＿＿＿＿＿＿夜(H)＿＿＿＿＿＿＿＿

聯絡地址：□ □□＿＿＿＿＿＿＿＿＿＿＿＿＿＿＿＿＿＿

訂購金額：新台幣＿＿＿＿＿＿＿＿＿＿＿＿＿＿元整

（訂購金額 500 元以下，請加付掛號郵資 50 元）

發票：□二聯式　　□三聯式

發票抬頭：＿＿＿＿＿＿＿＿＿＿＿＿＿＿＿＿＿＿

統一編號：＿＿＿＿＿＿＿＿＿＿＿＿＿＿＿＿＿＿

發票地址：＿＿＿＿＿＿＿＿＿＿＿＿＿＿＿＿＿＿

如收件人或收件地址不同時，請填：

收件人姓名：＿＿＿＿＿＿＿＿＿＿＿＿＿＿＿□先生 □小姐

聯絡電話：日(O)＿＿＿＿＿＿＿＿夜(H)＿＿＿＿＿＿＿＿

收貨地址：＿＿＿＿＿＿＿＿＿＿＿＿＿＿＿＿＿＿

・ 茲訂購下列書種・帳款由本人信用卡帳戶支付・

書名	數量	單價	合計
		總計	

訂購辦法填妥後

直接傳眞 FAX：(02)8692-1268 或(02)2648-7859

洽詢專線：(02)26418662 或(02)26422629 轉 241

網上訂購，請上聯經網站：http://www.linkingbooks.com.tw